# 源氏物語　花の光彩

細木郁代著
*Hosoki Ikuyo*

武蔵野書院

# 目次

## 第三章　『源氏物語』への逆光――政変の渦潮

# 凡例

一、本文中に登場する和歌や詩は、おもに以下からの引用による。ただし、私に一部表記を改めた所もある。

『新編国歌大観』（角川書店）より、「紫式部集」「発心和歌集」「大斎院前の御集」「伊勢大輔集」「公任集」「為頼集」「貫之集」「和泉式部集」「御堂関白（道長）集」「三条右大臣（定方）集」「拾遺抄」「拾遺集」「後拾遺和歌集」「新勅撰集」「兼輔集」「朝忠集」「業平集」「伊勢物語」「古今和歌集」「拾遺集」「菅家文草」「菅家後集」「本朝麗藻」。

『中国名詩選』（松坂茂夫編、岩波文庫）その他の『白氏文集』『荘子』などは通行本文を参照した。

なお、本文中に登場する歌で、（著者作）と表記のあるものは、本書の著者が、登場人物の気持ちを想像して詠んだ歌である。

一、本書は研究の領域において、史実を踏まえ創作を試みたものである。

一、登場する人物で、名前が不明である場合は、仮説としてその人物名を提示した。

一、身分の高い出自である場合、又は物語の女主人公になりうる立場・場面では、女《むすめ》あるいは女《おんな》とし、普通の親子関係を示す〝娘〟と区別した。

一、本書を成すにあたって、以下の自著から、各冊二割程度を抜粋し、本書をまとめた（本書掲載順）。

『源氏物語「みやびの世界」序章』（書肆フローラ、二〇〇七年）、『源氏物語花蔭　勧修寺家の人々』（書肆フローラ、二〇一〇年）、『源氏物語花摘』（近代文芸社、一九九六年）、『源氏物語新花摘』（近代文芸社、一九九八年）、『源氏物語花摘　完』（近代文芸社、二〇〇〇年）、『源氏幻想　王朝の影絵』（書肆フローラ、二〇〇三年）。

# まえがき

紫式部には、言いたいことや伝えたいことが山のようにあったに違いない。彼女の生きた時代において、それを表現するのに最も身近だったのが男女の愛情、恋愛問題だった。素材がそれとなったのは仕方がない。この言葉は、雑談のついでのように恩師が仰ったのだったが、未だに忘れることが出来ない。確かに現代ならば、例えば自然を無闇に破壊してはならないとでも言う主張やスローガンは、様々なメディアで情報としてどこまでも伝わっていく。平安時代はそれが困難であった。紫式部は、一体どのようなことを『源氏物語』の中で、あるいは外で形として残したかったのであろうか――。

さて、まずは、本書を成すにあたった経緯に触れることにする。著者はかねてより、過去に出版した六冊の自著を一冊にまとめたいと考えていたところ、このたびその機会を得、既刊の『源氏物語「みやびの世界」序章』『源氏物語花蔭　勧修寺家の人々』『源氏物語花摘』『源氏物語新花摘』『源氏物語花摘　完』『源氏幻想　王朝の影絵』の各冊から二割ほどを抜き出し、結合させ、一冊にまとめることにした（既刊のものよりも割愛した箇所や、表記をあらためたところがある）。

長い構想期間と試行錯誤を経て、本書を三章に分けることとした。各章ごとのテーマに対して、一応の起承転結を備え、それを踏まえて完結したものとなっている。各章の間の結合、繋がりは緩やかに設定した。つまり、登場人物の果たす役割が異なる場合、章やテーマの時空をまたいで、同一人物を再登場させたりもしている。

前著『源氏物語「女はらから」論』では人間的感情としての、兄弟姉妹、人類への愛というテーマを論として提出したが、本書では、そのテーマを蒼穹の虹のように仰ぎ見ながら、光源氏の准拠ともされるような人物を中心に、周辺の史実や事情、配された人物構造を多面的に追及する。

第一章では冒頭に、藤原忠平の生涯を俯瞰。この部分は新たに稿を起こしたものである。さらに、菅原道真を取り上げたのは、人間にとってどうすることも出来ない宿命のような出来事に遭遇した時、その逆転した人生をどう受容していくか、また、人が理不尽にも断罪されようとした時、弁護しようとする立場の人についても考察したいと思ったからである。

第二章は、平安王朝の文芸復興とでもされるような一面を描く。万葉の時代から漢文学を尊重し、唐風の文化が公の場で光を浴びた後、漸く和歌は再びルネッサンスのような輝きを見せ始める。九世紀から十世紀初頭、人々はそこに活躍の場を見出し、特に紫式部自身、まるで呼吸するように和歌を詠み、文学によってその魂を掴まえられていたといっても言い過ぎではないだろう。

第三章は、藤原道長の栄光への道程と周辺の人々の動静を、できるだけ史実に則って書く。その人となりについては、強調されても良いような美点や欠点がまだ残されているのではないだろうか。

本書が王朝文学史の一面を照らす、小さな光ともなり得ているとしたら、心からの喜びである。

# 第一章　『源氏物語』への曙光——光源氏の面影

## 一　八瀬の桜

古代律令制度の国家から摂関体制へと、国の形が大きく変化しようとする、その転換点に時代はさしかかっていた。聖徳太子の「十七ヶ条憲法」をはじめ、「大宝律令」（これは大宝元年、藤原不比等らによって編纂されたもので、天智天皇以来の法律を集大成したものであった）、「養老律令」にいたるまで、律令国家としての最盛期が続いた。大化の改新の後、唐にならって土地は口分田として授けられ、死ねば国家に収めるという法などがあった。

次第に権門化していく帝によって賜姓源氏が重用され始める。また親族として藤原氏一門の摂政関白を中心とする権力掌握の形が、複雑な様相を帯びて来る過渡期でもあった。仁明朝において、すでに太政官機構の最高位に立つ者として、臣下でありながら、外戚としての摂関の存在が必要とされることになったのだった。

藤原忠平が生まれたのは、このような時である。

元慶四年、在原業平が世を去った同じ年に、藤原忠平は、基経の四男として生を受けた。人康親王の女《むすめ》を母として、姉には頼子、佳珠子がある。温子は操子女王を母とする異母姉に当たる。後の貞信公、忠平に関しては、その人となりの優れていたことが『栄花物語』の中でも簡潔に、ほぼ的確に捉えられている。

心のどかに慈悲の御心ひろく、世をたもたせたまへれば

（『栄花物語』「月の宴」より）

優しくて知性的で行動家だが、人々の立場を思いやることも出来た、それゆえ多くの人に慕われたとあれば、理想に近いと言えようか。

父の右大臣基経はこの時四十五歳、兄は時平、仲平、兼平であった。仁和元年、同母妹の穏子が生まれる。同八年には兄時平は、蔵人頭となっていた。寛平と年号が変わって三年、父基経の薨去にあう。時平は参議、従二位の高位にあった。七年、十六歳になり八月二十一日元服。本来ならこの年には添臥としての結婚が可能であっただろう。正五位下で昇殿は許されていたのだから、当然、良き相手もあったに違いない。彼の心の中はそれでも複雑だった。

物心ついた時から、常に目の前に兄時平の存在が大きく意識される。仲平と夭折の兼平のことは考えに入れなくても、兄の政界でのあり様や、その生き方、人間関係の築き方、それに叔母に当たる高子への接し方などすべてが参考になる。

若い頃の彼女の魅力と、その無謀さについてはすでに業平の名前とともに伝説の要素さえ帯びていた。翌年、高子は后の位を廃されることになるが、結婚を躊躇する原因となってしまったと言っても過言ではないであろう。加えて妹穏子の美しさ、優しさは女性に対する理想を高め、その水準以上の人を望んで、求めようとするに到っては、思いがけなく手痛い失敗をすることにもなったのであった。

惟喬親王からその領地を伝領することになった経緯については、詳しいことは分からない。だが、時平や仲平と比べてみても、その優れていることは際立っていたのではないだろうか。邸は、親王にちなんで小野宮と呼ばれるようになり、以後、実頼、実資が継いで行くこととなった。その邸は大炊門の南、烏丸四条にあったとされている。現在、残っている『貞信公記』には、延喜七年から延喜二十年、四十一歳までの記述がある。さらに三十年、大臣、摂政と

して生き、七十一歳で世を去った。

昌泰二年、三月半ばのことである。落飾したばかりの宇多法皇は、山踏みと称し、度々比叡山に登った。その山籠りの往き来には、八瀬に立ち寄って滞在中の衍子《えんし》に会うことが多い。穏子の入内の日も近く、騒がしい京の雰囲気とは異なって、この山麓の邸は静まり返っている。女御衍子は、法皇とともに落彩をと望んだのだったが、皇女順子の婚儀が済むまでは許されなかった。暫く共にこの離宮に退下していたのである。

この年の春も暮れようとしている。二本の山桜が辰巳の方向の山道に咲き乱れているのが、御簾越しに見える。表の方で、客人を迎えるための準備がなされているらしく、時折往き来する足音や物音がしているが、偶然、順子は一人で山の方を眺めていた。二本の桜は、奥深い八瀬の山に続く坂道の脇に上下少しの距離を置いている。昨夜の春嵐のなごりで風が間断なく西の方に花びらを運ぶ。満開を過ぎた遅咲きの桜は、どの花びらがどの木から散っているのかは判然とせず、流されて蒼穹に攫われていく。

時が流れたことを意識した丁度その時、花吹雪中に一人の貴公子の姿が現れた。この殿は今、表の方で待っている忠平に違いない。それは何よりも確かなことだ。だがつぎの瞬間思わず目を疑う。石を積み重ねて固められた細い段々は、桜の花びらの散り積もる吹き溜まりになっていたらしい。そのことは順子自身ひそかに歩いてみて知るところとなっていた。忠平は目測を誤り、数段足を滑らせてしまったのだった。

順子は、「誰か」と声を掛けて侍女を呼ぶと言った。

「客人がお怪我をされたようです。上の桜の根元のところです。すぐに行って差し上げて」

家の者の数人が登って行き、忠平の肩を支えながら下ろしたのであった。一部始終を見てしまった順子は、心配でお見舞いの言葉を取り次がせずにはいられない。

順子「如何でいらっしゃいますか。お痛みでしょう」
忠平「大変なところをご覧に入れてしまいました。今夜はこちらにお泊め戴くことにしました」

忠平は数刻の後には痛みも軽減したらしく、順子のところまで挨拶に出向いたのだった。

忠平「あまりに山桜の散るさまが美しかったので、近くまで登ってみようと思い裏道を歩きました。御離宮の庭に続いている筈だと見当はついていたのですが、降り積もる花びらに足を取られてしまい、散々でございました」
順子「本当にお気の毒なことでございました。ゆっくりお寛ぎ下さいませ」

幸い大事には到らず、翌日には忠平の足の腫れも嘘のように消えていたのだった。

忠平「この度のことでご挨拶に伺ったのですが、昨日は失礼をいたしました。急いで救助に来ていただけなかったら、今はまだ立ち上がれなかったかもしれません。冷たい井の水で冷やしてくださったのが良かったのでしょう。法皇には何と御報告してよいものか」
順子「忠平様の御妹様、穏子様の御入内を心よりお喜び申し上げます」

忠平はどのように受け答えをすれば良いのか、迷わずにはいられない。今上帝の母は胤子であって、順子の母衍子ではないのだ。その胤子は早く亡くなり、時を同じくして、衍子は女御となったのだった。順子は、母がまだ尚侍として帝にお仕えしていたころに誕生していた。今は源氏の姓を賜っている。

宇多法皇は、落飾の後も政治の世界から急に身を引くことを望んだわけではない。基経の息男である時平とは、様々な点で国家の形態に関して意見に齟齬を感じていた。律令体制の崩壊に危惧を抱いていたことは確かだった。基本的な土地所有などについての法の整備は、ほとんど恣意的に藤原氏中心の有利な仕組みとなった。

天皇親政の、法を生かした制度ではなく、貴族のための荘園制度へと、恐ろしい速さで転換され、地方にまで及んでいた。法皇自身は、時平に全権を委ねることに躊躇しており、菅原道真をたてて、どちらかと言えば弟の若き忠平の尽力に期待していたのであった。

旬日の後、法皇は忠平を召して、皇女である順子との結婚を打診した。もとより不満のあろう筈もなかったが、あまりにも桜の下での一件と時間的に近かったため、二人の驚きは大きかった。あの出会いによって、長い間の知己でもあるかのような不思議な感懐を抱くことになった。不思議な力に導かれて、知り合うべき人に出会ったにほかならない。忠平には異存がないのは当然だった。順子の祖父に当たる道真の人と学問に深く心を寄せ、歴史に記されるべき思想家としても、偉大だと思い尊敬していたからであった。

五月の始めごろのことである。足の調子も元に戻り、かの日の礼も兼ねて宣風坊を訪れる。この時も何故か裏庭から廻って邸内に入ろうとした。奥の池のあたりで微かに人の声がしていた。かまわず進んでいくと、順子が侍女に菖蒲の根を引かせていた。ふと忠平に気付くと、あわてる様子もなく、まるで何事もなかったかのように渡殿から中に入ってしまった。

忠平は暫く佇んで初夏の庭の風情を味わった後、侍女に取り次ぎを頼んだ。

順子「失礼なところをお目に掛けてしまったのでしょうか」

忠平「こちらこそ不躾なことを致しまして失礼なことでした」

順子「母上に長い根をお届けしようと思い、どうしても自分の目で確かめたかったものでございますから」

忠平「それほど心を込めて、長い根をお探しになる姫も滅多にないことでございます」

順子「本当に。夢中になって何事かを突き止めようとするのは、習い性とは申しながら、困ったことと存じます。まるで兎か鼠でしょう」

忠平「兎にせよ鼠にせよ、その目前から何かを隠すなどという至難の業はとても出来ないでしょう」

勝手なことを言って、笑いながら気持ちがいつしかほぐれていく。息詰まるような政治の世界から開放されて、公式の出来事、緊張を強いられる儀式のあれこれを瞬時にして忘れさせてくれるのだった。

翌年、昌泰三年には、婚儀が滞りなくとり行われることになったのだった。

順子については、後世の研究書の中で、衍子の実の娘ではないだろうとされることが多い。女御として入内の後の誕生とすれば、この年の婚儀に際して年齢が若すぎるというのである。実の親子ではなくとも、この時代には、娘として手元に置き教育を受けさせて、しかるべき貴公子と縁を結ぶ。生涯にわたり「藤原の君」と呼ばれた順子は、叔母に当たる女性の娘だったであろうともされているのである。いずれにしても、道真との血縁関係が娘と同様であったことは疑いない。女御とされる以前の若い日に、宇多帝のもとに出仕しており、女皇女が誕生していたと考えるのが無理なく納得できよう。知性と美貌に恵まれた順子はこの年五歳ほど年上の二十六歳。忠平は右大弁で二十一歳、有望な若い官僚であった。なお、順子の名前を傾子などと記す歴史書もあることを付け加えたい。

注　藤原忠平の室であった源順子については、黒板伸夫氏が「藤原忠平政権に対する一考察」(『延喜天暦時代の研究』吉川弘文館、一九六九年)の中で、角田文衞氏の説を受けて「菅原の君」は道真の姪に当たるのではないかと推察している。

## 二　宣風坊の池波

忠平の婚儀の行われた翌年、道真は、冤罪ではあるにしても謀反に等しい罪を着せられ、大宰府へ左遷となった。子息二人が伴われ、残された一族はそのまま離散となったのである。宣風坊は衍子の里邸であったが、忠平に管理は任せられる。慌ただしい変動の中、急にはどうすることも出来ず、家司たちの姿は消え、衍子も落飾して、ひっそりと灯の消えたような寂しさに包まれている。

けれども、そのような変動にあっても、室となった順子は意外なほど明るく穏やかに過ごしていた。男子が誕生して実頼と名付ける。何よりも祖父に当たる道真を信頼し、言われのない罪を、仕方のないことと諾うことが出来たからだった。必ず間違いであろう。心の深いところで家族と繋がっていた祖父。誰にどのように取り沙汰されようとも、毅然とした態度で臨みたい、と順子は思う。

この年、参議に昇進していた忠平であったが、宇多法皇が時平、仲平よりもむしろ弟の忠平の存在に重きを置いていた証しとも言えよう。この人事は法皇の政治力を示すものとなっていたが、忠平は謙譲の精神からであっただろう、一ヶ月後に、叔父の清経（五十五歳）にこの地位を譲った。当然、若い自分が一歩退くべきだと思ったのである。

流血の騒ぎにはならなかったものの、静かなる動乱の最中であった。すべての事件の背後には兄時平の意思が働いていると知ることの出来る立場に忠平はあった。第一報は、すぐにもたらされたのだったが、忠平もまた比較的冷静に、この道真失脚、左遷という事件を受け止めたのである。

一年後の初夏、この邸を訪れていた忠平と順子は様々な感慨を抱いて庭を眺めていた。一角に小さな滝が落とされ、絶え間なく響く水音が清冽な空気を感じさせる。植栽の多くは道真の弟子たちで、今は地方に下っていった受領が、置き土産のように残したものである。少しずつ手を掛けて増やしていったのだという。石の小さな反り橋は、異国の唐風の趣を醸している。

忠平「この庭は、道真殿自らのお指図によって作られたものでしょうか」

順子「完成しない段階でかなり変更を指示されたと聞いております。あまり大きな石組みはやめて、人手のかからない簡素なものにしたそうです。花々は種類も多く、どの位あるかは存じません」

順子はそれでも幾つかの花の名を口にしたが、忠平には分からなかった。

忠平にはこの度の出来事をどう心に受け止めているのか、順子の思いを理解できる。時平の策謀に敗れたのであると、醍醐帝はともかく宇多上皇ははっきりと認識している。

今回の措置が少なからず行き過ぎたものであることは把握しているのを、度々の召しによって忠平は知っていた。我が身こそは、道真を弁護しなければならない立場にあると忠平は自覚する。けれども、今はどうすることも出来ない。すでに決行されてしまって、大宰府の員外帥という官位剥奪にも等しい身分である。これを覆すだけの実権はまだ掌握していない。若輩の身で政界を動かすという能力は持てず、せめて時平の年齢にまで到れば、と思う。弁護する役目は、その時まで保持しておこう。一時期をやり過ごし、平常心でこの時流を乗り切るのだ。

室とした順子に対しても、全く態度は変わらない。ある種の諦念は兆しても、労わりの気持ちの方が強かったのである。

忠平「ご落飾後の御母上、衍子様のご様子は如何でしょうか」

順子「母上のことをお気遣い戴き有難う存じます。何よりも、法皇様のお見舞いくださったことに感謝を申し上げております。まことに一時は灯の消える思いを味わっておりました。法皇様にご迷惑をお掛けすることになってはと、そればかりを案じておりました。それでも、大宰府よりは、無事との便りが届き、それを励みにながらえております。法皇様、そして殿のお健やかなご様子をのみ、母上共々祈念いたす日々でございます」

忠平「兄時平を始めとする多くは、この度のことをすべて道真公の蒔かれた種によるもののように申しているのですが、私はどちらかと言えば法皇様の御側に付きたい。天は何時かは明白にして下さるでしょう。無実の罪で謀反とされた歴史上の人々を思い出して下さい」

順子「殿にご負担をお掛けしているのではないでしょうか。それが何より心配でございます。ご無理をなさいませぬように」

忠平「必ず非であったと、証し出される日が来ると信じます」

順子「そう仰って下さることが救いでございます。私は母上より強い。何とか乗り切って行けそうな気がしています。静かにこの時を過ごして、のどやかに暮らしたいと存じています」

忠平「懐かしい宣風坊が残っているではありませんか。ご落飾の母上、衍子様のお住まいとして相応しい。手入れをさせましょう」

順子「祖父、道真公のことについて弁護をしたい気持ちは私も同じ。昔の弟子たちも時々訪れて下さって、安心なのです」

## 三　小倉山の紅葉

小倉山峰のもみじ葉心あらば今ひとたびの行幸待たなん

貞信公忠平詠

この歌は、藤原定家の選んだ小倉百人一首によって広く人口に膾炙している。それは後世になってからのことであって、貞信公忠平がこの歌を読んだ頃は、まだ三十歳代の若さであったと考えられる。

宇多上皇は、嵯峨の御堂を落飾後の御所とされていた。現在の仁和寺である。度々、大堰川の辺りに行幸をする。醍醐帝に譲位のことがあって、しばらくしてのことであった。『拾遺集』十七・雑詠には、

亭子院の大井川に御幸ありて、今上帝の行幸もありぬべき所なりと仰せ給ふに、ことのよし奏せむと申して

小一条太政大臣

と詠まれている。
「あまりにも素晴らしい夕日に輝く極彩色の紅葉。もしも心があるならば、上皇様の御跡をお慕い申し上げて、旬日のうちにこの地に行幸をされるであろう帝のために、どうか散らないで待っていて欲しい」というこの歌は、堂々とした詠じ方の中に、優しい心も籠もっていて、帝と法皇のどちらをも思い遣っている。どちらからも信頼の篤い忠平ならではの心情の吐露である。落ち着いた調べであり、人と自然の深い繋がり、二人の親子の愛を身近に拝している親しみが窺われる。皇室に対しての敬愛が織り込まれ、豊かで清新の気風も感じられる。

延喜五年には兄時平達による、『古今和歌集』が撰進され、「延喜式」も選ばれており、忠平は従四位という高官であった。この御幸は延喜七年のことであった。

順子との結婚の後、八年が経った延喜八年、忠平は文徳天皇の孫に当たる源能有の女《むすめ》、昭子を妻に迎える。血筋からいっても帝の文学に対する造詣の深さを受け継いだ、どちらかといえば華やかな人であっただろう。五条の后、高子やその叔母の二条の后明子などを偲ばせたと考えられる。歌に優れ、女性としての開花を思わせる、恵まれた資質と天性、人を惹きつける魅力の持ち主であったに違いない、八歳ほど年下でまだ二十一歳の若さだった。後世、九条殿と呼ばれる、藤原師輔を産む。忠平の息子である実頼にとっては、異母弟ということになる。

なお実頼もまた清慎公と呼ばれ、謹厳な性格で知られているが、その息男頼忠は公任の父なのであった。『源氏物語』の作者紫式部にとって、公任は文学の道における大先輩であったことは言うまでもない。

延喜七年より、忠平の書いた『貞信公記』が残されている。以下、『貞信公記』を少し見てみよう。

七年正月、仁和寺の宇多法皇のもとに、年始の挨拶の行幸が行われ、醍醐帝に随行する。五月と七月は、無事大過なく過ごす、と記してある。

八年正月十二日の除目、忠平は続いて八省に参る。年賀のためだった。二十一日には、内宴があって宮中へ。その後、宇治に出掛けている。雪でも踏み分けて行ったのだろうか。

二月には、大原野行幸に随行する。ほぼ慣例の通りなのであっただろう。

八月は祈雨のため、深草の山陵に詣でる。仁明天皇の御陵があったのだ。

十一月十七日、「産まれる」と一言。昭子との結婚に関しての記述は無く、師輔の誕生のみが言及されている。

九年四月、思い掛けない兄時平の薨去である。従三位権中納言忠平は、藤原氏の氏長者となる。すべては、兄の代わりとして任務を任され、重責を担うことを余儀なくされたことを意味する。五月には、蔵人所別当、昇殿をゆるされ、九月には右大将となる。忠平三十歳であった。

十月、父基経の墓のある極楽寺において、菊を供える会を催す。

十年、三男が、続いて十三年には四男、師氏の誕生をみる。ともに母は昭子であった。

師輔は次男ではあったが、政治的手腕にもたけていて、この九条家から兼家へ、その四男の土御門殿の道長へと、栄華への道、光の回廊は続いていくことをこの時誰も知る由はなかったのである。

十年、均子内親王薨じる。心喪によって三日間参内せず、とある。続いて前皇后高子の崩御。

十一年十一月、山科の山陵に参拝する。

十九年八月二十二日、順子による忠平四十賀が東五条第において催された。極楽寺にて、同じく順子主催の誦経があり、布施として布二十端が用意された。

延長二年七月には、師輔の嫡男、伊尹が生まれる。この年、忠平は室である順子の五十賀を行った。

三年正月四日には、「病者、北の方（順子）重く煩い、それによって大饗に出席しなかった」との記述がある。続いて六日、〝病者〟順子の為の修善が始められ、宮中での正月行事や挨拶などの欠礼をすることになる。

十五日、定方の室とともに順子に女叙位のことがあり、女房位記を賜い、女装束一重ね、白大掛一重ねを賜る。本来ならば祝いの席が度々設けられた筈の慶事である。

暗雲が立ち込めるように、〝病者〟順子に関する記述が激増する。

二十二日、女房《（方）》（順子）の為の修善。

二月六日、病者（順子）の為、令意上人が召された。

二十四日、天台、比叡山の座主を招いての、（順子）病い快癒のための修善。

三月、順子延命のためと天変のため、大般若経などを奉納。寺院への喜捨、鏡や法服の数々を贈り菩薩像の建立を依頼するなど、あらゆる手を尽くす。

四月四日、北の方順子卒去。五十一歳であった。

北の方順子の逝去は、忠平にとって心髄をなすものの何であったかを思わせる。『貞信公記』の現存部分における他との比重が限りなく大きい。延喜七年に書き始めた時、忠平は二十八歳。実頼の他に貴子、寛子の子女があった。『貞信公記』の終わりは薨去の直前、天暦二年の七十歳までとなっている。その間四十年、昭子との結婚は勿論、他に多くあったかも知れない召人の存在を窺わせるような、子女についての記述もない。それほど一人の女性順子を大切に守ろうとしていたと見るべきであろう。中宮穏子のこと、また温子の逝去、斎院のことなど、女性の名前は数えるほどである。


大堰川の堰を流れ落ちる水音は、順子のなきあとも変わることはない。それは年老いているようではなく、人生の半ばを歩む人の囁きにも似て、間断なくつぶやいているようであった。絶叫では決してなく、熱情的な激しい声でもない。むしろ聞く人の耳をくすぐるような懐かしさと快さがあった。

柔らかな秋の日差しのもと、堰を落ちる水の飛沫は遠く長く伸びて、白い帯のようにも見える。ここで川は休息しているのだろう。両岸の山々、小倉山も迫っていて、或るときは岩を噛み、流れは矢のように速く、乱舞し、押され突き飛ばされて、いつしか冷たく澄んで鋭かった水は、漸く静かで穏やかな憩いの境地を見出す。深さと幅と、温かさ。それに少しの汚れも添えて、対岸の山を映し、ゆったりと寛いでいる。桂川、淀川となって海へ注ぎ込む前の、このひとときの平安と調和を、人々もまた、人生の途上において持つことをのぞんでいるのだろう。

小倉山は、忠平の生涯にわたりかけがえのない存在であった。もはや弁護士としての忠平の役目は終わり、平坦ではなくとも、王朝の時代を支える重要な任務を帯び、責任をもって政治を担っていくことになったのだった。

## 四　山科勧修寺の月

年代は遡って、ある秋のことである。晩秋にしては珍しく暴風雨となって、空は急に夜のように暗い。まだ若く十八歳、元服したばかりの冬嗣の孫、藤原高藤は、鷹狩の貴重な一日を突然の天変のために台無しにされようとしていた。従者たちとははぐれてしまい、伴人《ともびと》一人を連れ、とある屋敷に入った。足を傷《いた》めたらしい。今宵はここに泊まるよりほかないだろう。

高藤が、馬を休ませておくように言っていると、主が灯火を点じて招き入れてくれる。馬に秣《まぐさ》を用意し、乾いた衣を出してもてなしてくれた。高麗縁《こうらいべり》の畳、天井や屛風の趣ある風情に俗人の住まいでないことが知られる。灯芯の焦げる音が微《かす》かに聞こえるのみ、静かである。横になっていると、遣戸《やりど》が開いて蘇芳色の衣に緋色の袴を着けた

十三、四ばかりの美しい娘が入ってきた。扇で顔を隠すようにしながら、高坏《たかつき》、折敷《おしき》の御膳などの世話をする。水の瓶と瑠璃色の器を手にして、その娘は言う。

「御足《みあし》が痛んで悪寒がなさるとか、これが多分よく効きます」

黒い粉末で、水で含むとかなり苦い。出された枕と数枚の夜着を引き被ると、後はほとんど前後不覚に、眠りの世界に落ち込んでいった。

半時も経ったであろうか、悪寒も何時の間にか消えており、冷えていた手足も温まって頗《すこぶ》る心地良い。眼を開くと先ほどの女が灯台の灯をついでいる。暫く眠っているふりをしていることにする。また一時ほどが過ぎた。

高藤「今日は一日中狩猟で、朝早く立ったのだが道に迷ってしまった。山科のこの辺りはよく知っているつもりだったのに、陽が沈むと山路は暗いものだ」

女「時ならぬ暴風雨でございましたから」

黙したままの数刻が過ぎて、女は急に思いついたとでもいうように、「どちらからいらっしゃいました」と言う。どちらからとは、如何なる意味なのか。栗栖野《くるすの》の地を通り抜けてと答えればよいのか、それとも、三条の、父良門の屋敷よりと答えれば良いのか。

高藤「それよりも、こちらは誰の御住まいなのだろうか、初めて伺った」

不思議な出会いを僥倖《ぎょうこう》と言えるのかも知れない。瞑目《めいもく》すると、午の刻を過ぎた頃に木幡の野末に一羽の、美しい雉を見たことが思い出される。

高藤「七色の混じり合った雉を見かけたのです。残念なことに逃がしてしまった。何やら仕種があなたに似ておられる」

女「その雉は、わたくしが飼っておりますの」

本当なのかと聞き直したいほどに、その言葉は落ち着いていて何より真実味を伴っていた。

翌日、ここが宮道弥益という郡の大領《だいりょう》である者の屋敷なのだと知る。

あの雉は、それでは名前からいっても神の使者、矢で射ることはしなくて何よりであったと思う。まるで、昔物語のようなこの一夜の契りのことは強く印象に残ったのだ。

だが、その記憶も日々の煩雑さの中に薄れて、再び思い出してこの山科の地を訪れたのは、数年を経た後のことである。そこには愛らしい女の子が育っていた。

宮道「胤子と名付けられました。拝受した剣を大切にお守りしております」

高藤「ふと何かに導かれるように、足がこちらに向いてしまいました。神のご加護あってのことでしょう。それにしても、我が母の面影があります」

このような所でと、深い愛と哀れみの情を覚えた高藤は、胤子を伴って京に帰った。後に、定国、定方という兄弟と、満子という妹が生まれることになった。そして十数年が過ぎ去った。

胤子は美しい娘に成長した。秋の初めのある日、すでに夕靄《ゆうもや》が薄く野を覆っていた。朝から山科の辺りに出て獲物を追いながら、仁明天皇の若き皇孫、定省王《さだみおう》は微かな苛立ちを感じていた。

谷川の音にひかれて、低い丘に駆け上がってみると、丁度眼の下に、一匹の美しい鹿が水を飲んでいる。何故か矢を向けることを躊躇《ためら》い、引き返すと、今宵の宿とされている藤原高藤の別荘に向かう。藤原冬嗣の三男良門の長男が高藤である。

狩のためにこの地を度々訪れるので、高藤の息、定国、定方の兄弟と定省王とは特に親しい間柄であった。今日は定国もまた、別の方角からここを訪れることになっている。

後に山科の勧修寺とも称されるのは、高藤が若い頃、この地で出会った女性と結婚しそれ以来、時折滞在しては、様々な催しをした後に寺に改めたからであった。

獲物を見せ合い自慢するのが習慣であったのに、今日はそれができない。ひどく残念な気がする。けれどもあの美しい鹿は命を落とさないですんだ。

篝火のもと、共に語り合えば鹿の角を惜しむ気持ちも少しは紛らわせられよう。再び、先ほど渡った橋の上まで足を返して来た時、短い秋の日は暮れようとしており、茜色の雲が山の端に広がっている。

その夜更け、饗応の宴を抜け出した定省王と定国は、庭づたいに石段を登り高殿の簀《す》の子に出て月を眺めていた。都の政治、権力に対する執着は果たして全くないと言い切れるであろうか。貴族である自分たちは平常、たとえ大路に行き倒れになりつつある幼子を見ても、急ぐ時には馬から下りようともせずに、見過ごしてしまっていたかも知れない。鹿の命を救ったのは、遣唐使になって、もし異国に出て行っていたならどうなっていただろうかと、我が身と心のありように、あの無力な生き物の姿を重ね合わせてしまったからに他ならない。自由に憧れつつ、権力には固執したくないと考えているのだった。「弘仁式」や「貞観式」など、すでに法が出来上がっていることを思う。

定省王「この月をみていると、未だ帰ってこない遣唐使のことが思い出されてならない。健在であろうか」

定国「今宵は、満月が池にうつって天と地と二所にあるようでございます。きっと異国にも同じものがありましょう」

定省王「どうしても、この国を一度は離れてみたいと常に言っている。けれどもあれは本心ではない」

微かな驚きの表情が、池の面に見入っている定国の横顔に浮かんで消えた。

定国「では、何故あのように仰せなのですか」

定省王「誰が私に、王権の座に即《つ》きたいとの考えが無いことを証《あか》しだしてくれるだろうか。元服以前、幼い時からいつも漠然と誰かに担《かつ》ぎ出されてしまうのではないかと不安だったのだ。だから、人々の私に向けられる疑惑の眼を逸らすためには、何としてでも、私の望みはこの国を離れることだと、人々を信じ込ませるように振る舞ったのだ」

定国の心の中に衝撃が走った。

定国「今伺ったことは、ここだけの秘密にしておきましょう」

決して他言はしないとの誓い、それは二人の間の盟約のようなものであるといえよう。だが、他にも一人この秘密を知ってしまった人がある。偶然、この高殿の奥の間でひとときを過ごしていた、定国の姉の胤子がその人である。奥の間から、かすかに届く大殿油の光に気付いて、二人はそこに胤子が居たのだと知った。

定省王「そこに長く居られたのですか」

胤子「先ほどから、月を見ておりました」

もしかしたら、何か聞こえたのだろうか。それを確かめようという気持ちは失われた。あまりにも月光は燦《さん》として降り注いでおり、妄念も消えるように思われたからであった。

定国や胤子たちの父、高藤と同じように、この地は定省王にとっても、出会いの地となったのである。その年のうちに婚儀は整い、定省王は胤子と結婚して、三条の高藤の邸に通い始めたのであった。

日下賀茂《かも》神社での祭《まつり》に先立っての準備、打ち合わせが長引いたために、定省王が糺の森の方に歩き出したのは、日がたけてからであった。定省王にとってここでの思考は、誰にも遠慮したり、相手の反応を気遣ったりせずにすむ、自由なものだったのである。

遣唐使として出国することを希望していたが、それは本心ではないと定国に漏らしてしまったことを後悔しているわけではない。胤子にも聞かれてしまったことを、高藤の邸に通い始めてすぐに知った。ともすれば、心の中には反逆的な思いが沸き起こる。

定省王「どうお思いになるだろうか、人が発心《ほっしん》を起こすことの真実の理由を。唐の国の繁栄の様子を人は語ります。鴻臚館を賑わすのは異国から優れた技術をもって造った船で、荒海を越えて来た方ばかり。仏教を広めようとの志を持っている故の強さでしょう。それなのに、この国の実情を見れば、他に誇るべきことは幾らもない」

胤子は困って、何時も溜息をつくばかりなのである。

胤子「そう仰せられても、難しいことは分かりかねます。厳しい冬の後に、温かい陽差しが戻って来るように、ご心配には及ばないのではありませんか」

定省王「引き剥ぎ、追い剥ぎの類が、朱雀大路の闇には出没しているという。五条河原には、鳥の餌食になる屍《しかばね》も多い。それも世の常、唐国にもあることなのでしょう」

胤子「恐ろしいことを仰《おっしゃ》るのですね。こともなげに」

定省王「あきれておいでなのでしょう」

何故か、胤子の前ではそんな現実をはっきりと話してしまう。そうさせられる雰囲気のようなものがあった。きれいごとではない世の裏側も、知った方が良いに決まっている。だが、あまり一度に考えを押しつけるべきではないかも知れない。

それから度々、聞いてもらいたい不安や逡巡を抱えて、足は高藤邸の方へ向かってしまうのだった。

森に入ってすぐ右に、湧き水の流れのたゆたっているところがあって、ちらちらと影を落とす木漏れ陽と静寂、青苔の色の時々の鮮やかさ、聞こえてくる鳥の囀りなどが、遠い異国の地を偲ばせる。このような自然も同じようにあるのだろう。

異国に必ずしも行かなければと考えるわけではない。新しく学び取らねばならない何かがあるのだろうか。単に最高の成熟をなし遂げたその国に対して、羨み阿諛《あゆ》しようとするだけなのではないだろうか。拮抗する考えの中で、この日もまた、ひととき、愚痴とも気炎ともつかない、胸の内を胤子に吐露してしまうに違いない。

この国が海に取り巻かれていて、海外の様子が手に取るようには分からないということこそ、困るのだ。白雲千里の遠きを怨《うら》む。別の世界のこととして、身分の高き低きに関係なく、新しい知識が入らないことの怨みに他ならないのであった。

その夜深更に及んで、胤子は高熱のために譫言《うわごと》を言ってしまった。几帳を引き寄せ衾《ふすま》を重ねてもなお、寒気は枕辺に襲って来た。夢の中で遠い、唐国らしいところを彷徨《さまよ》っている。尖った薄墨色の山々が、雲の中に見え隠れして、広い平野がどこまでも続いている。ついていけない。定省王の複雑な考えに。容認することも拒絶することもできない。ただ頭の中を回り回って、もとのところに戻ってしまう。

調じられた薬湯が効いたらしく、目を覚ました時には、ここが何時もの邸であると気付いてほっとする。まだこの世に止《とど》まっていられたことを有り難いとも、嬉しくも思うのだった。

定省王「随分うなされておられたようでしたが、もう大丈夫でしょう。あまり恐ろしいことは、これからはお耳に入れないようにします」

胤子「お気になさらないで下さい、慣れましたから」
悪夢は消えて、熱も下がっていた。胤子が懐妊のことに気付いたのは、数ヶ月が経った後であった。

さらに遡って元慶七年の初夏、双丘の上辺りにはまだ雲が残っているものの薄い靄も晴れて、朝の陽射しは、咲き始めた蓮の淡い紅の色をひときわ輝かせていた。後に法金剛院と呼ばれるようになるこの山荘は、かつて右大臣清原夏野によって建てられたものである。仁明天皇は行幸の折に、背後の山に登ってその景勝を愛で、山に「五位」という位を授けたので、それより五位山と称されるようになったのだという。

藤原基経は、ひとりこの池をめぐりながら、翠緑に溢れた風景とはかけ離れた一つの苦い思いを、噛みしめながら深めていた。御年二歳で東宮となって以来、帝には公私に亘って仕えてきたのだ。その帝も昨年元服、十六歳になった。国史に記されはしないが、帝の芳しくない行跡について悩んでしまうのだ。母皇太后高子は基経の実の妹に当たる。もしも、この帝にご退位をと迫れば、それはどれほどこの妹を悲嘆に落とし入れることになるであろうと基経は思う。だが、現在そのことは、あらゆる政治的画策に先んじて、焦眉の急ではないか。客観的に見れば、身内の甥に当たる帝に譲位を促すのであり、何ら不自然なところは無い。政争の果てに血が流されるような革命などとは全く異なるのである。

けれども「皇太后高子の穏やかな幸せは、音を立てて崩れるであろう。それを見届けるのは辛い」と、基経は思う。元慶四年五月には、在原業平が世を去り、同じ年の十二月に高子の夫清和上皇が崩御した。それ以来、往年の華やかな色彩に溢れた生活とは全く異なり、静かで穏やかな日々を過ごしている。基経はそのことを承知しているだけに、新たに厳しい状況に陥るということに、「耐えられるだろうか」と妹の身を案じているのである。摂政となり、関白太政大臣となって世を支えてきた基経にとっても、実は身を切られるような思いとともに、打ちのめされるような慙愧《ざんき》の念を禁じえないのだ。

基経「今年の蓮は、少し遅れて咲き始めております」

僧「様々なところで、祈雨の催しを致しているのですが」

後ろに追いついて来て、話しかける僧都に向かって基経は気掛かりを口にした。

僧「文徳天皇の斉衡三年でございました。御父君の藤原長良殿が薨《こう》じられましたのは」

基経「法事は来月となっています。ご出席下さるのだろうか」

僧「御父は、またとない志の高く、潔いお考えの方でいらっしゃいました」

基経「是非聞かせていただきたい」

「伺います」と、僧都は答えた。

この山荘は、天安二年、文徳天皇により大伽藍も建てられ、天安寺と改められていたのである。父、長良は寛容な人柄故に、多くの人々に慕われた。薨じた後に、正一位左大臣が追贈された後、太政大臣が重ねて追贈されたのであった。第三子の基経は、長良の弟である良房の養子となったのである。

基経「その頃には大方、雨も降り出していることと思っております」

僧「どちらかに降雨祈願をお出しになられましたか」

基経「貴船にも松尾にも、使いを出したところです。もう着いているでしょう」

僧「何事か、ご相談があって来られたのではありませんか」

基経「いえ、御仏のご加護を祈って参りました」

それ以上、僧都は詳しいことを聞き出そうとはしなかった。

長良の兄弟の友愛の関係については、この世だけのものでなく天にまで至るものと讃えられた。そのことは基経の誇りでもあった。兄弟の相互の信頼は、人生における指針とも仰ぎ見られるものだったと言えよう。

その朝、池をめぐりながら考えていた事は、半年近く熟慮されることになった。事は重大であるだけに誰にも相談することはできない。だが、決して口外することの許されない密事《みそかごと》であったが、準備は着々と進められていったのであった。

定省王の父、時康親王に関して、基経には若き日の一つの思い出があった。父良房邸の正月の大饗。年の初めの宴会で、基経は年少で主催者側でもあったために、ごく末席に侍して、饗応の始終を見守っていたのだった。宴もたけなわの頃、主賓である尊い僧の前に、陪膳《ばいぜん》の者が、御馳走の雉の足を落としてしまったのである。役の者はひどく慌ててしまい、この親王の御前の分をさっと取り上げて、そのまま主賓の膳に据え置いたのである。その時親王は、咄嗟に近くの大殿油をふっと吹き消してしまったのだった。一瞬闇があたりを包んで、失敗も無礼も人々の眼には入らなかった。思い遣る心、機知に富んだ機敏な行動。基経には忘れられない光景として強く印象に残ったのである。

このような親王ならば、急に帝位に即いても、難しい政治の局面に立ち向かって行けるに違いないと基経は考えたのである。

一方、高子は失意の日々を過ごしていた。数日後、基経は高子のもとを訪れた。夏らしい日々が続き、詩歌管絃の遊びが築山の向こうでなされているらしい。西の対の渡殿の前にも篝火が燃えている。月の出はまだのようである。この度の高子の行啓は僅かに数日の日程である。皇太后高子が、里邸である染殿に滞在して二日目の宵のことなのであった。懐かしいこの邸は、少しも変わっていない。それほど遠くない過去を振り返って、高子は何故か切ない思いにとらわれていたのである。「自由奔放な若い日々であったのだろうか。身近な人々だけではなく、多くの人々を傷つけてしまったのだろうか。周囲の人を振り回すような、浅はかさがあったのではなかっただろうか。今、誰の責任にすることもできない、我が子である帝（陽成）のご行跡の責任も負わなければならないのだろう。どうすればよいというのだろうか」と、越えられない壁に遮られたような気がした。「思いのままに、出家をしてしまって済ませられるものでもない。取り返しのつかないことになる前に、何かしなければならないのではないだろうか」灯火を持って入って来た女房にも気づかないほど、高子の心の中には心配ごとが次々と押し寄せる。

かつては、何もかもが思いのままに用意され、完全な定まった秩序が存在しているような気持ちであった。何でも許されることをかえって不満足に思ってしまう。閉塞された所に長く居ては、窒息してしまうに違いないとさえ思われたのだった。

次第にその環境に慣れるよう、それなりの努力もした。周囲の人々への気遣い、微笑を絶やさず、困難な局面にも対応してきて、息苦しさを感じ始めた時、皇子（陽成）の言いようのない様子に哀しい思いをさせられている。苦しんでいることは誰にも相談することができない。

兄の基経だけは、すべてを見抜く眼を持っている。そのために、高子は心の中を打ち明けて話を聞いてもらうことは苦手だった。

帝は兄の甥にも当たるのだ。同じ血脈であるとするならば、決して他人のこととせず、理解してもらえるに違いないのである。

女房「お手許が暗くてご不自由でしょう」

灯を側まで持ってきた女房に向かって、尋ねた。

高子「今日、兄上とご一緒にお出でになられているのは、どなたなのですか」

女房「橘広相殿でいらっしゃいます。さすがに文章博士として、ご立派な詩文をお詠みと承っております」

政界にどのような流れがあるのか、はっきり理解できないながらも、漢詩漢文に優れた優秀な人材が兄基経のもとに集まっていることは確かだ。その兄の重荷にだけはなりたくない。

女房「先ほど、遣り水の脇に蛍が飛び交っているのを見ました。本格的なお暑さもすぐでございます」

そう言い置いて女房は行ってしまった。蛍を見れば少しは慰められるかも知れない。救いようのない悲哀も消えるだろうか。けれども、高子は蛍の飛び交っている所まで行ってみる気力がないと感じていたのだった。

元慶八年、一月も半ばを過ぎたある日のことであった。

年初に当たって、弓場殿での賭弓《のりゆみ》の儀式の演習も終わる頃から、冷たい氷雨が降り始めた。重く曇った空の下で、舎人《とねり》たちの引き絞った矢は鋭く虚空を飛んで、ほとんど謬《あやま》りなく的を射抜いた。静かな凝縮された時間が流れる。この一瞬の勝ち負けに賭ける彼らの眼には、平常と全く異なった輝きがあった。

演習が終わって、基経は当代の帝の母である皇太后高子の殿舎に向かった。忍びの訪問であった。街は厚い雲に音を吸い取られて、鉛色の暮色の中に沈み込もうとしている。庶民の門の中に足早に消えて行く老人の背の籠には、萎えかかった青い菜が見えていた。

殿舎の前は静まりかえっている。思いがけない寒さのために、出入りする者も少ないのであろう。それとも、高子の具合が悪いのか。遣り水の清冽な流れの音がしているばかりで、蔀戸は半ばおりていて、傍《かたわ》らの桜は、ほんの僅かに蕾を膨らませていたのだった。旬日の内に、この桜は満開になり、咲き誇るであろう。けれども、同じく旬日の内に確実に御世は変わる、そう思うと胸が痛むのであった。

想像していた通り、高子は灯を近づけて文を読んでいた。

高子「雨模様の中を、よくおいでくださいました」

基経「降り始めていいます。あい変わらず歌をお詠みなのですね」

高子「わたくしには歌しかございませんもの」

その言葉を重く受け止めると、基経は清和帝崩御以来の妹の、言い知れぬ胸の内を思いやった。確かに在原業平の時代以降、和歌、倭歌の流れはいつしか宮廷の女性たちになくてはならないものとなり始めていたのであった。『万葉集』の時代から「読み人知らず」の歌が多くなる。

基経「歌はやはり、公の場で朗詠《ろうえい》するというには優しすぎるのではないでしょうか」

高子「そうでございますね、漢詩でなければ、事は運ばないのでございましょう」

基経「いくらか口惜しそうに響きますね」

言いながら基経は、丁度半年前のことを唐突に思い出していた。次の帝位には、どの親王が最も相応《ふさわ》しいか、関白太政大臣として、親王方それぞれの御所を訪問し、それとなく挨拶の言葉を交わして様子を拝見したときのことである。源氏の一人、融は次のように語った。「この度のことで皇胤をお探しなら、余もまたその一人に該当するではないか」と。

容貌、心ばえともに優れ、世の人々の間で声望の高い方が一人あった。仁明帝の第三皇子時康親王がその人である。

すでにこの年、元慶八年、五十五歳という高齢であるが、その最適であることを誰よりも知っているのが基経であった。

二月の三日になれば、陽成帝が位を退くのが明白になる。妹はどれほどか力を落とすことであろう。けれども、もう後には戻れない。どれほど兄を恨んでも、この運命を受け入れるよりほかはないのだ。文徳帝の弟なのだから、時康親王もまた、和歌に優れている。そのことは、この国の文化にとってもかけがえのない貴重な意味を持つであろう。帝のお風邪気味のことに触れて辞した時、すでに闇は濃くなっていた。

二月三日、大炊御門の北、小松殿と呼ばれる、新皇太子となる時康親王の屋敷は上達部の車や馬に囲まれて、立錐の余地もないほどとなった。遠くからここを抜けて行こうとする人々は、何事かと驚いた。焼亡か、追補かと。空を見上げても煙は立っていない。

その朝、基経は帝（陽成）にこう奏上したのだった。

「今日は絶好の花見日和でございます。行幸に参りましょう」

そう誘い、染殿まで送ることにする。その場で様々な理由を述べて、帝の譲位が抜き差しならない急務であると伝え、一筆認めて戴いたのである。その後、万端を整え、公の使者として到着したのであった。宮中に於いて、この夜禅譲は無事に行われ、時康親王は式部卿宮から即位して、光孝天皇となったのである。基経の母乙春とは、天皇の御母沢子が姉妹であったので、この親王が聡明であることは早くから知られていたのであった。

## 五　明晰さと人格

光孝帝が即位してから、一年半が過ぎた。

光孝帝の息定省王にとっても、慌ただしい日々であった。男御子が生まれたからである。帝にとっては孫、皇孫ということになる。仁明帝の皇孫である定省王と生まれた御子は、同じ立場に立ったことになる。そのことで、やはり愁いは尽きないのであった。元服以前から、そのような立場を利用したいと考える人々の存在が感じられたからである。

ある日、久しぶりに、数人の伴の者を連れて、定省王は狩に出掛けた。

薄い雲の間から、きらめく陽光が湖の上に降り注ぐ。大津から琵琶湖をのぞむ岸辺近くに立ち、定省王は雄大な景色のなかで、荒れ果ててしまった古い志賀の都の跡を眺めて一時を過ごした。足元の葦の茎には、小さな蝸牛が固くしがみついている。引っ張ったくらいではとれない強さ。忘れられたような存在の上にも、変わらず紛れようもない天体が運行する。

志賀の都、そこに打ち寄せる波は果てしない水源に向かって返って行く。岩々を砕き洞窟にたゆたい、飛沫を高く飛び散らせて、魚の死も見届けて、やがて再び穏やかに凪いでさざ波となって打ち寄せる。

人の生きかたはどのようにあるべきなのだろうか。中国の思想では、真剣に生きる人はまた、知を捨ててひとり道に遊ぶとある。流れに乗れば行き、州《す》に逢えば止まる。身を天命に委ねればその生は水に浮かぶようで、その死はひそかに憩うようである。天地に浮かぶ様子は、まるで自在で繋がれない舟のようであると、中国の詩人屈原は彼の詩の中で言っている。

この度、親王の位から源の姓を賜って臣下となったことは、これも天命といえるのであろうか。帝となった父である光孝天皇のご意思なのではなく、全てにおいて背後の力、基経の計らいであると知られる。一代限りの傍系の帝の後で、再び王統は文徳帝の子孫へと戻るべく計画されているのであろう。その事に対して恨みを抱いているわけではない。だが、それほど警戒されていることが不本意なのであった。

定省王は、渚に出て貝を拾っている子供たちの所に近づいてみた。

定省王「なかなか立派な貝だな。味も良いのであろう」

子「それはもう。取ったばかりですから」

定省王は、「一籠ほどを持たせて、京へ届けるように」と、供の者に指示を出した。

三条の邸には、胤子と生まれたばかりの御子、それに尚侍《ないしのかみ》となる満子もおり、賑やかである。訪れる度に、定省王の心も少しずつ癒されるのであった。

表向きには、見聞を広めるための遣唐使をも辞さないと、定省王は表明しているのだった。政治には立ち入らないことを、世に断言しておかなければ身の危険が感じられたのであった。漢詩漢文を律令政治の根幹におくということの重要性を認めている、だが心の隅では、何とかして我が国の固有の文化を大和言葉で築くことはできないだろうかと思う。胤子は案じているであろう、国を離れることが本心からの希望ではないと気付いてしまっているのだから。

現在、遠い大宰府の地にも、唐風の立派な建物が並んでいるという。物質文明では、この国も決して他に劣ることはないだろう。

「天地は礼によりて和合する」と『礼記』にはある。他の国とも礼を持って接するならば、豊かな実りを共に得ることができよう。「一夕酒を酌み交せば、率直に心を開いて帰求の思いを語る」と詩には詠まれている。「漢詩の心はよく理解できないのが残念です」と、申し訳なさそうに胤子は言う。どこに赴くことになろうとも、その場所で友を得て、酒を酌み交わすだろう。その自信はある。だが、今都を離れるわけにはいかない、と定省王は思う。

元慶八年九月、定省王は十九歳になっていた。

父光孝帝は、即位後すぐに基経の勧めによってであろう、皇子、皇女二十九人に源氏姓を賜り臣下に下されたのである。皆同じように、王権より遥かに遠く追いやられたことになる。中でも我が身は、他の皇子よりも危険視されているに違いないと、定省王はある種の不安を抱いていたのであった。

仁和三年、帝位に着いて三年の光孝天皇は、病《やまい》のために譲位をお考えになった。夏の初め頃よりの不例は、日増しに重くなり、政務にも滞りが生じていたためである。

仁明天皇の第三皇子として生誕、母は藤原沢子、太政大臣総継の娘であった。一品式部卿宮となり、帝位に即いたのが五十五歳の時のことであった。基経はその際、それほど年齢に関して不安を抱かなかったのだが、それには理由がある。養父である良房は、六十九歳の長命で薨じた。貞観十四年のことであった。良房の妹の順子が仁明天皇の寵愛を受けていたために、天皇の崩御に際しては、東宮恒貞親王を廃して、順子を母とする文徳帝を擁立。良房は六十三歳で、太政大臣として国政を思うままにしたのである。娘である后明子の御前で良房が詠んだ歌は、今も基経の心の中に残っている。

年経ればよはひは老ひぬしかはあれど花をし見れば物思ひなし　良房詠

瓶に挿された華やかな桜の花は、后の幸せを物語っており、それを見る良房の心には、その日満ち足りた思いだけがあったのである。光孝天皇の、父良房によく似た風貌であることを思う時、同じように長命であろうことを信じて、全く疑わなかったのだ。

病床に呼ばれた基経は、思いがけない言葉に衝撃を受ける。

光孝「次の位には、定省王を即けたいと思う。急ぎ取り計らうように」

基経「そのようなことを仰せになりましょうとは、全く存外なことでございます。すでに源氏の姓を賜って臣下となっておられます。帝が親王から、帝位に即かれたのとは違います。一旦臣下に下った御方を、どうしてなされましょう」

光孝「白壁王の御例があるではないか。この度お生まれになっている御子を皇太子に立てれば、世の中も次第におさまるであろう」

基経「そのことはご心配召されませぬように。必ず尽力いたしましょう」

そう言ってから、基経は後悔せずにはいられなかった。けれども、引き受けてしまった以上はどうすることも出来ないのであった。良房一門の中で次々に帝位をという願いがあったのである。先帝で途切れたこの系譜を取り戻したいが、すぐには候補が立てられない。予想のつかなかった事態に、さすがの基経も計画を変更するほかはなかった。かつての源融がそうであったように、優れているのに何故自分ではないのか、と思う人もいるであろう。後に、不満が出て来て不測の事態に到るのではないか。道理のままならば、他の源氏姓を賜った親王たちも、皆等しい立場であるといえよう。けれども帝の御本意には、背くことなどできないのだ。

基経には、我が身にとって何が望ましいか、それを考える余裕はなかった。何もかも、仰せに従ってなすべきことをしなければならない。

仁和三年八月二十二日子刻、地震があり、翌日未刻にも地震があった。

二十五日、詔があった。「第七皇子定省は、寛仁で徳が厚い。皇太子に立てん」と。

二十六日、立太子の礼。巳二刻、光孝帝は仁寿殿において崩御。同日、践祚《せんそ》の儀式が取り行われて、定省王は皇太子となり、宇多帝となったのであった。

厳しかった夏も終わり、山々に秋色が迫っていた。宇多帝は父崩御の悲しみの中で二年前のことを思い出した。賀茂の明神よりの御託宣を聞いたのであった。「春の祭の他に、冬にも祭をするように」と。臨時の祭の日取りを決めるなどということは、帝の重要な政務の一つなのである。「それは公けの行うこと、そのような力は持ち合わせておりません」と宇多帝は答える。あるいは夢にでも見たことを、ふと現実のものと錯覚してしまったのかも知れない。不思議な夢告げは、帝位に即くべく用意されていることを予告していたのだろうか。さらに困難な政治的局面を打開するように、力を尽くすべきであると。

文学の面でも古代社会はある転換点にあった。漢詩漢文が、全ての権威の象徴としてあり、政治はそれを道具として成り立っていたのだ。公用の言語として必要とされ、あらゆる面で唐国のやり方を模倣し、取り入れて踏襲する。法律用語、価値基準の表記など、漢詩漢文の知識なくしては、何事も行えず、何人も従えられない。その権威性や正当性は、決して消されるはずのものではなかった。だが新しい言語の風はすでに巻き起ころうとしていたのである。それは、伏流のように隠されて、見えにくいものにはなっていたが、細く確かなものであった。大和言葉による、大和言葉の言語活動がそれである。歌の伝統はそれにより支えられ続けて、独特の繊細な心情表現の世界が切り開かれようとしていたのである。

在原業平の没後七年、『古今和歌集』の成立より十八年前のことであった。宇多帝となって、すぐのできごとが、「阿衡《あこう》」という漢語の意味に関しての、思いがけない暗闘であったことは、極めて象徴的であった。基経は、この御世代わりによって、これまでに築き上げてきた権力を削《そ》がれるのではないかと、そのことを恐れたのである。

仁和三年十一月、即位されたばかりの帝（宇多）は、関白基経に賜った詔の中で、「宜しく阿衡の任をもって卿の任となせ」という語を用いられた。その意味の解釈の相違によって、彼は暫く任務から離れてしまったのであった。

その頃、讃岐の地にあった菅原道真は、言葉の綾などに惑わされずに、きちんと理解して、事の本質を見逃さずに解釈して戴きたい、という書状を奉った。この事件には、即位の前に胤子と同じく更衣として入内《じゅだい》していた義子の父、左大弁、橘広相が、詔書作成に加わっていたこともあって、こじれてしまったのである。

基経とほぼ同時代に生きて、長くその仕事を支えた菅原道真は、承和十二年に生まれた。貞観四年五月に文章生の試験に合格、九月初めて殿上して清和帝の重陽の詩宴に侍し、応製詩を差し上げた。基経とはこの席が多分、正式な意味での出会いだったであろう。貞観八年閏三月十日応天門の変。道真の母方は伴氏とは縁のある家系であった。しかし彼は、この事件を冷静に見て、危うきに近寄らず次々と詩文を著していた。二十四歳の時、惟喬親王のために紀氏の追福願文を作る。その頃から、「後漢書」、「論語」等の講義を行い、各集の序を草し、上表文を草する。二十六歳、都良香が道真の対策を及第と判定、九月には正六位上に叙せられる。二十七歳少内記、二十八歳十月右大臣基経の官を謝する表を草する。三十歳、従五位下。貞観十六年、兵部少輔。基経の東斎に陪して詩を賦する。三十二歳、彼の四十賀の法会願文を草した。三十三歳、文章博士を兼ねる。元慶と年号が変わり、陽成天皇の御代になったが仕事は次々と完成されていく。三十五歳、「文徳実録」の序を草し、三十七歳菅家廊下を主宰、大学学生を教える。その間、長男等が生まれ、父是善を失う。三十九歳、基経客亭の作文会に出席、また四月「鴻臚贈答詩」を作る。四十歳、基経の書斎にて「孝経」の竟宴があった。

仁和元年、陽成帝から光孝帝へと御代が変わった。基経五十算賀の屛風図詩を作り、君臣関係も順調に見えていたのであったが、翌二年一月、道真は突然讃岐守に任ぜられて、都を離れることになったのである。

文章道出身として、学閥の中に於ける競争を知る身であった。政治の社会では、凌ぎをけずる激しい暗闘が官位の昇進に結びつくことも多い。道真はその中で、時の帝にも信任厚く、大臣基経にも重んぜられていた。その親しさに対して同輩からは嫉視される。下の者からは、油断すれば有形無形の突き上げがある。水面下の抗争の均衡が揺らぐと、小さな失態も大きく取り上げられる。ありもしない落首を作ったなどという嫌疑までかけられるに至っている。天神と地祇とに証しをして欲しいと願い「有レ所レ思」という詩を作ったのはこの時のことである。

最愛の息、阿満とその幼い弟二人がともに夭逝するという道真自身の憂苦もあった。この喧噪の都を離れて初めて地方の、守としての生活をすることに、むしろ、ほっとする思いだったのではないだろうか。これまでの加賀権守は遙任であったが、今回は任地に赴く。兵部少輔、文章博士の兼任もなくなる。彼は主人の出発した後の邸が、茨や枳棘《からたち》の花に包まれるであろうことを案じてはいたが、一方静かな所で、阿満の為に祈りたい気持ちにもなっている。七歳にして逝った子の、邸の壁の学習した字の傍に、まだ加点も残されたままになっている、それを見るのも辛いのであった。

この時の道真の心の中を、彼の残した詩をもとに辿ってみる。

（けれども、思い懸けず讃州の風土は美しかった。かえりみれば仁和二年の春のことである。私は、春路遙かなる任地を指して出発した。妻子のいくばくかを残し、背後に古き木立、我が住み慣れし京の邸は霞の中に遠ざかっていった。）

吏となり儒《じゅ》となって国家に報いむ
百身独立す一《いつ》の恩涯
東閣《かく》を辞せまく欲《ほ》りして何《いか》なることをか恨みとせむ
明春洛下《らっか》の花を見ざらむことを

（『菅家文草』）

という道真の詩には「相国東閤銭席」との題がある。

（任地にて、私は多くのものを検分した。到着しての後、数月は、ただ都の方幾千里を思って嘆息するのみにて過ぎた。六日の道程にて帰ろうと思えば、帰れない事もないのだったが。月見れば月下の朱雀門を思い、花見れば北山の遅咲きの桜を偲ぶ。思いあまって、都にのがれ帰れば一代の不覚となるだろう。拝命してしまった後は、その任を全うすべき事、かかる運命が自分にあることを、多くの書より学んだ事で、私の半生の学問によって教えられたことなのだった。）

また、「寒早十種」と題された道真の詩には、心打つものがある。

何れの人か寒気早き
寒は早し走り還る人
戸《へ》を案じても新口なし
名を尋ねては旧身を占ふ（誰が真先に寒さを味わうだろう。それは、貧しい者たちだ）

（『菅家文草』）

一方、時康親王、即ち光孝天皇に禅譲が実現したのは、基経の母乙春と、天皇の御母澤子が姉妹であった為に、若い時から、この親王が聡明であるのを基経が見抜いていたからであった。「何かにつけて賢明でいらっしゃる。立派だ」と感じていたのだ。父方の従妹の孫を廃して、母方の従兄を立てたことになる。どちらも身近な血族ではあるが、流れを全く変えることになって、英断といえるであろう。

若き日の親王に関して、先にも記したように逸話がある。良房邸の正月、大饗、年始めの宴会で、基経自身はまだ年若く、主催者側でもあったので末席近くに侍していた。公の場での部下の失態を、何とか灯を消すことによって親王は闇の中のことにしてしまった。その始終を基経は見ていて、この親王の思い遣りと機知に感心したのであった。

## 六　春日の里

時代はさらに遡って、延暦十三年、桓武天皇による平安京遷都がなされてさらに十数年が経った頃、最澄と空海の相次ぐ帰国によって、数々の仏典とともに海の彼方よりもたらされた漢文学は、これまで培われてきた和風文化を覆すほどに、大輪の華を開かせようとしていた。急激に異国の政治形態、生活様式が取り入れられた。王朝文化の発展、展開の、言ってみれば負荷のように、怨霊思想は新しく帝位に就く平城天皇の身辺にまで及ぶのであった。

大同元年、七十歳で桓武天皇は薨去、東宮であった安殿《あて》親王が即位し、平城天皇となった。重大な謀叛の計画の発覚は、翌年のことである。御兄、伊予親王に、藤原（北家）宗成が謀叛を勧めたとの告知。大納言藤原（南家）雄友《かつとも》は、人望厚い右大臣（北家）内麻呂に報告。親王自らの天皇への奏上もあって、結局、親王以下、母の吉子、それに中納言（南家）乙叡《たかとし》などが追放、左遷、失脚させられたのである。新帝にとっては、異腹の御兄の伊予親王を断罪しなければならなかったことは大きな負い目となり、以後長い間、苦しみを背負うこととなったのだった。心を悩ますのはそればかりではない。加えて、桓武天皇による長岡京造営の際の、事変に伴う怨霊の問題も残っていたのだ。

長岡京はついに完成せず、その計画は挫折に終わる。藤原百川《ももかわ》の甥、造営責任者の種継《たねつぐ》が暗殺されてしまったからであった。その主犯として大伴継人等が処罰された。大伴家持も官位を剥奪された。廃太子とされた早良《さわら》親王は、乙訓寺に幽閉の後、さらに流されて淡路への船中で無実と言い続けながら世を去り、怨霊になったと伝えられている。その早良親王の祟りかという声もあったように、新帝は時折病いに悩まされ、しばしば追い立てられるような恐怖に駆られることがあったという。

薬子《くすこ》の変の予兆は、すでに様々な形で現れ始める。

東宮坊の宣旨となった時、種継の娘、薬子はすでに中納言、藤原縄主の妻で三男二女の母でもあった。その一女は東宮妃として入内していたのだった。

宣旨という職務が、その通りに遂行されている間は良かったが、薬子は逸脱のために一時期、忌避されて宮廷より遠ざけられたのであった。けれどもその後も、即位後の平城天皇の尚侍として、宮仕えに復帰し、次第に隠れた勢力を伸ばし始めたのである。ほぼ時を同じくして、（北家）藤原氏もまた、南家、式家を始め他の氏族の中での台頭を顕著なものとしていったのだった。

大同二年九月、天皇は神泉苑に行幸した。琴が奏せられ、四位以上、ともに菊の花を挿頭にした。その席で、皇太弟は天皇の延命長寿を祈り、君主への忠誠を誓い御製を献じたのである。

いつまでも続くかに思われた、華やかで平安に満ちたひととき。だが風病のためという理由から、平城帝は在位僅か三年余で皇太弟に御譲位。大同四年四月、嵯峨天皇の御代となった。

適当な療養の地を求めて、平安京の各地の別業や離宮を転々とした平城上皇は、それでも安寧の場所を得られずに移って行った。半年間で五度に及んだのである。

さらに健康を何とか取り戻した平城上皇は、近侍していた薬子の兄仲成らに命じて、旧都平城に、宮を新たに造営。そこに行幸もし、翌年には平安京を廃止してまで、遷都の意向を明らかにしたのだった。十一月には、造営の完成を待たずに、近臣の藤原真夏（冬継の兄）や仲成らとともに船で京を去り、故大中臣清麻呂の邸宅に仮住みをした。畿内の諸国は命じられて、造営費用と工夫や人夫、二千五百人の供出を分担させられたのである。この時の新しい宮殿の一部は、「萱の御所」と呼ばれて、長く残ることになった。

奈良、法華寺の北にある不退寺もまた、その跡とされている。無理をしてでも京を離れて、遷都の計画の実現を願ったのも、跳梁跋扈する怨霊を鎮めるにはそれしかないとの考えからであったが、坂上田村麻呂を造営使に任命してまでの大がかりな構想は、東北の勢力と結ぶのではないかとの危惧をもたらし、嵯峨天皇側との鋭い対立を生み出した。一部の公卿たちは、時の朝廷の意にそむいて、平城京に戻り、所謂、二所朝廷の様相を帯びたのである。太政官の一部、事務局としての外記局なども京を離れたために、政治に空白が生じてしまうという異常な事態となり、不穏な情勢は日を追うごとに募っていった。

弘仁元年九月、平安京を廃して都を再び平城に移すべしという、上皇の詔《みことのり》が発せられた。同じ年九月十八日、平城天皇の息、阿保親王は大宰権帥として大宰府へ配流の身となったのであった。

　故里となりにしならの都にも色はかはらず花は咲きけり

は、平城天皇の御歌。

健康上の不安に脅え、怨霊の祟りを信じ恐れた平城天皇にとって、奈良の都こそは古くても、永遠の都であり、心の拠り所であり、故郷でもあったのである。そのことを誰よりも深く理解したのは、遠く離れて行く阿保親王でもあったのだ。

都が懐かしく思われない日はなかった。心の中の「故里」を慕う気持ちの切実さこそ、引き裂かれた父子の間を結ぶ一筋の糸であり、絶え間なく流れ通う意識でもあった。

彼の地において、阿保親王元服。文武両道に優れた、逞しい若者として成長した親王は、異国からもたらされる文明の新しい息吹に触れ、漢文学中心の異文化と、生まれ育った環境からの和風文化が激しく衝突して、融合しようとする気運を自身の肌を通して感じ取ったのである。

十五年の歳月が流れた。

平城旧京に幽居していた平城上皇が薨ずる。それに従い許されて、阿保親王は漸く帰京することができた。天長元年八月のことであった。

前年の弘仁十四年、嵯峨天皇は皇太弟淳和天皇に譲位され、上皇として政治を裏から支えようとした。この時藤原冬継の諫言を無視してまで、一刻も早くと新帝を立てて、その皇太子に、自身の御子正良親王（仁明）をと定めたのだった。ひとえに、平城上皇の嫡流の皇子達を皇位から外す意図をもったためであった。

阿保親王にはすでに、大宰府時代の御子が幾人かあり、その内の三人は男子である。その上、親王自身の抜群の才能、優れた容貌が衆望を集める恐れがあった。帰京後の僅かな間に、そのことが杞憂ではないと誰の目にも明らかになっていくのである。

ただ、阿保親王の母は、渡来系の葛井《ふじい》氏の出で、正五位道依の娘。政情不安の種になりかねないと、その存在が当初より危険視されていたのは、弟の高岳親王であったが、廃太子とされて父上皇と同じように、仏道一筋の日々を過ごし、数年前には出家していた。山城国久世郡に賜った荘園があったのである。

栗栖野の西に小さな離宮があって、平城上皇は長く住んでいたのだが、薨去の後新たに手が入れられて、改築されたばかりであった。阿保親王は父の服喪についての報告と帰京の挨拶をするために、左京三条坊門南高倉小路西の、母、伊都内親王の御所を訪れたのであった。

宮は親王の送りに、警護の者達が立ち去ったのを確かめてから、南面ににじり出て、傍らの侍女に御簾を巻き上げさせて、外の面を見た。冷たい初秋の夜気が、忍び込んで来る。向かいの殿舎の屋根が黒く浮かび上がっており、人影もなく、灯も樹木の蔭になっているらしく暗い。新月は速やかに沈んでしまっており、中天に近い高い空に、一際玲瓏とした星が輝いている。なおも瞳をこらして見ると、縦一列に三つの星が並んで瞬いている。

宿命の三つの星。過去、現在、未来と繋がっていく時の流れをその星たちは象徴している。周囲からの圧迫に耐えられないように、弱々しく微かな光を放っているのが、過去の星。逆境の中で、今にも消えそうになりながらも、辛うじて生命を守り通してきたのだ。中央に位置する、際立って強い光を放っているのが現在の星。抑えつけようとする力をはね退けて、健やかに瞬いている。三つ目の、未来の星は弱くもなく、さりとて強すぎず、あくまで中庸を保って光る。貶め、迫害しようとした人々への許しが宿っているように思われた。

伊都内親王は、菩提寺を久しぶりに訪れた際に耳にした、母の言葉を思い出す。

「阿保親王が帰京なさいました。本当に良かったと思います。大宰府では権帥としてのお役目を全うなされて、学問も身にお付けになっておられる。親王のご生母、葛井藤子様がとても私共のことを気に掛けて下さっているとか。嬉しいことではありませんか。ご縁があれば、よろしいのですが」

再度、親王が訪問した夜も、三度目の時も宿命の三つの星は不思議に輝いていた。そのことを確かめて、何故なのだろうと宮は考えた。完璧なる大きな光でもなく、全くの闇なのでもなく、なにものにも惑わされない第三の光。その未来を信じて生きよう。

代々の家系の中に、その血脈の中に乱のきざしを見なければならなかった、そういう一族の未来のために、何か出来ることがあるのだろうか。誇りを持って次の世代に残すものを探さなければならない。

秋は深まり、生母の力添えによるものであったらしく、阿保親王と伊都内親王の婚儀が同じ年の内に行われた。木枯らしの夜もあったが、星は未来を予測するように瞬き続けた。懐妊が明らかになったのは、年が明けてからのことであった。

阿保親王の五男として、業平がこの世に生を受けたのは、天長二年のことであった。その喜びは親王にとっても限りなく大きかったが、一方不安もまた底知れぬものだった。

この度、正室伊都内親王との間に男御子が誕生したことによる嵯峨上皇側の警戒は、日を追うごとに増していくようだった。結婚の儀、饗宴などすべて簡素に行われたものの、「平城上皇の一周忌をも待たずに」などの取り沙汰はすぐに親王の耳にも入る。弟の高岳親王に、相談しようと考える。

「考えたくないことには違いないが、危惧の念は消せない。何の蟠りもない筈なのですが。皇位継承権だけが問題なのでしょう」と、阿保親王は弟に心中をもらす。

「折角、都への帰還がかない、平穏無事な日常の第一歩が始まったばかり、何としてでも我が子孫の、生命の安全は守られねばならない。内親王の名誉も掛けがえのないものであるが、御子の排斥などという悲惨な状態に追い詰められない保証こそが、最も大切なのだ」と、阿保親王は考える。

## 七　伊都内親王の願文

在原業平にとって、初めての胸に響く悲しい出来事は、会う度に優しい言葉をかけてくれた祖母、藤原平子の逝去とそれを悼む母、伊都内親王の毅然とした姿だった。天長十年九月二十一日、遺言によって多くの寄進が、山階寺（興福寺）のためになされた。その願文はおよそ次のようであった。

「天においでの御父、御母の霊のために祈ります。

その慈悲を悟ること、津波のように溢れても、更に堤ともなり、

謙虚に御前に伏して、菩提を弔うものとなるのでございます。

弥陀のために宝厳を希み、荘厳を望み、真厳を願いました。

愛憎を超え、善悪に対しても、強い矜持をもって臨みました。

どうか御父、御母そして天人の霊の御導きがかないますように。

この捧げものをお受け下さいませ。

遺言によって、内親王伊都」

書風は伸びやかで端麗だった。この時、墾田十六町余、荘一処、畠一町が寄進された。法事の細かい点は記憶から抜け落ちても、真剣に祈る母の姿は忘れられない。業平八歳の秋のことであった。

幼い日々は瞬く間に過ぎていく。或る夏の日のことである。

三条高倉の母内親王の在所には、その寝殿の傍らに良い湧き水の出ている井があった。井筒は、当時身の丈とほぼ同じ位であったが、冷たい水を使って様々なことを学ぶ。ここでよくともに遊んだのが主殿司の娘で、笹舟や毬を浮かべたり流したり飽きることがない。侍女達の汲み出す水は清く澄み、摘んだばかりの花や花びらの美しさは心に残る。

「ただ今届いたばかりの献上品でございます。よろしければ、おひとつどうぞ」

主殿司はそう言い残し、よく熟れた夏柑子の大きな実を一つずつ、二人の掌の上に載せて去った。遊び足りない二人は、それぞれ胸のところに柑子を抱いたままで、井筒の上から下を覗いたのである。小さな影が遠い水底に映っている。

「や」と声に出して呼ぶと、下からも「や」と答える。そのうちに、ふとした弾みで手から滑った柑子は、するりと飛び出して落下し、しばらくすると小さな音が水の底から聞こえてきた。二人は大笑いして、急に真面目になった。別れるとすぐ、残った一つを手にして、母のもとに行き報告したのだった。そのことを聞くと、業平がもの心ついて初めて、母内親王は彼の両手を取って引き寄せると、

「よかったこと、ご無事でいられて」

と言ったのである。暖かな温もりの感じられたその一瞬を、業平は今になって何度も思い出すのだ。

懐かしい故郷奈良と、新しい都京との間を往き来する業平の日々。決して政治の世界に反旗を翻そうというのではない。その世界に背を向けつつも、魅力は感じている。「いちはやきみやび」の体現者として、輝かしい恋愛のただ中に飛び込むことができる古い文化を継承しつつ、和歌の道を築くことができるのだ。その希望と夢に満ちた一歩は、まさに踏み出されようとしていたのだった。だが、羽ばたこうとしていた矢先に父親王の死にあって、永久に手の届かなくなってしまった青春。一生涯それを憧れ続けるより他に、生きる術はないのではないだろうか。

文武両道に秀でた父親王の、情に溢れた文芸面を業平が受け継ぎ、論理的な尚武の気質を、どちらかと言えば兄行平が引き継いだようである。

承和の変以来、業平にとって、祖先や故郷と深く結びついた「春日」の地の姉妹は、忘れられない存在であったが、その春日野の姉妹にとっても、急転直下の辛い日々が続き、冷たい雨に降り込められるうちに、季節は幾度となく移ろっていった。王統の流れのそれも平城上皇方ということで、父は再び無官の身となり、二人は京に戻っていた。姉の方は、五条后、良房の娘明子のもとに御達《ごたち》の一人として出仕。女房としての忙しい暮らしをするようになっていた。通い人もできたのである。

その頃、業平の身にも新たな展開があった。先年、紀有常の娘を室として迎えていたのだったが、時折は女性のことで恨み言を言われるようにもなっていた。

女「天雲のよそにも人のなりゆくかさすがに目には見ゆるものから
（こちらからは見えていますのに、次第に天の雲も遠くなってしまいます）」

いつも必ず立ち寄っていたのに、所用の方を優先させて、つい間遠になってしまった。

## 八　紫草の世界

「つひにゆく道とはかねて聞きしかど昨日けふとは思はざりしを　業平詠
（誰もがついに一度は通って行く道、それが死出の旅路と知っていたのだけれど、まさか昨日、今日のことであろうとは予想もしていないことでした）」

業平は、辞世とも思われる歌を詠じた。春日野で若き日の業平と出会った女（春日の女）が初めてその詠の書を目にし、耳にしたのは、業平逝去の後、数日を経た六月のある日の午後のことであった。

法会のために、興福寺の方に向かって、春日の女は猿沢池のほとりの道を歩いていた。夕靄の中に、五重塔が浮かび上がって見える。ゆきずりの人々の中、物詣の姿の女などに注意を払う人は誰もいなかった。この時刻、何故か寺の方から下ってくる人が多く、真っ直ぐには歩けないほど混雑していたのである。女は偶然、この人混みの中で業平を思い出していた。以前には、どれほど遠くからでも見分けることが出来た姿。すでに、見かけなくなって後、二十年が過ぎていた。

女が宮仕えをしていた頃、後涼殿近くの渡殿にあった女の局から、度々業平を見かけていたのである。まず、背が高かったこと、端正な顔立ち、典雅な趣き。それでも、少し横にそれた鼻すじは、それはそれでやはり美しかったのである。遠くからでも判別がつき、いつも声をかけてみたくて、それを抑え尽くした日々。もはや、遥かな存在であった業平の姿を、いつにもまして、この日、この群衆の中に見つけ出そうとしていたのである。後ろ姿が似ていると思い、足を早めて、前に進み出たところで立ち止まり、振り返る。勿論、違っていた。その物詣姿は、怪訝そうに見つめられるばかりであった。

その日、御堂での法要も終わり、しばらくぶりで宮仕え時代の友と話した。遠い縁続きで、春日の里での、業平との出会いについて、何かの拍子に触れたことがある。思いがけない言葉を聞いた。

友「業平殿がご逝去なさいました。御歌を書き止めて参りました。貴方にお見せしたくて」

春日の女「本当に亡くなったのでしょうか。存じませんでした」

友「旬日が経っております。真実《ほんとう》よ」

それでも、信じ難い。度々蘇った人々のように、まだどこかに生きているのではないか。この度ばかりは、架空の出来事ではないようであった。狼狽、悲嘆。言葉を失って、女はその場に立ちすくんでいた。

先ほど、あのように、混雑する中で業平の姿を認めたように思ったのは、予兆であったのだ。歳を重ねて、老いの影が忍び寄っていたであろう姿は、すれ違ったぐらいでは、決して見定められなかったであろう。いつまでも若いままなのである。同じことは女自身にも言えるのだ。姿を探したのは、単なる気まぐれからではなかった。それはある天啓のように、心の中に閃いたのだ。不思議な安堵の思いでもある。

春日の女「漸く、またこの同じ春日の里で、再会いたしましたね。幽冥、境を異にしてはいますけれど、出会いは出会いです。世の中にはこのように、偶然による夢のような出会いもあるのですね。ご帰郷、お疲れ様でした。最後には、私のところに戻って来られることになっていたのでしょうか」

思えば、業平は都の生活、「みやび」に彩られた日々の中で、暗く渦巻く陰謀と、多くの人々の虚栄と願望を見てきた。悲劇的に追放されなければならなかった人は、決して業平の周りにばかり存在したわけではない。けれども、凝縮された美の追求者として、求めても得られなかった理想の王権の象徴として、業平の人生があった。

かつて業平は詠んだ。

春日野の若紫のすり衣しのぶの乱れかぎり知られず　業平詠

紫草のゆかりによって、結ばれた絆を思う。ついに名告《なの》り出ることもなく、忘れられている、けれども、しのぶ擦りの模様のように、惑乱は果てしなく、今も心の中に感じられる。御歌と、切り取られたすり衣の裾はまだ大切に桐の手箱の中にある。色もほとんどあの時のままだった。染め出された紫草の世界は、形態を変え、歌から物語へと発展し、人の心を掴んで放さない。異なった情感を湛えながら、時を超え空間を超えて、綾どられた言語の空間を、知性と理性をもって創出し、構築していったのであった。

# 第二章　文芸復興への光――和歌世界の拡充

## 一　醍醐王朝の文学

寛平二年、讃岐守の任期を終えると道真は上京して、文人として宮中に奉仕することになる。三年の月日が過ぎ、まだ正式の辞令というべきものは出ていないが、道真は帰京することにしたのだった。七月に外孫も生まれ、一日も早く顔も見たい。この地の滞在は無駄ではなかった。かく遠地に一官吏として赴任するに到った我が身を深く省みることとなった。仏の前に頭をたれることの意味を知った。人知人力の及ばざるところに真理の姿がある。一旦身を退けてみなければ、物事の本質を見極めるすべは得られない。しきりに宮中菊宴が思い出される。宇多帝が聖帝であることをよく存じ上げている、御代のためにこの身を捧げたい――道真は、帰京できたことに感謝し、心の中でこのように考えていたのである。

阿衡事件は、道真の介入によって何とか打開できた。基経は最愛の娘温子を入内させることによって、全ての権能を掌中に収めることに成功する。胤子、義子は九月二十二日、ともに更衣とされ、禁色を許された。遅れて入内した温子に、十月九日、女御の宣下があったのは、父の身分の高さに応じた破格の処遇なのであった。

仁和四年、女御温子、懐妊。

翌年四月二十七日、寛平と改元される。その知らせは讃岐にいる道真の所にも届いた。文章道の重鎮として、彼の存在の大きさは誰もが認めるところである。任期満了ではなかったが道真は上京、そのまま弁官の地位に即き、基経の長男、時平を補佐することになる。書記官的な役目であったといえよう。

生まれた御子は内親王であった。皇子でなかったことに、一抹の気掛かりを残しながらも、やるべき任務はすべて果たしたという安堵感も味わったことであろう。宇多帝の皇子、後の醍醐帝より五年前に基経の次男、忠平が誕生。その才知とともに優れている様子は日々に明らかになっていた。帝を補佐して、また父を超えた働きをするに違いない、そう信じられるのだった。基経は多くの寺社の建立に尽力したが、藤原氏のためにとして、この後の菩提寺となるべき、極楽寺を建立。病床に呼び寄せた極楽寺の僧に向かって、「そなたの誦していたであろう『仁王経』のお蔭で命が延びたようだ」と喜ぶ。だがその経の功徳も長くは続かなかった。彼は、夢の中で、かつて四十の賀を催し、多くの家臣たちに祝われた時のことを思い出す。

　桜花ちりかひくもれ老いらくの来むといふなる道まがふがに

と詠んだのは、近衛の中将であった在原業平である。曇れとは何事ぞと思ったのち、そうか老いを妨げるためであったか、と納得した。懐かしい思い出である。

寛平三年一月、病による大赦などが行われた後、基経は薨じたのであった。

寛平五年正月子日の宴、道真は「備粧詩序」を作る。

漸く、胤子、義子、共に揃って女御の宣下を受けた。これで、温子女御と同じ位になったわけである。五年も遅れていることは、この間にどれほど御方々がつらい思いをしてきたかを物語る。帝もかつて基経への気がねからおっしゃりにくかった諸事を、自身で遂行しておかねばと考えているようである。

二月十六日、道真は参議に任じられ、式部大輔を兼任する。帝の最も信任の厚い閣僚の一人として閣議、陣座上に加わることになる。政治の基盤は固められつつある。

夏四月、諸陵にお使いが遣わされ、敦仁親王を皇太子と為すべき詔が告げられる。立坊、親王九歳である。中納言時平が春宮太夫を兼任し、参議菅原道真が春宮亮となった。時平は秘かに、妹の穏子を、皇太子元服の際の添臥にと目論んでいたようであるが、帝は、自身の妹、為子内親王をと決められた由である。数年後のことまで、二大勢力の拮抗の中で争うように定められているのであろうか。時平は父の政策を完璧に引き継いでいる。学問の隆興も、施恩院等の経営、寺社への支援等も、手腕の確かさの現れであろう。

寛平六年四月、宇多帝の勅命によって、大江千里が家集『句題和歌』を撰進した。漢詩句の表現や思想を和歌のかたちに移して、同じような情感や、微妙な心理を込めたもので、画期的な試みであった。和歌の勅撰集が生み出される先駆けであったと言えよう。元慶七年には、備中大丞という国司であった千里は、大江音人の息男として生まれ、大学に学ぶ。帝の文教政策を担う、重要な任務を帯びていたのであった。

漢詩漢文における、あらゆる要素を大和言葉の、それも和歌によって表現できれば、和歌は次第に高度な内容を含み持つものとなるに違いない。もしかすると、胤子姉妹の抱く歌への憧れを帝が察知されていて、無意識の内にこのような和歌重視の方針を打ち出されたのかも知れない。

同じ年の八月、参議左大弁兼勘解由長官菅原道真に「遣唐大使となす」という令が出た。紀長谷雄が副使である。この国の中で、他国の文化に精通し、対等に漢詩漢文をもって交流できるものは、彼以外にはいないと言っても言い過ぎではない。だが、大国とされた唐の国も昨今は、凋落の兆しが著しい。疲弊した窮状は、眼を覆わせるものがあるという。

九月三十日、遣唐使は廃止となった。宇多帝が、そのことに或る理解を示したのは、かつて皇孫の身で、海を渡ることを幾度も考え、その末に思い止まったという経験があったからであった。確かにそう希望して計画することは、保身のためでもあった。王権を虎視眈々と狙うような、そのような人格ではないと主張するためでもあった。思い止まったのは何分かの割合で、今海を渡って命を危険に曝すことはない、という醒めた考えもあったからである。道真の説く廃止論は、なるほど首肯できると思っていたのである。一人、そのことに関して、藤原定国は様々に思いを巡らす。遣唐使の廃止という政策の転換についても、道真と時平の間の齟齬《そご》は深まろうとしていたのであった。

## 二　雲林院の行幸

十一月二十三日、長女衍子の入内にあたり、道真は帝に伺候して御挨拶を申し上げた。このことがほぼ決まったのは、三年前の寛平五年、敦仁親王立太子の礼の三ヶ月後のことであった。それに先立って、親王を東宮にという相談が内々にあった時、参議に任ぜられたばかりの自分が、そのような相談に与った事の重さと恐れ多さに身の引き締まる思いがしたのである。当時、胤子の第一皇子、第二皇子の他には、義子の第三皇子がいた。第二皇子斎中親王は寛平三年に亡くなっており、温子に男皇子はなかった。

この年の閏一月六日には、宇多帝は、北野、雲林院《うりんいん》、船岡に行幸し、子の日の遊びを催された。皇太子も出席した。その他には、一品式部卿宮本康親王、貞純親王、貞数親王、時平、道真、高藤たちもお伴をし、元服したばかりの忠平も従ったのである。皆、めでたい装いである。雲林院の法師たちも権律師に、という加階があった。

雲林院の行幸の日は、特別の日であった。翌日からは、また平生通りの忙しい日々となった。

太政官符が出されて、命じられた。施薬院並びに東西の悲田院の病者や、孤児たちの安否を調べ、乳母などの手配をすること。また、下人などの中で困窮の者には、巡回して懈怠などを誡めた後に、寒温に適した衣食を与えよと。直ちに、近衛府などから、京中に巡回の者が出された。院などにも、綿などが補充の物として配られたり、世話に当たる者の手当てが上げられたりした。病者、孤児などを粗略にすることのないようにとの通達だったのである。

次々に、懸案の政務は実行に移されていた。各地の産物の出来具合や状況を調べる。賀茂川の東西の農地、耕作地に関する件など、多くが解決されていったのである。この頃、皇太子の母である胤子の早逝を誰が予測することができたであろうか。

定国も定方も、東宮の身内として、自分たちが次の世を担うことになるという重責をそれぞれに感じてはいたが、その礎石であるような姉の運命が変わろうとしていることには気付かなかった。胤子は敦仁親王の他に、敦慶、敦固親王、均子、柔子内親王と、五人の皇子皇女を産んだ。健康そのものに見えたために、流行《はや》り病を見過ごしてしまったのであった。

仁和三年に宇多帝が帝位に即く以前に、第一皇子は生まれていて、十三年が過ぎ去ったのであった。

寛平八年六月三十日、女御胤子、薨去。

まるで、身代わりになることによって、東宮の御世が安泰であるようにと祈っているかのようであった。その人柄を偲び、涙する人は多かったのである。

胤子の妹の尚侍満子は、その職務にも漸く慣れたところであった。

姉胤子の薨去から半年が過ぎ、確実に季節は変わり、春は巡ってきたのであった。里下がりの日々は長くなる。法事が終わっても、この北白河の別邸から再び、姉不在の御所へ出仕することができないのであった。この、見晴らしのよい邸の西の対を、姉妹は幼い時から好んでいた。時折、若草を摘むために、里の童たちが登ってきて、賑やかな声が絶えない。摘み草よりも、何かの遊びに熱中して、籠にはつくしや蕨などが溢れている。何時の間にかそれを置き忘れて、いずこかの茂みに這い入ってしまうらしい。明るい午後の陽差しは茂みの上に降り注ぎ、童たちの高い声が弾むように伝わって来ることもある。低い京の街並は下賀茂、その向こうは紫野の辺りである。

大路の角を曲がる轍が、逆光の中できらりと、これほど遠くまで光を撥ね返すことがしばしばある。内側からこぼれている鮮やかな緋の色。悠々と渡っていく鳥影。

一日中茫然と眺めていても、決して所在無さを感じることはない。それでも日々は慌ただしく過ぎていったのである。姉の御子たちのうち、最も幼い柔子を乳母のみにまかせてしまうことが、何としてもつらい。できる限りの助力を惜しみたくないと満子は思う。

立太子の礼は見届けて、第一皇子敦仁親王のことだけは、姉はどれほど安堵したことであろうか。余りにも突然の病と逝去を、受け入れることは困難であった。この広い邸を御子たちが時折訪ねてくることを、満子は心待ちにしている。

## 三　寛平の御遺誡

さて、新帝を補佐する政界の重鎮の一人となった道真は、どのような立場だったのであろうか。「阿衡」の論議の際に、昭宣公基経に書を奉ったことにより、宇多帝の窮地を救うことになった菅原道真は、寛平二年春、任を終えて讃岐より帰京し、式部少輔、蔵人頭となり、直ぐに参議として閣議に参列するようになった。左大弁に転じ、東宮亮であった同五年、敦仁親王の立太子冊立に関わる。そのためであろうか、基経の子息時平と、次第に修復不可能な溝を深めていくことになった。

六年八月には、参議道真を遣唐大使となすという令が出たのだったが、結局、諸事情が考え合わされ、その制度自体が廃止となったのだった。

この時、すでに道真に対する追い落としの兆しは、形をとって表れようとしていたのかも知れなかった。七年には、正月、近江守を兼ね、十月には中納言、従三位に叙せられた。十一月、東宮権大夫を兼ねるなど、目ざましい昇進であった。さらに、侍従を兼任することになる。帝との関係は一層深いものとなった。時平は妹の穏子を東宮妃として入内させることによって、確固とした政治体制を摂関家で築き上げようとしていた。寛平八年、道真の娘衍子は宇多帝に入内。女御とされ、そのため翌年六月の除目で権大納言に任じ、右大将を兼ねた。同日、大納言、左大将となった時平とは、肩を並べ政界を担って立つことになったのである。『日本三代実録』には、時平と大蔵善行の名前が記されているが、実は道真の功績も大きい。

宇多帝の譲位の事が終わって後、主上が清涼殿にではなく弘徽殿に入ったのを、中宮であった温子は誰よりも深く感謝している。二十日余りで正式に立后の儀がとり行われる予定なので、多分その日が温子自身も内裏を去る日となるであろう。その僅かの残りの日々を、同じ殿舎でごく身近に主上にお仕えすることができるのである。そのような日が来るなどとは夢にも想像していなかった。

　いかにもほっとしたらしい、宇多上皇のくつろいだ表情を見ると心が安らぐ。公務は終わったのではなく、新帝はまだ十三歳なのだから、実はこれからが大変なのである。温子には政治の表向きのことはよく分からないのだが、これからの主上の生活は、やはり政治とは切っても切れないのではないだろうか。新帝にすべてをまかせるのは不可能だし、それは、時平に委譲するのを意味する。それだけは避けたいであろう。そして、温子の立場も微妙であり続けるかも知れない。新帝は母儀として礼を尽くして接するし、立后の事があれば、中宮大夫は道真であると承っている。この難しい迷路の中に立って、何とか手探りでも進んでいかねばならないのだ。

　父基経の薨去後、早くも六年の月日が流れようとしている。温子は忘れる暇もなく悲しみにくれていたのだが、漸く近頃では、「あのお年はやはり天寿を全うされたのだ」と思えるようになった。それにしても長寿を保っている人々も多い。僧侶たちは、世俗の塵に混じることもないから当然、心地よい来世への祈禱に明け暮れて寿命も延ばすことができるのだろう。心の中に何の蟠りもない時、本当に命延びる思いもする。政治を離れている人々も同じであろう、と温子は推察する。

　兄時平のやり方に、温子は全面的に賛同することができない。公向きのことで、兄は決して、やり違いもせず、やり残すこともしない。過不足なく遂行する。父の果たせなかったことを着実にやり遂げるだろう。手段には些か問題があるにしても。強力な補佐役が道真であった。けれども、次第に二人の間の呼吸は合わなくなっている。

「梨壺で、宇多法皇は如何お過ごしだろうか。御譲位の事は寂しく感じられるけれど、心の奥底では良かったと思えると言ったら、わたくしは大悪人であろうか。やはり男皇子がお生まれにならなくてよかったと思うのだ。衍子様御懐妊を恐れなかったと言えば嘘になろう。もし御在位中に男皇子をお産みになれば、道真殿がついていられるのだから、東宮の御身に影響が出かねなかった。御譲位後ならば、主上の御心はお変わりにならないだろう。申し訳ないのではあるけれど、安堵申し上げずにはいられない」

温子は、寂しい心の中を吐露するように、自らにつぶやいてみるのであった。

思いがけず、第三皇子の斎世親王に、娘をと宇多上皇の仰せ言があった時、道真は何と答えてよいか分からぬほど恐縮し狼狽してしまった。上皇にとって、新帝に劣らず大事な皇子であろう。そこに娘を入れさせて戴くとは、栄誉なことと思うし、身分不相応なこととも思う。辞退はしたものの、上皇の胸の内も理解できるように思われるのであった。摂関としての藤原氏一族の力の及ぶ範囲が拡張を続けている。衍子を入内させることにより、少しでも体勢を整えることに協力しようと試みたのであったが、時はすでに遅かった。

親王との婚儀も、滞りなく終わって祝賀の気分もさめやらぬ時であったが、ふっと不吉な予感が走るのを感じていた。

寛平十年二月、紀長谷雄『群書治要』を進講。

四月二十六日、昌泰と年号が改まった。

「敬奉和左大将扈従太上皇」と題して、道真は詩を詠んだ。

「詩を吟ずれば恰《あたか》も舟行に奉《つかえまつ》るに似たり
流れに従ふを見ずして自ら情を感ず
限りなき恩涯に止足を知る
何に因《よ》りてか渇望せむ水心清きものを」

（『菅家文草』）

また春浅い頃作る。題は「同賦春浅帯軽寒、応製」であった。

「雪は未だ銷《きえ》て通はさず谷に棲む鳥
氷はなおしおほふこと得たり泉に伏せる魚
貞心は軽寒の気を畏《おそ》るることな
恩煦《おんく》すべて一瞬の虚しきことなし」

（『菅家文草』）

五月には、道真もその存在を大切に思っていた染殿大后明子も七十三歳で亡くなった。占者はしきりに、天よりの声が聞こえるとの由であった。都の中の暴風による被害は大きく、ほとんどの家で、どこかが壊れるという有様であった。帝はこれから後は、父に相談することなく、自身で政務、学問、すべてについて決断せねばならないだろう。前途の重大な責務がしのばれるのである。上皇の決意は立派であると讃えながらも、言い知れぬ寂寥感にとらえられているのである。

昌泰三年三月十二日、胤子の父、高藤が六十三歳で逝去し、帝も心痛にお思いのようである。道真は、花の宴がとりやめになったと承る。

八月十六日、『菅家家集』を献じる。その時の奏状の要点をまとめると、次のようになる。

文士は詩人に非ずと雖《いえど》も、天下の詩賦雑文を好みて写したのである。物に觸るるの感、覚えずして滋く多い。伏して願はくは陛下曲げて照覧を垂れたまへ。

（「奏状」『菅家文草』）

『菅家文草』十二巻、あわせて二十八巻として献上する。十月十日には、重ねて、右近衛大将を辞すことを請う状を奉る。

武よりも文の道の方が我が身に合っていると思うことと、平安朝というこの時代が、平和な時代であって武をもって対する敵がなくて幸いであると考えることは同一の線上にある、と道真は思う。もしも、争乱の世に生きているのであったならば、これも天の命ずるところと思って武のみに力を入れたであろう。しかし、期するところはただ一つ、文の道にのみ生きたい。

文章道の生かされる世にしておきたい。そのための尽力ならば惜しまない所存なのである。その為にこそ、家集を献じ、家に残された諸々の文を写し、歴史の編纂事業もたゆみなく進めてきたのであった。近衛大将は重い役目であり、一介の学儒にとって、その責に耐えることはほとんど絶望的であるといえよう。学問の片方でこなすなどということは不可能であろう。他に多くの適任者の存することも明白である。

過ぎる月日、全く信じ難いほどの恩顧を道真は戴いた。御聖慮に何とかして、かなうようにと努力し続けて来た。しかし、儒学者であるからあまり出過ぎたことはするなと、誹謗する声も喧しいほどであるのを知っている。毛《け》を吹き傷を求める輩は、何時の時代にも、どこの国にも多いのである。多くの子女に恵まれ、皇室と閨閥で繋がってしまったことについても、様々なことを言う者がいるらしい。近くには、典侍として道真の娘寧子がお仕えしている。

大学頭、三善清行は、二歳年下で、信頼している部下であり、道真とは師弟の間柄でもあった。この時、道真に対して身を謹むようにと忠告する書状が奉られるとは、全く予想していなかったのである。道真は我が身の幸甚なることを思わぬわけではない。たまたま宇多聖帝にめぐり合うことが出来、次々と昇進を重ねてしまったのである。心配してくれることは有難い。また誹謗の声がある点についても案じてはいる。しかし、まだ何かし残したことはないかと気になっているのである。というより、我が身を砕いて、なし遂げたいと念じている文華の極を見届けるまでは死ねないのである。異国の文物をとり入れるばかりであった時代から、今、我が国独自の文化が開花しようとしている。それがどのような形で完成するかを見るのが、ただ一つの希望である。この時代のうちに完成されるであろうか。何か物足りぬ思いに、何時もとらえられていた異国の詩や文章の中に、どうしても日本的な何かを注ぎ入れたい。思いの深さが表されねばならぬと思う。そのような考えがあって、上皇出家の際に、共に落飾して従おうという決心を道真はついに抱くことがなかったのである。

『新撰字鏡』の完成。この仕事を通して、若い学者達が多く大学から巣立つことになった。中央政界に出て政務につく者も多い。また地方の国司となって赴任していく者もある。皆一つの仕事に尽力してきたのであった。異国の字は、字体そのものが日本の実情にそぐわない点もあり、新しい字体に整える必要があった。あまりにも煩瑣な字画の入りくんだものは、使い勝手が悪く、速やかに処理できない点で相応しくない。また、用いられる頻度の少ないものは、順次省いていかれるのもやむなしとすべきであろう。画数も少なくして日本風漢字に作り直す必要もあろう。詩賦は幾分衰えるかに見えるかもしれない。しかしその代わりに倭言葉による仮名文学の世界、和歌の世界に陽が当てられ、思い掛けぬ隆盛に会うことになろう。

女性の歌人としての位置は、これまでになく確かなものとなろう。道真は、娘達もそれぞれに立場を大切にして、力を尽くして欲しい、としみじみ感じるのだった。

## 四　失脚と左遷

昌泰四年一月七日、道真は従二位に叙せられる。一月二十五日、突然大宰員外帥に遷せられる。ついに来たかという感がある。この日が来るであろうことを心のどこかで予測していたと思う。臣下として、帝や親王方とほとんど差のない従二位にまで昇ってしまった。親王方は、位を極めても、政務につく者は多くない。その政治向きのことまでさせて戴くという破格の厚遇であったのだ。

三善清行の書状は、何かを暗示していたのであろうか。敵であるとは思えないが、敵方に入らざるをえない事情もあるのであろう。身近な敵対者の恨みの視線に束縛されることは、これまであまりなかった。たとえ武器を交えなくとも争乱を起こさなくとも、無血のうちに革命は行われうるのであった。道真についていえば、讒言は度々に及び、少しずつ慣れてしまっていたのではないであろうか。とにかく、一応は耳に止めたのである。その声は様々であったが、許し難いのは、女婿である第三皇子の斎世親王をたてて、醍醐帝を廃し奉ろうと画策したという、事実無根の造言であった。

思えば、道真は運命を詩に込めて、詠じたかのようである。なるほど、そのような天の計であったのか。それなりに、そうなるべき理由があるのだろう。しかし、それでも、我と天との関係のみによって生きられるわけではない。人は常に周囲の人と、社会にさらされるのだ。

右大臣に源光、右大将には藤原定国が任ぜられる。漏れ承るところによると、宇多法皇は道真左遷のことを憂慮し、何とかして事態の急変を止めようと試みていた由である。

法皇は仁和寺に滞在していたのであったから、朝廷にお仕えしている道真が、心を一つに協力し、新帝にいろいろ進言申し上げることは日毎に困難になりつつあった。良かれと信じて呈する言は、ことごとく快からぬものと思し召されるに到ったのであろう。これも運命というより他ない。帝はまだ十七歳であり、そして賢明である。帝にとっては、父帝の存在も、ましてや道真の存在など、どれほどか重苦しく圧迫感を伴ったものとして感じられたに相違ない。生きながらえれば少しくらいの恥は誰でも見るものである。それを落胆するのも見苦しいものと思う。

ここで、道真の一連の詩から、彼の心の中を辿ってみたい。

「途に在りて明石の駅亭に到る
駅亭の長見て驚く
駅長驚くことな　時の変改
一栄一落はこれ春秋」

大宰府の地に着いて以来、環境の変化にやはり身がついて行かない思いである。

題「自詠」　　　　　　道真詠

「家を離れて　三四月
落つる涙は　百千行
万事みな夢の如し
時時かの蒼を仰ぐ」

白楽天は北窓の書斎にあって、酒と琴と詩を友としたが、道真は詩を唯一の友として暮らしている。白い茅と茨の貧しい家居であるが、窓を訪ねる鳥の声があり、遠い散華読経の声がある。別れて来てしまった家人は、また、秀才のほまれのあった息達はどうしているであろうか。雲は眇眇、日遅遅《うらうら》。

題「詠、楽天北窓三友詩」　　　道真詠

「古の三友は一生の楽しびなりき
今の三友は一生の悲しびなり
古今に同じからず　今古に異なり

一は悲しび一は楽しぶ　志のゆくところ」

白楽天の三友詩に関して詠じたのである。

題「不出門」　　　　　道真詠

「一たび謫落せられて柴荊に在り
万死兢兢たり　跼蹐《きょくせき》の情
都府楼にはわづかに瓦の色を看る
観音寺にはただ鐘の声を聴く
中懐は　好《ことむな》し　孤雲に　遂《したが》ひて去る」

（以上、全て『菅家後集』）

常にとは言わないが、世論は強者の立場に迎合してゆく。弱い立場に立つことになった者は、その時点で、世人の援護をも受け難い立場になったことを悟らねばならない。当面の敵として、政権の場に於ける人々と、何時の間にか身をかわして、そちら側についてしまった何の罪もない一般大衆と、その二つながらも敵にせざるを得ないのである。ということは、自分以外のほとんどすべての人は、否応なく敵と考えられる事態となるのである。これは、到底道真の責任とはいえないであろう。

それだけ分かっており、歴史をそのようなものと認識していながら、相手方に対して無垢の信頼を寄せてしまった。一体、無垢の信頼を敵方に寄せることは罪なのであろうか。裏切られるなどとは考えず、また、その準備として武力に頼ろうなどとは露思わず、無抵抗、無討論のまま、ここまで来たのである。武力をもってすることは、何より避けたかった。右近衛大将をあれほど固く辞そうとしたのも、この一点からである。何とか話し合いで解決できる紛争のままで終わらせたい。そうできるものならば。異国、新羅の侵攻は、最も恐れる所であった。ここ数年、警護の為の傭兵は、日毎に増えている。

渡っていく雁を見るにつけ、都は思い出される。

この地に着くまでに、幾つかの防人達の設営地を通り過ぎた。遥々と広がっている筑紫の野に、長く一直線に伸びた堤防水城は、むしろ明解なる意志に似て力強く頼もしげにさえ見えた。それを守る任務についているのは、各国、特に東北、上総、下総などの東国の若者である。若者ばかりでもなく、家族を国に残して出て来ている者もいる。彼らの言葉は理解するに困難であった。何度か聞けば解せられるというものでもない。速度を緩めれば分かるというものでもない。野営地で酒を混じえて歌われる歌は、賑やかで生き生きとしていた。


最上川のぼればくだる稲舟のいなにはあらずこの月ばかり　　防人の詠

という歌をのどかな節まわしで歌っているのを聞くと、道真は一瞬心が和むのを感じた。東国の風俗が眼の前に浮かんで来て、あくせくと人の顔色を伺うような都の役人の生活が、まるで別世界のもののように思える。防人達の苦しい心境も、彼らはこうして発散させているのだ。彼らの犠牲の上に成り立っている都の平和であるといえるかも知れない。

道真に与えられたのは、員外帥という職掌であり、実態はほとんど無いに等しい。帥と員外帥では、天と地ほどの隔たりがある。

親王や高官で、大宰帥に任ぜられれば、その多くは遥任という方法が選ばれる。即ち、実際にこの地に赴任せずに、都にいながら政務を管理したり監督したりして済ませるのである。その上で、この地からの税や献上品だけは、有能にとり立てるという方法である。ましてや権帥という事になれば、それで充分の筈である。それ故、この職掌に、万が一、親王や高官が任ぜられるとなると、実質的に政権の座から葬られた意味になろう。

道真に関しては、罪があるとか無いとかいうことは、道真と天との間のことであると考える。政務に於いて著しい落度があった訳ではない。数日前にも詩宴に招かれ、主催し、また従二位に昇りつめたばかりだったのである。大過なく過ごしてきて、このまま平穏無事に数年を務め、上皇に殉じて出家でもしようと考えていた矢先のことである。心内を照らしてみても、やましい所は一点も無かった。斎世親王を擁立するなどということも思っていなかった。

天はそのすべてを御承知の筈なのである。世の人々全部が、道真に罪ありと叫んでも、道真には天の眼が見ていることが信じられる。またそれ故に、果たして前世から、否自身の半生に於いて天に恥じるところがなかったかを、今しきりに糾明しているのである。気が付かないところで人は誤ちを犯す。平然と小さな過失を見逃してしまう。他人に厳しく自己には甘くなりがちなのである。相手が如何に傷つき、苦しむかを見越すことなく、鋭い一言を放つ。言葉の暴力というものは、むしろ恐ろしいものである。些細な一言が相手を殺すこともある。また、考えられるのは、相手を徹底的に無視することである。これは、極端になると黙殺という罪になろう。無視するとは、他者を生あるものと認識しないという点で、殺すに等しいのであろう。

そのような瞬間が道真にもあったのであろうか。過去を振り返って、道真は自分自身に問いかける。気付かぬままに、天の御前にて、恥ずべき行動をとったのであろうか。日々に想う。道真がこの地に配されたのは、人の世に於ける表面上の、手続きの上の罪のためであって、もしかすると、天罰に価するほどの、自己にも分からぬ大きな罪が隠されているのかも知れぬと考えてみる。もし、天によってその裁きがあるのならば、この小さな左遷などという事態にさほど苦しむのは、かえって笑止というものである。気付きえぬ罪に汚れているのなら、何とぞ、その罪から清め給えと、道真は祈らずにはいられないのである。

## 五　魂の故郷へ

道真はこの大宰府に来て以来、政治向きのことは一切していない。都府楼にも数度出向いて、事務的手続きに応じたばかりである。かえって口出しなどすれば、それこそ政務の邪魔となり、滞る原因となりかねない。ただ、謫居にこもって時に詩を作る。海にも近いようであるが、潮風が届くという近さでもない。稲穂の波立つ平野の中にある都といった感じである。車馬の行き来も多く賑やかである。

「九月十日」という題で道真は詠じた。

「去にし年の今夜清涼に侍りき
　秋思の詩篇獨り断腸
　恩賜の御衣は今比《ここ》にあり
　捧げ持ちて日毎に余香を拝す」

（『菅家後集』）

帝のことを思わぬ日は無い、御健在であろうか。すべてが懐かしく、今苦境に立っていることに断腸の思いである。このようなことになるのなら、もっと腹心の部下を用いるべきであった。彼らに、事後の務めを分担させ、憂いのないように万端整えるべきであった。父上皇の跡を継いで、多くのことをなさねばならぬこの時期に、帝を補佐することが出来ないとは、昭宣公に対して申し訳ない。不徳の致すところ、道真はどれほど詫びても足りない思いである。大学北堂の様子も全く分からないが、無事に学生達は学問を続けられているであろうか。この時代にますます重要なのは、若者達が浩瀚な知識を身につけ、その身につけた学問を実際に活用していくことに他ならない。

道真の住まいの付近に、学業院がある。道真はある日姿をやつして、その前を通ってみた。談笑する声が聞こえ、書を抱えた僧や若者が出入りする。明らかに渡来して来た異国の僧と分かる姿もあった。文物は、ここでは激しく交流している。新しい知識は求めようとすれば案外簡単に身に入るのではなかろうか。対策のためには紀伝道が良いだろう、などと通りかかった若者が話しているところによると、ここでも、登用されようと勉学に励んでいる者は多いらしい。

鎮西府の政庁として、この都督府の存在の意義は大きいものがある。大門の高楼は、付辺のどこからでも見上げることが出来るほど立派であり、京の都の建造物にひけをとらないほどである。ここで学業を了えた者は、確かに中央政界でも、活躍できるであろう。視野が広く、語学の面でも秀れた者が育つに違いない。道真の二人の子も、この地に伴って来ている。彼らの養育は、まず自分の責務である、と道真は決心する。比べ見れば、二人の子は恵まれており、天は彼らに寛恕であると言うことができよう。粗末な家ではあるが、戸も窓もついている。北窓のある書斎むきの部屋もある。ここは官舎で、白い茅と茨で屋根をふいた質素なものである。しかし、軒下には燕と雀とが巣を作っている。持仏を安置し焼香散華すれば、雀も唱和してくれる。詩を唯一の友とする生活も慣れればそれほど嫌うべきものではない。ただ、別れて来た家人達の運命を思う時、涙は袖を濡らすのである。

竹垣は編み直して修理せねばならず、井戸は沙におおわれていたので、砂をもり上げて、茅屋の破れは防ぎ、甃《いしだたみ》を敷きつめて繕わねばならなかった。むしろ作業に没頭している時は心楽しい。何もかも忘れ、気持ちを集中できるからである。山葵、即ち古いわさびの根があったので、一うね手入れをして栽培することにする。こぶしほどの石に、苔が一握りはえていて、緑色を失わずにいる。隣家の僧の者に頼んで、菊を一株移し植えてめでる。生活を記録して、筆にとどめておくことも憚られる。せめて、一連の詩にして残そうと努めるのみである。

京に残した妻と娘の一人は、さぞかし困窮しているだろうと案じていたところ、道真のもとに一通の書が届いた。消息には、荒涼たる日々が記されていた。西門にあった桜の若木は人にとり去られて移し植えられ、北側の園は、客が入って住んでいる。薬種と称して生姜の一包と、竹籠に昆布をつめて、斎《いもい》の儲即ち精進の食料にと書かれている。決して飢寒の苦しみを味わっておりますとは書いてよこさない。しかし、このつましい一包を見れば、はっきりと分かるのであり、どれほど我慢をして耐えていることであろうと不憫に思えて、却って愁うるのである。それは道真を懊悩させるものであった。庭には桜の他に、形よく整えられた梅があった。東風が吹く季節になったならば、ここまで風に乗せて匂いを運んで来てほしい。主人がいなくなったからといって春を忘るな。また書斎の窓の下にあった竹の一むら、この友も、雪の重みに耐えず折れたのではなかろうか、いっそ早く折って釣竿にしておけばよかった。持参すれば、海で糸を垂らして楽しむことができたのだ。短い竹は、削って竹簡として便りを書けたし、筆筒にも出来たのだ。

自分の生涯もこの竹のようであった、と道真は納得する。今、この茅屋の周囲にも竹はあるのだが、同じように雪をかぶってしまっている。

かつて道真は、多くの友と別れにのぞんで餞けの贈り物を数知れないほど用意し、家人にもさせたのであった。その趣向をこらした工芸品や、船来の瑠璃等、薬草も、珍しい貴重なものが何でも揃った。この大宰府の地にあっても、もし道真が高官として来ていたならば、秘かに商船として渡って来る船から、船来品を買い取ることもできたであろう。貧窮のためばかりではなく、今は仏道に専心したいと思い、物売りの声にも情を動かさないのである。

「人は地獄幽冥の理に慚《は》づ

我は天涯放逐の罪《つみ》に泣く
佛号遥かに聞けども知ること得ず
発心北に向ひてただ南無といふならくのみ」

（『菅家後集』）

年が明けても、仏道に専念して屠蘇の盃も把らない。都の梅は咲いたであろう。京の家宣風坊の梅も、仁寿殿の西の梅も、思い出すと懐かしい。昨年亡くなった一品の宮の真跡の文を涙で濡らして再読、三読する。人の啼くばかりではなく鬼も啼くのである。「鬼とは、もしかすると、私のことであろうか」と道真は思う。

雨の季節、屋は朽ちかけているので壁は漏り、衣にしみ、文箱の中の書を損なう。今年は作物の実りもよいというのに、厨にいる使用人は、物物交換に応じてくれないと嘆く。農夫達は、虫くいだらけの衣などよりも、都の高価な飾る品を求める。その中で、老僧より杖を戴き、また、渡来商人が竹で編んだ椅子を一つ残して行った。これらの品を生涯の友として暮らすことになるのであろうか。

「題　晩望東山遠寺」
「佛《ほとけ》は来ることなく去ぬることなく
前も後もなし
ただ願はくは我が障難を抜除したまはむことを」

（『菅家後集』）

夜更けて、起き上がって茶を一服飲む。気分が沈んでいると、胃や腸に響くのであろうか。僕《しもべ》に摘んで来させた薬草を干したものを粉にして、共に飲み下してみるが、痛みは消えそうにもない。石を温かく熱して布で包み、胃の血管の流れをよくしようとあててみる。このくらいの事では、治癒しそうにもないのである。こうなっては気を紛らわせようと都を想い我が身を想って、明るい月に向かっている。

風の気も強く夜の寒気が身にしむ頃、老僕は綿を求めようと切である。ここは都府の郭中の通りから離れているので炭売りも来ない。茅屋も荒れている。灯を一夜通して掲げて書を読み続けることも出来ない。油膏が尽きるからである。

題「代月答」
「蓂《めいひら》発き桂香しくして半圓《なかはまどか》ならむとす
三千世界一周する天
天玄鑑を廻して雲将に霽《は》れむとす
ただこれ西に行く左遷ならじ」
（『菅家後集』）

かつて北堂にて詩を教え、共に陶淵明などを読んだ教え子の一人が、都督府に任官していて秘かに人の眼をはばかりながら、米等を届けてくれる。彼はしきりに、道真に、胃病の治療のためこの近くの二日市の温泉に行くことをすすめる。監視下にある身としては、夜の闇に乗じて出かけ、二、三日で戻って来る必要がある。痛みも少し軽くなったように感じられる小春日和のある日、老僕一人を連れて道真は出掛けることにした。途中まで、学生である彼の車に同乗し、暮れてしまってから歩き始める。一里ほどの道と聞いていたのに、暗いせいかなかなか道が渉らない。

この時、道真はこの地に来て初めて美しい婦人に出会ったのである。世をはばかっているので、行きずりの人に道を問うこともままならず、方向を示す残光もすでに全く無い。そのとき、小高い丘が途切れて藪が左手に続く一筋道で、不意に女が現れたのである。老僕は早速に、「この道でよいだろうか。どれほど遠いのだろうか。大層冷寒だが」と問う。女は、軽く頭をめぐらして二人を見た。市女笠を取ると、髪は衣の下に引き込められているらしい。ふと笑顔が溢れた。「角を曲がって僅かの距離です。この辺りへは初めてでしょうか、案内いたしましょう」と言う。今は足も萎え、衰えている道真であるが、かつては身分のあったものと知れたのであろうか。女は、疑いも見せず先に立って足早に歩む。

藪蔭から出て来たのであるから、道真は、まず山姥かと驚いた。それにしては、声が嗄れていない。歩む速度もかなり早い。漸く差しのぼって来た月の光で、辛うじて、女の髪が真白な山姥のものでなく艶のある黒髪らしいと分かってほっと胸をなで下ろす。

家並が近づいて、湯治場はかなり賑わっているようであった。二日市の街の入り口で、女は「少しお待ち下さい」と言う。すぐ脇の一軒の家より出て来た時、女は手燭と熟柿の籠を提げていた。「村を入ったところでお尋ね下さい。危うございますから、これをどうぞ」と言って持たせてくれた。このあたりの者らしい。危ういのは、この女の方ではないかと一瞬思う。若く美しいのは、もしかしたら何かが化けているのかもしれぬ。狐か、狐ならここまで手燭を提げて来ることはないであろう。とうに中の油をなめ尽くしてしまっているであろう。礼を申して別れ、漸く灯の光を頼りに道が渉った。温められたのは手の先のみでなく、久方ぶりに家人に出会ったような安らいだ心になった。

湯治には、季節はずれとみえて官人達の姿はないようであった。命が少しだけ延ぶる思いの三日間を過ごして、帰途、再びあの婦人に出会えるかと期待したが空しかった。

人は苦境に立たされた時に、何を最も大切だと思うだろうか。慈母観音を想う。限りない母性の優しさをたたえたその微笑。人間の存在の根源にある母なるものへの慕情は、勿論観音に対する時にのみ起きるのではない。雨に濡れた恵みの大地に接する時、また温かな陽光のぬくもりの中に身を委ねる時、遠く失われた記憶がよみがえるのである。何よりも守らねばならぬのは、その優しさが、輪廻転生の後にこの世から来世へと、果てしなく受け継がれ続いていくことである。御仏の慈しみの微笑が、そのまま素直に人の心に染み入るような、争いのない平和な世の中こそ願われるべきであろう。対立と葛藤の世界にあって、その修羅の地獄を知った者にのみ、その大切な失われたものが、はっきりと分かるのである。

儒教の学問的価値も、老荘思想の深い思索も、極めれば到達点は一つであるかも知れない。が、今、道真とともにあって身近に感じられ、最も親しみをもって想われるのは、救いの視線をあらゆるものに注いでおられる観音の姿であった。仏弟子として修業に精進している時よりも、慈母観音におすがりしようと思う時の方が、より安らかな気持ちになれ、より救いに近いのではないかと思われる。たとえ、この謫居の地で老いて死を迎えるとも、誇りを抱いて生を全うできるのではないか。

道真は、闇の中に一つの声を聞く。永遠に母性的なるもの、汝を導びかん、と。

何が正しく何が善であるか、それは、その当の本人と天との間のことであって、傍らの人間には、いかなる知力をもってしても測りがたいのである。

延喜と改元されて、世の中の気分も一新したようである。

同三年、道真、大宰府にて薨ず。五十九歳であった。病のためもあったと人々は伝え聞いたが、精神的な疲労が重なってのことであったに違いない。都に止まっていれば、太政大臣の位にさえ昇れたかもしれない人物であった。学問に優れ、人徳があり、学生達、また師弟の関係にあった人々から慕われていた。多くの詩を作り、国史編修事業、菅家三代集の奏進、その他数えきれないほどの業績を道真はあげたのだった。

## 六　勧修寺流の人々

延喜五年二月十日、定国の四十の賀《が》が催されて、貫之や躬恒たちはお祝いの屏風歌を詠進した。同じ延喜五年四月十八日、初めての勅撰和歌集である、『古今集』の撰進がなされた。大内記紀友則、御書所預りの紀貫之、前甲斐少目凡河内躬恒、右衛門府生壬生忠岑たちに、帝よりの仰せ言があって、『万葉集』に入らない古い歌や、撰者たちの新しい歌を合わせて奉るようにということであった。

和漢の序が初めに置かれており、仮名序の方は貫之によって書かれたのである。

「和歌というものは、人の心の表現であって、自然万物に触れて、感嘆の声を上げる時、それは和歌となる。力を入れずに天地を動かし、鬼神にもあわれを感じさせるものなのだ」

と記して、古い時代から近い時代へと、歌人たちの歌の特色を述べる。

春夏秋冬に恋歌、雑歌、神遊び歌、などの部立てを行い、千百首ほどを収めている。この集には四百五十首の「読み人知らず」の歌がある。

世の中はなにか常なる飛鳥川きのふの淵ぞけふは瀬となる

などであるが、『万葉集』と類似したものなどは特に古いものと分かるのであった。

嵯峨帝の時代の、小野篁や衣通姫などに続いて文徳天皇のころに、和歌の世界は急激に拡がりを見せ始めている。六歌仙の時代は在原業平、僧正遍照、小野小町によって代表される。

天つ風雲のかよひ路吹き閉じよ乙女のすがたしばしとどめむ　僧正遍照詠

五節の舞姫が去って行く姿を、雲に紛れて行ってしまう天女に見立てる。良岑宗貞という俗名が記されているが、僧正遍照の歌である。

月やあらぬ春や昔の春ならぬわが身ひとつはもとの身にして　業平詠

『伊勢物語』にある業平の歌で、去って行った恋人を思い、変わらない自然の姿と、同時に移ろいゆく自然を詠む。独り取り残されて、全く変化のない自分を凝視している。この集の撰者である貫之たちの時代、典雅で優美な歌風も確立されたのだった。その中に、定国、定方にとって従兄弟に当たる、藤原兼輔の歌が四首取り入れられている。

但馬国の湯へまかりける時に、ふたみの浦といふ所にとまりて、夕さりの乾飯食べけるに、ともにありける人々の歌詠みけるついでに　　兼輔詠

夕づく夜おぼつかなきを玉くしげふたみの浦はあけてこそ見め

美しいに違いないふたみの浦の景色は、明朝早く見よう、と詠んだのである。

兼輔は藤原利基の六男で、元慶元年に生まれた。冬嗣の息男、長良、良相、良房、順子たちの弟である良門には息男、高藤と利基の兄弟があったのである。その利基には息男、兼輔の他に兼茂もあった。『古今集』には、兼輔の他にも弟の兼茂が二首、その従兄弟の定方が一首収められている。歌人としての系譜が形成されようとしていたのだった。利基は、貞観二年に従五位下左衛門尉に叙せられ、同五年、内匠頭兼備前権介となる。華々しい地位に即いたとはいえないが、仁和二年には従四位上左馬頭、三年には相模守となった。最終的には、それほど高い身分とは言えない、地方の受領、即ち実務官僚として、大過なく過ごすことになったのである。

兼輔も、官位に即いた初めの頃は、ほぼ父と同じような道を辿っていたのであった。

少し遡るが、兼輔は、寛平九年二十歳で昇殿。践祚のことがあって醍醐天皇の御世が始まったその新時代、讃岐権椽から衛門少尉となる。延喜二年には、従五位下に叙せられて、三年には、内蔵助となっていた。

従姉妹に当たる女御胤子は、東宮として立ち即位した醍醐帝の母である。胤子薨去の後は、新帝の補佐役として定国、定方の兄弟とともに、重要な役目を帯びることになった。

『古今集』の彼の歌は、優れた歌人としての素質も物語っている。

よそにのみ聞かましものを音羽川渡るとなしにみなれそめけむ　兼輔詠

関わりのない人と思って、噂を聞くだけにしておけばよかったのに。音羽川の水に濡れてしまった。暗示された美しい女性の存在がある。

大江千古が越へまかりける馬のはなむけに詠める

君がゆく越の白山知らねども雪のまにまに跡は尋ねむ　兼輔詠

友人、千古は大江音人の子であった。これから赴く越の国の深い雪を思い遣って、それでも明るく、積極性をもって詠む。

醍醐帝の後宮には、左大臣時平の妹、穏子が女御となっており、皇太子となった保明親王は五歳である。帝の外戚として、時平の権勢は並ぶ者がない有り様であった。大饗など賑やかに催され、宮中でもある内宴の折には、親王自ら御題を出されることもあった。文事に優れていたのである。だが、治まっている世を不安にする天災地変もあったのである。

高藤（胤子の父）が正三位内大臣として、昌泰三年に薨ずる直前、同じように人々が願い事を言って来た。それを近くで見ていた定国は、人の世はこれほど容易《たやす》く変化するものかと驚いたことを覚えている。高藤は薨去後には、正一位太政大臣を追贈されたのだった。やはり、陸奥守からの、見返りを要求するような献品の申し出は、断って返却すべきだろうと定国は考えた。より相応しい役職の所に、提供するのが良いと忠告する。しかるべき論功行賞は、容易に行われるであろう。

定国は使いの者を返すと、左兵衛陣の工事がどれほど遅れているかを確かめるために赴く。今年は明けて早々に、陸奥の地のかなり広い範囲で地震があって、被害も出ているらしい。度々献上の品を準備させるならば、負担は大きなものとなるだろう。鉱山には様々な鉱石も眠っており、白銅、青銅などの産物もある。調査も進んでいるのだった。だが、このように落雷や不測の事態があると、祝い事が、かえって心配事の種となってしまうのである。

定国にとって、四十賀は確かに嬉しいことであった。父が存命であればと残念に思う。それにもまして、姉の女御、胤子の逝去が残念であった。御子の即位を見届けてほしかった、と定国は思う。その夜、定国は弟の定方に陸奥守のことを相談する。

定方「それほどお気になさることはないのでは。想像以上に東北の産物は豊富で、地は潤っております。彼らは、いかにして利権を守るかを必死で考えております」

定国「正確な情報を得たほうが良い。まだ他にも、内記所の修理のこともある」

定方は、兄の実直すぎる性格をある意味で誇りに思った。この一族の、政治家としては、やや柔らかな生きかたを、自分も引き継いでいるだろうと感じ、その甘さを犠牲にしてまでこの大事な時期を乗り切っていくことが、どうしても必要だとは知っていたが、それを兄に言うことを避けた。万全を期そうとする兄を、どうして説得できようか。いい加減なやり方をすると、叱責されるかも知れない。体制は一度崩れはじめたら、歯止めがきかない。政治や人心の乱れを、決して招いてはならない。

後に思い出すと、充分すぎるほどの手を打ってよかったと定国は安堵した。その定国も流行り病のために、ひと月後の延喜六年七月二日、四十歳で薨じた。弟の定方は勧修寺家の長の位置に、押し上げられることになったのである。女性ばかりではなく、定方の味方は他にもあった。従兄弟の兼茂、兼輔たちである。ある時、定方は交野に狩に出掛けたのだったが、同行できなかった兼輔は、なんとか追いついて来て、歌を詠んだ。

君がゆく交野はるかに聞きしかどしたへば来ぬる物にぞありける　兼輔詠

惟喬親王を慕い、水無瀬の桜狩に随行した業平たちのことに準《なぞら》えて詠んだのであろう。さて、所用のために兼輔は先に京へ帰らねばならなかった。帰路、水無瀬の邸を過ぎると、美しく桜が咲き誇っている。その枝に歌を付けて、定方のもとに届けさせた。

桜花にほふを見つつかへるには静心なきものにぞありける　兼輔詠

『古今集』の「久方の光のどけき春の日に静心なく花の散るらむ」を引いている。

## 七　定方の娘たち

三条右大臣の娘、堤の中納言にあひ給ひける間は、内蔵助にて内の殿上をなむし給ひける。女は逢はむの心やなかりけむ、心もゆかずなむゐますがりける。男宮仕へし給うければ、え常にもゐませざりける頃、女たきもののくゆる心はありしかどひとりたえては寝られざりけり　定方女《むすめ》〈瑶子〉詠

それは、ある初夏の頃のことであった。定方は三条の邸の改修を考え、その日取りを調べて、祓《はら》えのことなどを依頼するために、城南宮を訪れていた。離宮であったが、今は京の南を守る宮となっていた。この方面は鬼門にもなっているために、陰陽道で研究されたのである。その日、同行していたのが娘の瑶子であった。

丁度、同じ時刻に、兼輔もまたここを訪れていた。所用で極楽寺に詣での帰途、立ち寄ったのであった。神苑には、菖蒲の花が咲き匂っていた。濃い紫と白が際立って対照的である。ふと、几帳の蔭から目にした女性に、心を奪

われてしまう。すぐに、定方に申し入れる。この時期、従兄弟同士で結束を固めることは、帝の周辺の絆を強めることになる。定方は、数年年下の兼輔を婿にすることを決めた。

兼輔はまだ六位相当の内蔵助という身分であった。殿上はしているものの忙しく出歩くことが多かったのである。なかなか、通い始めたばかりの定方の一の君瑶子のもとに出向く時がない。瑶子の方も最初はそれほど、この出会いに心を惹かれるというわけではないように周囲には見えていた。けれども、それは表面上のことでもあった。その時すでに、兼輔は二十八、九歳であったから、それなりに通い所もあり、一子を儲けてもいた。定方が、歌を遣《や》り取りする多くの女性を知っていたのと同じように、よく似た性格、それは従兄弟の兼輔にも当てはまるものであった。

兼輔の室となってからの一年、瑶子の生きかた、考えかたは変わった。生まれたばかりの子、桑子の愛らしさ。それは、ここ数年、一族の上に降りかかってきたすべての災いを無いものにしてしまうほどの、輝きにみちたものであった。

三条の定方の邸は、父高藤から伝えられたもので、遣り水のほとりの楓も、何時しか紅葉し始めている。数日、留守をしていた定方の息男、朝忠は渡殿で足を止めた。東の対の前栽《せんざい》も吹き荒れた野分に乱れているが、板戸の鳴り具合が、何時もと同じなのを確かめると朝忠はふと和やかな気持ちになった。つい先日もここを通る時に、軋んだ音を立てたのである。蝶番《ちょうつがい》が緩みかけているのに違いない。その時も、つい斜め下からすかして眺めたことを思い出す。かすかに湿った金具の錆びた匂いがしている。

御簾の蔭から、蝶のように軽やかに出てきた少女に、朝忠は捕まってしまった。妹の三の君詢子である。暫く逢わない間に、艶のある髪も長くなった。朝忠は、元服前のこの時期、時折、数日間どこかに出掛けて行く。調べ物をかかえて、出掛けて行く先を家人にも知らさないこともある。友人の別邸などに泊まって、そこから次に向かう。今回は、春日の里近くの山陵を見てきた。垂仁天皇の御陵などである。

朝忠「是非、この次に長谷にでも参詣なさる途中で、立ち寄って見てご覧なさい。きっと気に入るでしょう。美しい御陵です」

詢子「どちらからか、今お戻りになったのでしょう。知っていました」

朝忠「夜は少し寂しすぎる所ですが、陽差しが斜めに伸びる頃、清々しくて、政争に明け暮れた時代があったなどと、想像もできない」

詢子「そうおっしゃるのなら、そうします。周囲の堀の水もきれいでしょうね」

厨子に寄り掛かって、次々に並べられる品々を見る。虫籠には、鈴虫らしいものが入っている。

詢子「里下がりをしていた小君が、採ったものです。あの子は、気に入らないとすぐにわたくしの手を齧《かじ》るので、本当は怖いのだけれど、この籠はきれいでしょう。夜にはよく鳴きます」

欠けてしまった貝合わせの蓋もある。

詢子「大切にしていたのに、小君が踏みつけて壊しました。元のように直していただけると嬉しいのですけれど」

朝忠「それは無理です。どうしてそんなことをしたのだろう」

詢子「お祖母さまが亡くなったのですって。貝合わせのことを知られると可哀相だから、いいことを考えました。この蓋の方は、いつものように、あの小犬がくわえて持っていってしまったことになっています。だから、このことは内緒なのです。姉君だけは、何かお気づきになったのかしら。二人のことをじっとご覧になって、『そう』と仰っただけ。お叱りもなかったけれど、少し変でしょう」

朝忠「それはそうでしょう。手習いもかなりの量ですね」

言いながら、眺めているうちに、疲労が潮のように襲って来た。睡魔にとらわれて、何もかもが遠のいて行く。どこからも隔絶された、別世界のような空間。ふと気がついて目を開けると、大きな文箱の上に両手を重ねて、その上に小さな顎をのせて、詢子もうたた寝をしたらしい。気配を感じたのか、頭をめぐらせてこちらを向き、目の隅で笑った。

詢子「なぜか、悲しそうに見えました。こうして同じように眠れば、きっと理由が分かると思って」

朝忠「そちらこそ、悲しそうに見える。その手はどうしました」

詢子「小君が悪いのではありません。急に手を突き出したから、齧《かじ》られたのです」

話していると、次第に朝忠の心も癒される。

文殿の中で、様々な書や書き損じの反故に埋もれるようにして日々を過ごしていると、思い通りの場所に出向いて行ってみたいと、その反動のように願わずにはいられない。女房たちは、「多分、詢子様は文殿の中であろう」と勝手に想像して、彼女の居場所を気に掛けないで過ごすことも多い。詢子も、陽が沈むまえには帰宅するつもりであった。深泥池の側に着いた時、すでに西山に陽は落ちたところで、薄い夕闇に包まれようとしていた。山の端は、くっきりと線で描いたようで、山のこちら側は黒く、紅葉しているであろう色の区別はつかない。池の面には全く波はなく、静まり返っている。中州に立つ二羽の鷺だけが、白く浮き上がっていて微動だにしない。長い足の片方をともに折り曲げて、少しだけ異なった方向を向いている。近くの山に登ることは、断念せざるをえない。

このような別世界のような風景の中に、時間を気にすることなく、暗くなってしまうまで佇んでいられたら……、詢子は、そう未練がましく心のうちでつぶやく。無事に帰り着いたのは、灯のともった数刻後のことであった。見咎められることなく、遅い食事を運ばせた。夜が更けてから、何かを感じ取ったかのように、兄の朝忠が立ち寄った。

朝忠「どちらかにお出掛けでしたか。車が無かった」

詢子「いえ、書を読んでおりましたから」

朝忠「あまり学問に力を入れると、お相手が困ることになります」

毒のある言葉である。

詢子「兄上こそ、お通い所に寂しい思いをさせていらっしゃるのではありませんか」

朝忠「そのうち、あなたにお任せしますよ」

謎のような一言を残して去って行く朝忠の後ろ姿を見送りながら、詢子はふと笑いがこみ上げてくる。苦手ではあるけれど、兄と妹だと思う。どこか似通ったところがあるのであろう。時に、思い出し笑いが止まらなくて、侍女に不審がられたりするのだった。

公事のみ多くて、兄もたやすくは女性のところを訪問することもできないであろう。そのことに思いいたると、詢子は気の毒になる。

この日は、暮れゆく深泥池のしんと静まりかえった佇まい、鳥の羽音と鋭い鳴き声が目と耳に甦って、新鮮な感動を覚える。懐かしい。その目で屋敷の内を見ると、見慣れているものでさえ、別の意味をもっているようである。明日は、水盤に水を張って、前栽の白菊でも指してみようと詢子は思う。そうすればこの部屋のしつらいも、華やいだ娘らしいものになるであろう。

秋も深まる頃、胤子の妹尚侍満子の四十の御賀《おんが》が催された。尚侍の御座所には様々な御祝いの品が集まっていたが、その中で一際人々の目を引いたのが、正面に飾られた一双の屛風であった。帝（醍醐帝）もお渡りになり、暫くの間、屛風の前を離れなかったのは、それがあまりにも端麗で、調度として趣き深いものだったからである。さりげなく絵に添えられた空間は、墨の濃淡と流れるような仮名文字のかたちによって、無限の広がりを見せて際立っていた。

満子「お祝いにこのような素晴らしいものを頂戴いたしまして、ほんとうに有り難く存じております。早くからお心に掛けて下さり、作らせるようにご下命賜ったと伺っております」

帝「なるほど、見事な出来です」

満子「紀貫之殿には、わたくしからご挨拶をしておきたいと思います」

帝「それは喜びとするところに違いありません」

この屛風を慶賀の一端として作らせたことは、間違いではなかったと、帝は思われた。母である女御胤子のことを偲ぶ時、誰よりも叔母、尚侍満子との語らいを大切なものに思ったのである。

野に人あまたある所、秋

招くとてきつるかひなく花薄穂に出て風のはかるなりけり　貫之詠

風が招こうとしてたばかったのであろうか、美しい薄の原に人々は来てしまった。

山の紅葉しぐれたる所

足曳の山かき暗ししぐるれど紅葉はなほぞ照りまさりける　貫之詠

## 八　兼輔の子女

延喜も終わりに近いある年のことである。その秋、野分の後に再び荒れ模様の空が続き、次々に激しい暴風雨が都を襲った。旱魃の夏であったために、作物の実りは充分ではなかったが、それも風水害の影響を受けた。漸く雨もあがって、澄んだ空に白く細い雲が棚引いている。

父兼輔の使いとして、御室の法金剛院を訪ねた雅正は、ふと背後の山の方へ足を向けた。元服を控えた雅正は、兼輔の長男で、ほぼ朝忠と年齢は同じであったが、著しい相違もある。それは、まだ通い所を持たないという点で、父兼輔には理解できない点でもあった。父は、その同じ年頃には、定方卿の娘、瑶子と結婚する以前に通い所を持っていたのだ。そこに生まれたのが雅正だった。

背後の小さい山は、古くから五位山と呼ばれている。山に位階が授けられていることが、微笑ましく、このように秋晴れの早朝は、爽やかな眺望に恵まれるだろう。そう思いながら、ふと目を上げると、これから登って行こうとしている段の中腹に女性が二人、脇目もふらずに俯いて何かをしている。一人はまるで道行きのような服装で、顔や髪も包んでいるが、気品が感じられる。一人は侍女であろう。少し近づくと、二人は段を修復しているのだと分かった。手にした板で土を敲《たた》き、両側の石を、緩んでしまった地面に埋めようとしているのだった。

侍女の方に、見覚えがある。定方卿の三条の邸の多分、三の君（詢子）付きの侍女に違いない。

雅正「何をしておられるのです」

二人は明らかに驚いた様子である。侍女が困ったように答えた。

侍女「径《みち》を直しております」

雅正「定方殿の所の」

侍女「三の君、詢子様です。きっと今日は、空気も澄んでよく見えると存じまして」

雅正「よく来られるのですか」

また困ったらしく、返事はなかった。三人は暫く黙って壊れた個所の修復作業に熱中した。見晴らしの良い所まで登ってしまえば、一息ついて下りるよりほかはない。嵐の去った後の被害がどのようなものか、はっきりとは分からないが、このような小さな山道も崩れるほどであれば、農作物もかなり傷んでいるであろう。

雅正「七条あたりでの、賀茂川の氾濫はどうやら収まりました」

侍女「御邸の周囲はいかがでございましたか」

雅正「賀茂川の提が近いので、心配でしたが、何事もなくほっとしています」

その年も炎暑の夏であった。神泉苑において請雨経法を修せしめられる。様々な祈禱も功を奏さず、降雨は思いどおりには望めなかったのである。

暁方の冷えびえとした空気が、秋の終わりを感じさせる頃となった。京極の兼輔邸を出た車は、四条通りを皇嘉門大路へと向かっていた。

九条に住んでいる伯父、故定国の娘は、姉妹のように親しくて、そちらへの道は幾度通っても、少しずつ印象が違って、何か新しい発見がある。この日瑶子は、どうしても立ち寄ってみたい所があった。どこからか、菊の香が漂って来た。車の上に散りかかる紅葉の色も鮮やかで、時折、手に取って眺めることができた。そこにはすでに修復のなった厳めしい門構えの、檜皮葺きの屋敷があった。道真が流謫の身となった直後は廃墟のようであったが、廊、渡殿、庫、厩なども全く元のようである。広い池の周りの木々や、前栽も手入れが行き届いていた。道真の娘の衍子は宇多帝に入内し、その法皇の皇女である順子は、源氏姓を賜って忠平のもとに降嫁している。右大臣の北の方の里邸として、忠平は大切にしているのであろう。

数年前と変わる住まいの様子に驚く。高い空では鳶が輪をかいて舞っている。まるで何事もなかったように。歴史に翻弄された一族の無念な思いも、少しずつ消えていこうとしている。忠平の人格を思う。兄、時平の息女が今、入内していることを考えると、これから入内する娘桑子の立場を、瑶子は気遣わずにはいられない。

三条の父定方が和風文化の理解者であるとすれば、忠平は漢学系統に優れた能力を発揮している。それは、道真の生きかたを受け継いでいることの証しであろう。

斉世親王妃となっていた道真の娘である衍子の妹は、宮の出家の際には、ともに落飾したのだった。瑶子は、娘桑子にはそのような運命だけは望まない。不思議なことに、父定方のところよりも、伯父定国のことも偲ばれて、この九条に住む従姉に相談する方が落ち着く。準備の話をしながらも、心はいつしか道真一族のことに及ぶのだった。

延長元年二月十五日。辰の時ばかりに晴れる。桑子の入内の日であった。桜花咲き匂い、天候にも恵まれる。酉の時を以て入内する。京極の邸の西の対、南面において女方は車に乗る。後宮の殿舎の南面に、車を寄せる。そこで、両三献の後、内に入る。帝から命じられた使いの者が、その場を取り仕切って、それぞれに禄を賜った。女の装束や綾の織物などであった。

形式通りにすべては運んで、入内は滞りなく行われた。緊張のあまり、少し青ざめて見える娘の桑子の様子は気掛かりでないとは言えない。けれども、幕は切って落とされたのだった。もう後ろに引き返すことは出来ない。これより先は、成るがままにまかせるより仕方がない。果たして後宮での生活が本当に幸せといえるのかと案じてみても、どのような救いにもならないだろう。物問いたげな眼差しで、こちらを見ていたことを忘れようにも忘れられない兼輔であった。

まだ参議になったばかりで、政治的な権勢とはある程度の距離感をもつ兼輔にとって、大きなことができるわけではない。ただ、帝の外戚の一人として、定方とともに力を合わせ、帝を支えることだけを望む。安定した世の中、平和に治まる社会をめざして、他の国に決して劣らない治世であったと、後世まで評価されるものとしたい。礎《いしずえ》は築かれようとしていた。残虐な圧政とはほど遠い、血を流さない政治、仏道にも則って、理想的な御世であったと語り伝えられるならば、どれほど嬉しいことか。兼輔は、そう願わずにはいられなかった。

延長の初めのことであった。この年、空海は弘法大師の名を賜った。仏教は伝来以来二百年経ち、次第に布教の活動の範囲も広げられていったのである。

ある時、右大臣忠平が定方と同席して、宴会が催されたことがあった。勝ち負けを争う大がかりな相撲の後、負け方の支持者であった忠平によって、還りあるじとして饗応がなされたのである。その宴が果てて後に、二、三人が更に引き止められて、何度も酒杯が巡った。

定方「お互いにどうして、このように子たちのことで頭を悩ますのであろう」

兼輔「それ以前に、通い所という女性たちこそ、悩ましいのではありますまいか」

定方の言葉には、どうすることも出来ない諦観がこめられている。

定方「それは、そちらの特殊な事情によるものでしょう、全く案ずることなく治まっているところが多い」

兼輔「大臣の御子たちは皆優れていらっしゃるから、忖度の心もお広いのです。実頼殿も師輔殿も、母御はお違いになっても、実によくできていらっしゃる」

羨ましく思うのは、定方ばかりではない。兼輔もまた、男御子に恵まれた忠平こそと思い、次の世代を担うのは、この一族であると疑わなかったのである。実頼よりも、弟の師輔の方が、実務官僚としての資質は秀でているのかも知れない。

人の親の心は闇にあらねども子を思ふ道にまどひぬるかな　兼輔詠

ふと口をついて出たこの歌は、子のことを思うと切ない、どれほど安堵したくてもできない兼輔の心情を吐露したものであった。

延長八年、後の世で聖代と称された時代は過ぎ去る。九月二十九日、午の四刻、醍醐上皇崩御。諒闇の世となった。十月十日、上皇は宇治山科の山陵に葬られた。朱雀新帝はまだ八歳。

定方は、新帝とともに御輿に従った。数日たって定方より兼輔のもとに、歌が届いた。

人の世の思ひにかなふものならば我が身は君に遅れましやは　定方詠

はかなくて世に経るよりは山科の宮の草木とならましものを　定方詠

「御後を慕ってあの世に行ってしまいたい。この世にながらえるよりも、あの山科の御陵の草木となって、君をお守りしたい」痛切な叫びのような哀傷の歌に、兼輔も言葉がない。歌という非日常の言語により、悲痛な心中を吐露することができるのだった。

山科の宮の草木と君ならば我も雫に濡るばかりなり　兼輔詠

「一族の長である殿がそう仰せならば、草木の露となって悲しみにくれるばかりです」と、兼輔は返しの歌をおくる。

新帝の伯父として全権を掌握したのは、忠平であった。律令政治から、摂関政治へと時代は動いて行く。兄時平の子たちが次々に早逝した後、忠平には生き抜くことの厳しさが感じられていたのであった。

醍醐帝の崩御のことがあって、亡き醍醐帝御息所桑子のもとに、ある日定方の二の君、亡き醍醐帝の女御であった能子（仁善子）より一つの贈り物が届けられた。その贈り物は、小さな唐の櫃におさめられた救世観音の御像であった。何と清らかな美しいお姿であっただろう。彫り込まれた線の一つ一つの重なりが、奥深い精神の襞を示している。木目のなだらかな曲線が優しさと調和のすべてを表している。この一本の木は、この御像を形づくるために年月を経て、ひっそりと風雨に耐えたのに違いない。その年輪が、時空を超えた不思議な世界のあることを証している。未来永劫に続く魂の生き、甦りの世界。この御像がいつか土に還って行くとしても、ここに込められた命は滅びることなく、転生を繰り返すに違いない。閉じられた眼は一本の線のように見えた。微笑みは目元から唇へとゆるやかに広がっている。凝縮された笑み、どこまでも波紋を描いて延びていく。女御能子の贈り物であるその御像には、ふと不安を感じさせるものがあった。何に由来するのだろうか。桑子は、繰り返し眺めて、それがずっと左下に伸ばされた手からのものであると分かった。印を結んでおられるはずの左手は、何故かきつく握り締められている。そのために、和やかな笑みが秘かな悲しみに満ちているのだった。能子からの一通の文が添えられている。

「菊の香りも漂うころとなり、時の過ぎ行くことの速さに驚きます、御息所桑子様。私は内裏を下がって、早ひと月になりました。何かお届けしたいと存じましたが、この御像は、大切にしておりましたもの、どうか、お側に置いて下さいませ」

桑子は章明親王と共に、粟田に用意された別院に移った。まだ幼い親王を育てながら、法要も欠かさず営んでいる。

これまで、内裏でともに過ごした月日のことは、忘れられない思い出となった。皇子を育てることに、懸命な努力の日々と察せられる。

桑子「阿闍梨様に失礼なことを申し上げてしまって」

何時かふと、真剣な表情で話すのだった。

能子「ご供養の日は、とても緊張なさっていらっしゃるので、思いもよらないことも口にお出しになるのでしょう。まだ六歳でしょう。当然でございます」

皇子が年長の者を大切にするように、それは儒教の教えでもあったのだ。「煩瑣な日々の営みの中、母であることを完全になし遂げようとでもお思いなのだろうか、些細な失態など、気になさらなくてもよいのに」と、かえって微笑ましく思う能子であった。また、子に恵まれなかった能子には、羨ましくも感じられた。

能子は、父大臣、定方邸の東の対に移り住んでいた。もうひとり、能子が贈り物を届けたところがあった。つい先頃、男御子が誕生した、代明親王妃、珠子のところである。内裏での生活では、度々は会うことができなかった。「あの「つれなの姫」が御子をお持ちになられて、どうしていらっしゃるのだろうか」と、能子は案じる。子の健やかな成長を祈って、翠緑に輝く勾玉を選んだ。

「里での日々を漸く落ちついて過ごしております。姉妹が多いと心強く存じていましたのに、今、共に住んでいるのは末の妹ばかりでございます。寂しいので、時にはお出かけ下さいませ」

と、文を添えて。

そのようなある日、実頼からの歌は内裏と同じように届けられた。

人知れぬ思ひは年も経にけるを我のみ知るはかひなかりけり　　　　　　　　実頼詠

後に能子は実頼の室になったのである。

定方は常日頃、五体については心配りを忘れない性格であった。

陰陽道にも一理あるのだからと、常に八卦のことを考えないではいられない。何をするにも方角を選び、暦の日を選ぶ。それほど、注意深く健康には心を配っているつもりであったのに、疫病の流行には勝てなかった。

醍醐帝の三周忌の法要がことなく終わるのを見届けて、定方は病に倒れそのまま世を去った。従二位、薨去後に従一位を贈られる。六十歳であった。年齢からいえば不服を感じるはずでもない。けれども、長い一生をただひたすら帝にお仕えし、その帝に先立たれたことが、何より無念だっただろう。そのことを兼輔に、何ほどかも言い残そうとはしなかった、そのような時間の余裕も残されてはいなかったのだった。

あまりにも思いがけなかった定方の逝去である。朝忠は、父定方の残した書籍を見てつい涙ぐむ。その幾つかは古い漢籍で、すでに虫の喰ったものや、しみのために判じ物のように読みにくくなったものもあった。その中に、唐国から来たものらしい、物語絵が混じっているのに気付いた。早速それを届けるために、妹、三の君詢子の所を訪れる。

詢子「珍しいものでございます、これは」
朝忠「父上のご筆跡も、見つかっております」
詢子「兄上のとは、かなり特徴が異なりますもの、すぐに分かります」
朝忠「確かに、伸びやかで堂々とした良い字ですね」
詢子「筆を選び、墨を選んでおられました」

朝忠「周りの様子を確かめ、状況を整えた上で初めて筆をお下ろしになる」
詢子「そうです。兄上のように、いきなり書き始めたりは決してなさいません」

思い出話には際限がない。定方の字は、人を引きつける魅力的なもので、おおらかさと精神的な余裕を表現していたのだった。朝忠の筆は、無駄のない線、余分なものを削り落としていって、ついに表現しようとするものを凝縮した、ぎりぎりの線に達している。二人の字はそれほど違っているが、その奥にある何かが同じだった。それは素質ともいえる、血脈であるともいえたかも知れない。

定方の七七忌の法要が営まれたのは、十一月も半ばのことで、時雨の降り始めた空は鈍色に曇っていた。遠くの野焼きの火が、時折虚しく燃え上がって空を焦がす。確かにあの火の下では、新たな生命がかき立てられているのだ。

定方の娘たちは、それぞれの思い出を持っていた。

この年、さらに一族を深い悲しみが襲った。十二月二十五日、荷前山科山陵使を命じられていた兼輔は、急病のために山陵に赴くことができなかった。粟田の邸に戻り、そのまま病床の人となったのである。

年が明けて、承平三年二月十八日、中納言従三位兼右衛門督兼輔は薨去。五十七歳。延喜の御世の興亡を見届けて、遂には定方をも見送った。一つの時代に寄り添って、文化の発展に寄与したことは、誇りにも思ったであろう。身分の高い殿上人であり、歌人としての役目を果たしきって世を去ったのであった。

伏見の山の蔭になった定方の別邸の夕暮れ、前尚侍満子は法要の終わったひとときを、涙を抑えつつ過ごしていた。御息所の桑子ともしばらくぶりの再会であった。山裾を切り開いて、定方はこの邸を造った。築山はそのまま東山となって、桜楓の木立が続く。伏見の山蔭は夕暮れが早い。まして降り積もった雪の上に、針か棘のような冷たい雨が降ったり止んだりする日は、いつともなしに明け、いつともなしに暮れていく。桑子にとっても、その空模様は人生そのもののように重く感じられたのである。

満子「御喪に籠もっておられます間は、お会いできませず、いかがかとお案じ申し上げておりました」

桑子「定方殿のお体のご不調を知りましたのは、亡くなる数日前でございました」

満子「しばらくこちらに止まりたいと存じております。今宵はごゆっくりなさいませ。琴《きん》をお聴かせ下さいますか。帝がとてもお褒めになっておられました。研究熱心で、新しい曲もすぐにお覚えになったとか。私も誇らしく存じておりました」

和琴ではなく、琴は華やかさより重々しいものが感じられる。

桑子「娘時代から、琴の譜ばかり集めて喜んでおりましたので」

満子「譜をお読みになれるのは、素晴らしいことですね」

桑子「では、是非聴いて戴きたい曲がございます。実は帝ご自身が弾奏なさったのを、聴き学んだのでございます」

琴を持たせると、桑子は、珍しい『広稜』という曲を弾いた。その響きが奥の間にも聞こえたらしく、里邸に滞在している六の君珠子がのぞいてきた。一緒に聴き終わると、驚いたように尋ねた。

珠子「どうして、この曲をお知りになったのですか」

桑子「本当のところ、細かいところまでは覚えておりませんの。『広稜散』とも申します。昔、晋の名人と言われた人が、華陽亭に泊まって、琴を弾いた時、夜半の夢に、尭の時代の名人がやって来て、教えたとされている秘曲なのだそうです」

珠子「その曲は、代明親王もお弾きになられます。御父上、醍醐帝よりお教え戴いた御由。琴の譜を、そっとお持ちしましょう。お写しになるとよろしいわ」

恐れ多いことと桑子も思ったが、ほとんど記憶してしまっているため、ある部分だけを写せばよいのだ。醍醐帝の跡を継いだ人々は、親から子へ、師から弟子へと、半ば秘伝のものとして大切にされたのであった。思いがけないこの曲との出会いによって、勧修寺の家系にも伝わることになったのであった。親王は琵琶の名手であったのだ。

一年の間に、政治の中枢は、忠平の方へ完全に移って行った。長男の実頼も、誠実な人柄のゆえに人望が篤く、よく補佐をしている。和歌の道にも優れており、

まだ散らぬ花も見ゆめり春風の吹きも止まなむ後もみるべく　実頼詠

と、満開の桜の散るのを惜しんで詠んだ。

女御であった能子が、実頼の御室として迎えられて数年になる。桑子所生の皇子、章明親王の元服の際には、加冠の役を実頼に頼んだのだった。実頼は、右大将で中納言、四十歳になっていた。章明親王の親王宣下をされて、醍醐帝も安堵された。この元服の日、女御胤子から続いた一族の繁栄も、すでに頂点に達したということができよう。


朝忠の娘穆子は、醍醐帝の弟敦実親王の子、雅信と結婚した。二人の間に生まれた娘、倫子は道長の室となる。朝忠の弟、朝成は伊尹と蔵人の頭を争って、若くして亡くなった。もう一人の弟、朝頼には為輔という子息があって、その子が後の紫式部の夫、宣孝である。

醍醐帝の延喜の御世が、聖代として後に評価されるようになったのには、理由も確かにあったのだ。表立った争乱

もなく、天変地異のために莫大な被害を被るということも、何とか免れた。偉業として記されたのは、やはり『古今集』と「延喜式」であろう。勅撰の和歌集として初めてのもので、以後「八代集」として続くことになる。では、「延喜式」とはどのようなものなのだろうか。まず、暦の制定。小寒、大寒、立春、啓蟄から立秋、処暑、白露、霜降などまですべて、現代に到るまでの歳時記に記されている通りなのである。細やかな自然観照の目が光っているではないか。各地に残る天皇の御陵は詳しく調べられて、『山陵誌』として残された。

一方、地理という点でも正確な探査がなされている。例えば大和は、行程一日、播磨は海路八日、常陸は四十日などと決められ、受領の赴任にかかる経費などを見積もる。また、各地の産物も具体的に調べ上げられる。椿油、胡麻油、菜種油のほかに胡桃油もあった。塩も産地の別がある。鮑、若布などの海産物。白銅、青銅、金銅などの合金類。それに鹿の角、瑪瑙《めのう》、琥珀などの貴金属。綿や絹なども項目が立てられる。すべての産物にたいして、計量が行われて課税されるのである。

中央官庁の官職も、上下が決められる。神祇官、太政官に始まり、八省その他が整然と分けられていた。これだけの仕事は、決して一朝にして成ったものではない。集大成がこの時代になされていた。

兼輔の息雅正には三人の男子が生まれた。為頼、為長、為時であったが、為長は早逝。為時の娘が紫式部であることは、いうをまたない。

さて、著者が最後に書いておかなければならないことがある。

御息所桑子に贈られた救世観音の御像は、不思議な縁で紫式部のもとに届けられたのであった。少しばかり御足元がすり減っていたが、それは人々が足元に拡がる裳裾に、度々手を触れたからであろう。御足を一歩踏み出される時、願いは聞き届けられ、必ず共に歩んで下さると思われたからである。木目は御衣に美しい曲線を描き出している。どのような名人も、これを模倣することは出来ない。その口元の微かな笑みこそ、この世のほかの世界を垣間見させるものだったのだ。琴、『広稜』の楽譜も、数代に亘って受け継がれ、ついに紫式部の手に渡った。だが、その奏法に関しては、誰も知らない。いつか途絶えたのであった。

『源氏物語』明石の巻では、久しぶりに琴を手にした光源氏は『広陵』というこの曲を弾き、聞く人に深い感慨を抱かせる。源氏の御前で明石の入道は箏の琴を弾く。そして自分は、この奏法を延喜の世から三代に亘って伝承されたのだ、と語ったことが記されている。どのような理由で、『広陵』というこの曲が源氏の流謫時代に呼び起こされたのであろうか。難しい曲なのであろう。それは、逆境に耐える力を与え、励ますように響き続けたのであろう。響き合う楽の音は、深々と夜空に昇っていく。琵琶の調べと融け合って、交響する音は海へ延び、海の彼方へと届いたのであった。

# 第三章　『源氏物語』への逆光——政変の渦潮

## 一　若き日の公任

康保三年、藤原公任は、頼忠の第二子、次男として生まれる。母は代明親王の息女、厳子女王。姉、荘子女王は村上帝の女御として具平親王を産んだ。親王はその時三歳であった。祖父実頼は、貞信公忠平より相続した小野宮家の住居を、頼忠の弟の子実資に譲る。実資を養子としたからである。頼忠の邸宅は三条の北、西洞院の東にあり、三条殿と呼ばれる。そこで生まれた公任は、幼い日々を小野宮や、別荘のあった白河の屋敷で過ごす。十歳年上の実資は遊び相手でもあり、学問上の朋友でもある。物心つくと、祖父実頼が実資を養子とするほど可愛がっているのは、優れた資質にあるのだと感じとることになった。負けてはいられないと公任は思う。

村上帝崩御の後、荘子女王は、形ばかり五戒を受けての略式の出家、ひっそりと門の中に閉じ籠って幼い具平親王の成長を見守っていた。あまり行き来はなかった。しかし、厳子女王は、いつも姉のことを心に懸け、あらゆる相談にのっていた。目に見えない強い絆を感じとっていたのである。

冷泉帝の御世は二年の短さに終わり、公任五歳の夏、実頼は没して、伊尹が摂政となる。公任が八歳になった天元元年には、円融天皇に公任の姉の遵子が入内、五月女御となる。急に身辺に華やいだ空気が漂い始める。だが、母厳子女王の心の中には、安易に推察することを許さない照り翳りがあったのだ。兼通は、兼家にではなく、頼忠に太政大臣を譲ったことになるが、不思議な宿縁であると思われた。兼家の気性の激しさ、辣腕、その財力などを考えあわせれば、いつ政権はあちらに動くか分からない。頼忠は太政大臣を辞したい旨の表を奉って許されず、政治はやり難い立場なのである。その室として、華やかな彩りと、相反する不安はともに存していたのだ。

姉恵子女王も、一条摂政伊尹の室として、時めく日々を有していた。相次いで二人の子息を亡くし、今や義懐一人を頼りに日々を過ごしている。恵子女王の娘懐子の産んだ皇太子師貞親王は、公任より二つ年下である。後見をする者は多いとは言い難く、前途は容易ではないのである。

生死は一睡の夢のようではないか。その儚さを知りながら、懸命な努力をして、権門の家とその伝統を保持していかなければならないのである。元服した具平親王は、母荘子女王に言ったそうである。「母君と厳子女王様の御名前を並べて書くと、荘厳するという意味になるのを御存知でいらっしゃいましょう。母上が、父帝にお先立たれになることも、すべて仏の御計らいに違いなく、道心をつちかっていらっしゃるのも、その為なのかも知れません」と。同じことは、厳子にも該当する筈なのである。いつまでも続く栄華ではなかった。

代明親王は本名将観、醍醐天皇第三皇子。母は伊予介藤原連永の娘、更衣鮮子で、同母妹に斎院恭子内親王、斎院婉子内親王、敏子内親王などがいた。親王は醍醐寺の経営に与っていたらしく、道心も厚い方であった為に、そのような名前を娘達に付けたのだ。

公任の元服は、天元三年二月二十五日のことであった。天皇自ら加冠をするなど、特別なことの多い式であった。

臣下が清涼殿で元服をすることも異例であり、また、屯食が諸陣、即ち衛兵達にまでふるまわれる。親王の元服と同等の扱いだった。正五位下に叙せられる。通常は従五位下であるから、破格なことである。すべては、頼忠が天元元年、太政大臣になったことによる。元服の日に昇殿を許され、三月禁色を許され、七月侍従となる。天元四年、十六歳で従四位下に叙せられる。恵まれ過ぎた出発であった。

元服したばかりの貴公子、公任は、しかしその外見ほどには端然として明朗闊達ではなかったのである。母がどれほど勧めても、元服の際の添臥《（妻）》は絶対に要らないと主張して譲らない。「まだ、そのような時ではありませぬ」と素知らぬ顔であった。従兄の具平親王と同様であって、強くその影響を受けていたようである。

公任の姉遵子が、女御から后の位に立ったのは、天元五年のことであった。五月七日、皇后として初めて入内する日、西の洞院の通りを北に向かって行列は進んだ。東三条、兼家の邸を通り過ぎる時、ふと何気なく、馬を引き留めて公任は言ってはならない筈の一言を言った。失言である。そのことを聞いて兼家の立腹はおさまる筈もなかった。この年、正月には、兼家の娘で冷泉上皇の女御であった超子が急死。皇子を残しての無念の死であったのだ。折角の皇子誕生なのに、上皇になってからでは何にもならない、と世の人々は蔭で言っていたのだ。

だが、円融帝に入内した兼家の姉詮子にも、天元三年六月一日、懐仁《かねひと》親王が産まれていた。その詮子を差し越えて、皇子のない遵子が皇后に立った。天皇が関白太政大臣頼忠に遠慮なさって、寵愛の厚い詮子よりも遵子をお立てになったのである。そのことは理解できても、過ぎ去っていく時間を引き止めるすべはないのだ。憔悴の兼家は、その意志を示す目的からか、宮中に出仕せず、自邸に籠る日が多くなった。

公任は、人の心を無闇に傷つけて平然としていられるという性質でもなかった。ただ、若さの持つ残酷さと、思いやりのなさは、ふと傍若無人ともとれる態度になってあらわれることがあったのである。そのことを無自覚に、反省しないでやり過ごせる気性でもない。思い当たって自己嫌悪に陥った時に、公任が思い起こすのはいつも悠然と落ち着いている具平親王の様子である。「親王にはかなわない。見ならいたい」と痛切に感じる一瞬であった。

「具平親王が添臥を必要とせず、とおっしゃる限りは自分も」と公任は考える。女性などというものは、わけの分からない存在だと公任は思う。「まだ親王は、どこの女のもとにもお通いになっていない」、そう思うのと、他にも理由がある。姉、皇后遵子のような理想の女性ならよい。否、はっきり言ってしまえば、普通の女性なら必要ない。内親王か、あるいは親王の娘。ひそかに願うのは、母、厳子女王の如き、親王の娘なのである。公任のその希望はいつか、かなえられるのであろうか。

道長の父である兼家は、その頃政界の第一人者になろうとしていた。

若い公任にさえ軽く見られていると思うと、兼家は自分を振り返って見ることになる。

兼家は血脈の親しみと、またその裏返しである骨肉の争いについて、今度ばかりは深く考えざるを得なかった。貞元二年冬十月、兄兼通の病が重く急を告げる事態となっても、和解の兆は全く見えなかった。

兄兼通は病を忍んで除目を遂行。兼家の大将の職を罷免、治部卿に貶めたのである。兼家は門を閉ざして、憂鬱なる日々をおくり、長歌を詠じて天皇に献じた。天皇はこれを憐れまれたということである。

「実に面白くない。しかし敵とは思っても、実の兄なのである。これも一面から見れば、まずは頼忠に先を越され、譲ることによって貸しを作り、その次をねらえという暗黙の了解事項であるかも知れない。骨肉の情とはそのようなものなのだ。谷底に蹴落とされた虎の子は何とかして自力で崖を這い登って行くではないか。余は、むしろ、自らが子供達をそのように厳しく育てたい、その闘いに勝ち残った者だけが、真に世間に通用する人材となり得るであろう」と、兼家は思う。

明けて天元元年の正月戊子、二日は日食であって、夜に入って大雷があった。兼家には天啓の如く聞こえる。兄の死で、肩の重荷が一つ取れた気がするのだった。

夏四月、頼忠女、遵子入内、女御となる。兼家は大納言として六月朝参。これ以上は譲ることができない。時期は到来したと判断して、兼家は娘詮子を円融帝に入内させる。これまでは、兄を憚って果たせなかったのだ。また、頼忠に対してはやはり遠慮があった。治部卿に貶ぜられた身が右大臣になれたのは、彼のお蔭だったからである。彼が蔭で天皇に何度も奏上して復帰できるように準備してくれたのだ。しかし、そのような遠慮をも加味して考え合わせた上で、兼家は実行することにしたのである。

十月に頼忠は太政大臣、源雅信は左大臣、兼家は右大臣に任ぜられ、翌月乙酉、詮子梅壺女御となる。

天元二年三月、石清水八幡宮に行幸あり。六月、皇后媓子堀河院にて崩御。三十三歳であった。翌三年六月、詮子に第一皇子懐仁産まれる。東三条の邸は賑やかであった。遵子には、依然として子が産まれず、具合の悪い事態は続く。十一月には、主殿寮《とのも》に火あり。大内諸殿に及ぶ。十二月諸の社に火の事を報告する遣いが出される。前斎宮尊子入内。冷泉院二女であったが、この火災の直後の事とて、人々は秘かに火宮《ひのみや》などと陰口した。

兼家は、近頃、冗談事を好まぬ性分に変わったと感じる。年をとった証拠であろう。かつてあれほど諧謔をもてあそんで、女達を怒らせ、驚かせ、また楽しませた。笑いのないところに、何の人生の生き甲斐があろうかと思っていた。何より興味深く、面白く感じていたのは、地方官となって任地に赴いた受領達の話であった。黄金の花が咲くと聞けば、すぐに稲穂の稔りを連想するのだが、幼子の前でつい軽口に言いつのり、母なる時姫の顰蹙をかったのも、つい昨日のことのようである。

その場の余興に、一言投げかけるだけで、空気が一変して明るくなることがある。だが昨今、兼家の周囲には、それほど打ち解けた場は見当たらない。女御詮子とその子には、誰からも一本の後ろ指もさされたくないと、そればかりを気遣うのである。

永観元年となった。この新たなる年に、兼家にできることは、御世の安泰と五穀豊穣、それに幼き皇子（後の一条帝）の健やかな成長を願うことだけであった。

翌永観二年三月、東三条に火あり。天皇は堀河院に行幸。火の近いのに驚き、早々に還宮される。

秋七月、大内経営、完成する。この月の相撲の行事が迫っていた。兼家は円融天皇にひそかに御意向を伺う。御在位十六年になり、万機に疲れて倦むとの仰せ。相撲の事が終わり次第退位されたいとのこと。ついに、兼家の孫が東宮に立つ。兼家は、これ以上の光栄、これ以上の喜びはないと、詮子に早速語る。

話を公任に戻す。公任は、自由について独得の感性をもっていた。さらに公任は自由人として生きたいと考える。

「自由とは己が心が故郷に向かうようなのびやかなる境地だ。

今の世の生活の場に果たして自由はあるだろうか。かつて侍従であった時、宮仕えの日々はほとんど政治の緊迫からは離れ、精神の束縛は感ぜられなかった。

時を経ずして様々なる規矩の前に、自由は失われ、地平遥かに遠ざかってゆく。都での生活はすでにして全く自由の失われたものなのだった。

山林に自由あり。ひとりで小野の山林に赴き、野遊を楽しんだことがある。

林の奥に鳥の声尽きず。鶯は時期に遅れて遠慮がちに、四十雀《しじゅうがら》は、人懐かしげに、朗らかに、鵯《ひよどり》は鋭くやかましく、目白は忙しく誠実だった。互いに呼び交わし、教え合い、笑い合う。否、笑うのではない。自由を喜び謳歌するのだ。

例えば、どこかに小さな木の実がある。林の木々の梢を通して降り注ぐ斜光は、赫赫《かくかく》として真紅のその実を照らす。一飛びに林を横切った鳥は、その実を啄むもよし、啄まざるもよし。人も同じだろう。赤い実に毒があるかも知れない時、決して近付かないのもまた自由。食さないのも自由。けれど、その存在の美しさを認識するのは知の出発点である。

誰一人として覗き見る者もない片隅に、他者としての差異に満ちた美を指摘するのも、自由な精神の働きであろう。点滴岩を穿つ如く、雨に洗われ、風が吹けば風になびき、少しずつその形を変えゆくも自然の姿なのだ。時のめぐりゆく中に、自然の形象から抽出された美を求めたいと思う。

言語の空間に於いても、或いは音楽に於いても、技術をもって到達し得る美もまた測り難く捨て難きものではないだろうか。人によって美の価値もその基準も全く異なって、ある者は、虚無をすら美と言うに違いない。

虚無の否定的なる要素の中にこそ、他者の影が見える。自己を虚無化することによって、他者の存在性の大きいことを認めざるを得ないのである。

それ故に、唯一の個によって認識された美は普遍性を帯びて、人は、一隅を照らす光によって描き出された光景を万人の心で鑑賞する。

些か醜として捨て去られてしまった物の中から、言葉の中から、逆説的に美を拾い出し、見出してゆくのも自由なる知情意の働きによるもの。

明は暗に転じ、周縁は中心に転じ、悲愁は微笑に転じ、崩壊は構築に転じる。

純粋に自然なるものもあり得ず、自然現象のみの存在もあり得ず。必ずや、人工の手も加わって、技術の進歩はとり入れて用いられ、自然はその奥にひそむ本質を裂き出されて存在する。

曖昧さに耐え、不透明を許し、確実性のみを信じず、しかし虚偽を避け、曲がりくねったものを直くし、その上で心ゆくまで自由に生きたい」

それは、公任の文学精神でもあり、心からの念願でもあった。

夕闇が小野の里にしのびよる時刻であった。山裾の小さな森を抜け出たところに、一面の広い薄の野があって、人の背の隠れる位に見事な薄の穂が乾いた初秋の風に揺れている。山の端に沈もうとする陽の斜光が柔らかく、白い穂を浮き上がらせていた。馬を木に縛って繋ぐと、林の脇に牛車が一台停まっているのを見とどけてから、公任は近くを少し散策してみることにした。

虫達の声が足元で聞こえる。蟋蟀《こおろぎ》であろうか、警戒する様子もなく鳴き続けている。屋敷の中の庭の声と少し趣を異にしていた。鈴虫や松虫でもない、素朴な風情である。どこかで人の声がして、幼い少女の笑い声が聞こえて来る、と思っていると、すぐ向かい側の薄の穂の波が大きく揺れ動いて、人の姿が現れた。

つい先日、小野宮邸の歌の催しで会った、為頼である。幼い童女は、ともに六、七歳に見えた。

公任「為頼殿」

為頼「これは思い懸けぬところでの遭遇でございます。かようなことで」

公任「如何なされました」

為頼「月見の宴に供する花薄を採りに参りましたが、少し歩きたいとしきりにせがまれてしまいました。四半時もおりました。実を申しまして、少し道の方角を見誤りました。娘達には申せませぬが……」
公任「それはお気の毒なことでした」
為頼「この方角に車を停めたように記憶致しておりますが、お見掛け遊ばされましたか」
公任「ついこの先で見て、確かめて参りました。間違いありませぬ。ここまで来られましたら、もう着いたも同然」
二人は思わず顔を見合わせて笑ってしまった。
為頼「日の傾くのが早うございます。されど、今宵は良き月を見ることができましょう」
公任「御娘をお持ちでしたか。このような」
為頼「これは、弟の為時のところの娘達でございます。何しろ、父親以外は皆珍しい人種であると信じておりまして、無闇に放免してはくれませぬ」
再び顔を見合わせて笑った。少女達は、どちらが年上か区別をつけ難い風情である。とまどいと羞恥で頬をそめている。再び穂波をかき分けて小道を辿ると、そのまま、馬と牛車の繋がれている方向へと帰って行った。
牛車の中には、すでに花薄の束が置かれてあった。
遠出をして、不思議な光景を目にしたものと思う。公任は長らく、その別世界の出来事のような記憶を忘れることができないのであった。
天元五年、皇后遵子の入内の賞として、公任は従四位上に叙せられる。ついで永観元年正月、讃岐守を兼任。十二月左近衛権中将。永観二年二月、尾張権守を兼ねる。

## 二　兼家の権勢

永観二年、十月十日、花山天皇御即位。懐仁《かねひと》親王、皇太子となる。関白藤原頼忠の女《むすめ》、諟子、承香殿に入内、女御となる。

冬十一月、甲寅、大きな地震があった。従五位上、医博士、丹波康頼が、「医心方」三十巻を献上する。漢霊帝の子孫で、日本に渡来して、その医術は神に通じ、評判、誉れは天下に溢れる。和気氏と交代で典薬頭をつとめる。世の人は「和丹両流」と号して重んじた。

明けて寛和元年春正月、丙午朔。天皇は南殿に出御し、朝賀を例年のようにお受けになる。兼家は、頼忠が関白職を譲らないのを憤って朝賀に参上しない。源雅信も穢れに触れたとして、また為光、朝光も障りありと言う。今春の節会は、済時以下、四納言によって行われた。皆、兼家の機嫌を損なわないように参加しないのである。ただ、済時だけが憚らずに、押し通したことになる。

正月二十日、左大臣雅信邸にて大饗が設けられ、右大臣兼家が尊者、即ち主賓としてもてなされた。数日後には、兼家が大饗を催し、雅信を尊者とする。お互いに強く相手を意識、何とか波風の立たない和の道はないかと模索するのだった。

二月十二日、円融上皇、紫野に遊覧する。船岡山の辺りで御車を停め、馬を召す。野外に張幔をめぐらせて、小松を折り、砂上に立て、饗宴の場を設ける。雅信、兼家以下、多くの公卿が扈従《こしょう》する。

為頼は正五位下、丹波守に任ぜられ赴く。さほどの遠隔地ではないため、往来は頻繁となった。気候は京と特に変わったところもなく山蔭の雪はいつしか姿を消し、山崎あたりの街道には梅の香が漂った。

道兼の粟田山荘で文人を含めた官人の集いがひらかれたのは、漸く遅い春が訪れて、賞でる間もなく花々が咲き散ろうとする頃であった。残花を惜しむ宴。見事な山桜の数本が庭前を華やかに彩っていたのである。招かれていた為時は、心情を歌に託した。「思えば、貞元二年に、東宮の読書始めに副侍読役として奉仕申し上げたのが御縁の糸口で今日の我が身がある」と為時は思う。東宮は聡明で学問の道に秀でていた。永観二年よりは式部丞蔵人として日夜出仕。内御書所衆の一人となり、文書の管理、保善、修復、転写などの仕事に携わる。その節囲は限りなく広がり、文人仲間との往き来も多くなっていた。仕事を離れた親しいつき合いもあったのだ。

遅れても咲くべき花は咲きにけり身を限りとも思ひけるかも　　為時詠

この歌を詠じた時、為時はその後の数年の間に我が身に起こるであろう変化を予測することは全く不可能であったのだ。為時が仕えた東宮（花山帝）は、神仏の御加護により天皇になった。今日の日を待ち望んでいた為時自身は、すべての努力が無駄になるのではないかと絶望した日もあったのだが、あれは杞憂にすぎなかったのだ。巡り来る春の喜びに、帝の御世の花々しさを讃える歌であった。深い意味は無い。ただ時の帝を賞ずれば賞ずるほど、一旦御世が変わってしまえば、次の御世では冷たく遇されざるを得ない。酷薄な現実が迫っていた。花の帝の御代は讃えられ、この歌は記録され残ってしまうことになった。逆転する運命というものの皮肉な証しである。明暗は音もなく入れかわって行った。

寛和二年六月二十三日。月の皓々と輝く夜のことであった。秘かに天皇の三神器のうちの二つ、神霊、八尺瓊勾玉《やさかにのまがたま》と宝剣とが、東宮（一条）の御方に渡された。粟田殿、道兼はその事前の策によって、花山帝がおのずと、天の御計らいをお悟りになり、諦めるだろうと信じていたのである。勿論、兼家が考案、計画、指示等、すべてに於ける全権を有していたのである。

最愛の女御忯子に先立たれて、花山帝は、悲しみのあまり、出家の本懐を花山寺において遂げようと内密のうちに計画。有明の月は、藤壺の上の御局の小戸から出ようとする花山帝の姿を、明瞭に照らし出す。「あまりにあからさまではないだろうか。どうすればよいか」と迷って、一歩を踏み出しかねていた。

「聖なる志を遂げるため」と、囁くように申し上げたのは側近の道兼であった。

「先ほど、何かの御告げによるものと存じますが、御神器は、一足先に御出になって、東宮のもとにお入りになられましたそうでございます」と彼は続けた。

その言葉に花山帝は、道兼にためらいの表情も見せず、微かに安堵の気色で、肩を落としたのである。明浄な光を消すかのように、少しの群雲が月の面を遮って行く。「そうであったか、我が出家は成就するなり」花山帝は、低く独言のように、そうつぶやく。残していくものを思って、未だ躊躇する気持ちを払うことができない。

漸く土御門の門より東に出て、御車は進み、安倍晴明の邸の前に差しかかる。

ほとんど筋書きの通りに、事は次々と運んでいってしまうのであった。屋敷中はしんと静まりかえってはいるが、奥の方では月を見ながら趣き深い管絃の遊びをしていた。晴明は、月を眺めて納涼のひとときを過ごしていたが、天を仰いで、天子遜位の象を見る。天文博士としての特異な能力によるものか、それとも、かねてより兼家との打合わせが行われていたものか。そのような急を告げるのに天文の知識は何よりも有効なのであった。「天の知らせがあったのだ、すぐに言上せねばならぬ」と、まるで、外を通り過ぎる天皇の御車に向かって言うように、声を大きくして手を打った。「式神一人、参内せよ。帝の御徳の招きによる」と舞台に立ったように感動の伴った声である。その厳かな雰囲気、ものものしい音響効果、すべては計算され尽くして、帝の御車の周囲をとりまき、その行く手を導いた。この世ならぬものに魅せられ、花山寺にて、御髪を下ろす儀式は、暗い本堂の灯のもとで、別次元のことのように滞りなく遂行されてしまったのである。

神器は移った、すべては終わりではないか、と花山法皇は考えた。

その頃、徽子斎宮女御も五十歳で世を去ったが、一年も経たぬうちに、その娘、前斎宮規子内親王も世を去る。三十八歳。惜しい命であった。恎子のことを気遣って、度々見舞いを頂戴したことを法皇は思い出した。

## 三　道心と世俗

増水を続ける川は暗く渦巻きながら、川岸の小石を引き込み流れていた。引き上げられた舟は、重く水を含んで夜の闇の中に並び、見廻りに来た男達の中には、漁師らしく、手に網を下げて、川が茫として流れ行く彼方の海の方にまで眼を遣って、濡れそぼつまで立ち尽くす者もいた。これでは、まだ当分は足止めされたままになるであろうと、公任は覚悟した。聖地は遥かに遠かったのである。誰かの雨乞いの祈禱がききすぎたのに違いない。このような所で所在なく数日間を過ごすことになろうとは、都を出る時には予想もしていなかった。無事に、上人に花山法皇からの文を手渡すまで、日時がどれほどかかっても尽力しなければならないだろうと、公任は思う。その文こそは、結縁の初めとなるもので、これからは何度も花山法皇自らが、出向いて来ることになるであろうから、重大な任務であると認識しているのであった。

その夜遅くなって、公任の滞在している部屋に訪れた者がある。

「公任殿も御存知の筈の左少弁維近殿、昨日より同じようにお泊まりでしたが、急にお姿が見えません。川に落ちてしまわれたのではないかと、皆が心配して探しております」

供の者はそう言った。遠い縁戚に当たる青年維近が、僧侶を目指して修行中であるという噂は、かねてより公任の耳にも入って来ていた。

公任「それは気懸りなことだが、この地の形状がよく判断できぬ。川向こうは幾分低地のようにも見えていたが、地元の地理に明るい者達にまかせた方がよいであろう」

供の者「それでは、殿よりも、充分力を尽くすようにとの仰せ、と伝えておきましょう」

一度出て行った供の者が、一刻も経たない内に再び姿を見せて告げる。

供の者「左少弁殿の他にもう一人、急に姿が消えた者があります。者と申しては失礼ですが、大和守の娘らしいのです。従者を残し、女房を二人連れて出たまま、これも行方が知れません。どうやら共に出掛けたらしいとのことでございます」

公任「共に出掛けたと申しているのか」

供の者「川に飲み込まれたのであれば、誰か一人位は、目撃される筈だというのです。あれだけ大勢の者達が堤防の決壊個所がないかを点検する為に出ております。まるで堤の上には、一間おきに人の堤ができたほどですから」

公任「そうか、それなら案ずることはあるまい。明日にも戻って来るだろう。夜の闇で道を見失うことは誰にでもある」

供の者「であればよろしゅうございますが」

まだ、半ば案じ顔である。雨音は一層激しく、湿った空気が、出入りの度に外の気配を伝えていく。

翌朝早く、今度はこの家の主が、しのんで部屋に出向いて来て申し出た。

家の主「実は守の方の従者から、殿にお力添えを願いたいと頼んでまいったのでございます。『公任殿は、少弁殿を御存知でいられるから、どちらに向かわれたか、もしお分かりであれば、否、推察なされるようであれば、お知らせ戴きたい』と申すのでございます」

公任「そう言われても困る。当人達が、実際共に出たのであったなら、それは当人達の意図するところであろう。いくら探し当ててみても、都に帰る気がないのであれば、言葉を尽くすことは無駄になる」

家の主「そこを、御説得戴きたいと申すのでございます」

公任「従者は困っておるのか」

家の主「目を泣き腫らした童仕《つか》いもおります」

公任「どのような一行なのか」

家の主「娘は、西国三十三個所を詣でる旅に出たところとの事、すでに三個所の参詣を済ませて、三日前からこちらで疲れを休めておりますうちに、雨にあったとみえます」

公任「雨の会わせた縁と申すのか」

家の主「そのようなことでもないようです。昔の知己であったとも申しております」

公任「知己……。それなら余計難しい。それは私の関知するところではないだろう。手の打ちようがない」

辰二つの刻（午前八時）を過ぎて、幾分空が明るさをとり戻し始めた。昨夜、万一水が来た時のことを考えて高い場所に上げてあった物をおろしたり、引き込められていた物を伸ばしたり、忙しく働いている者が多い。その中で、昨夜の供の者が慌ただしく入って来た。

供の者「殿に御覧になって戴きたい物がございます」

公任「何事だ」

供の者「この筆跡は、確かに少弁殿のものでございましょうか」

公任「どこから見出したのだ」

供の者「童仕いの者が大切に持っておりました。少弁殿から渡されたまま、忘れていたのだそうでございます」

引き広げられた短い文の終わりには、一首の歌が書き記されていて、その字は、紛れることのない、少弁維近のひどく謹直なものであったのだ。

青柳の若葉押し流す加古川の過去をば問はじ明日こそは見め　　維近詠（著者作）

（加古川のように、流れ去った過去《かこ》は忘れて、明日はお会い致しましょう）

公任「確かに少弁殿のものだ。しかし、故意か偶然か、こんな日に、こんなところで出会ってしまったのだから、仕方がないだろう」

供の者「そうでしょうか。仕方がありますまいか」

供の者も、行く方を探すという途方もない任務からは解放されるらしいと見越して、表情がすっかり柔らいでいる。

先を急がねばならなかった。夕刻になって、上流の方で舟を出す準備をしていると知らせが入った。上人への親書を大切に奉持して、供の者達に雨具の用意をさせ、小降りになった雨の中を出発して行ったのである。性空上人のおられる山までは、かなりの道程が残されていた。道すがら、何も助力をしなかったが、決して時間と労力を惜しんだ為ではないと、公任は我が身に言い聞かせる。

「あの歌には希望のようなものが感じられた。明日こそは見め、の意味は何とでも受け取ることができる。「あす《明日》」という言葉が明るいという意味を含んでいるように感じられるのだ。入水しようとする者達は、決してこの言葉は用いない筈である。死ぬ者には明日は必要がないからである。何をどのように見越して、明日に向かって、行方知れずになったのか」公任は、それを知る機会が来れば知りたいものだと、ふと考えていた。

二人の行方は杳《よう》として分からなかった。三日ぶりに雨はあがり、水嵩を増していた加古川の土手の岸には、柳が再び姿を現していた。まだ時折強く吹きつける風に揺れ騒ぎ、ちぎれ雲も重く名残りの雨を含んでいる。濁った水は所々で渦巻き澱んで、黄色く虫の喰った病葉《わくら》や、折れ曲がった小枝の無数を浮かべてたゆたっている。人の世の栄耀栄華も、この流れの前では、はかないうたかたに過ぎない。今、人生を捨てるのは簡単かも知れない。しかし、何とかして踏み止まっていて欲しい。そう念じながら、公任はこの地を遠く離れて行った。

旬日ばかりの後、芦屋の里からあまり離れていない山蔭に、若い男女の姿が見られるようになっていた。灯のともったことのない一軒の山荘には、夕暮れとともに、ほのかに灯がまたたき、薄く白い煙が立ちのぼっている。裏山から、切り採られたばかりの花を抱えて下仕えの若い女が下って来る姿にも出会う。

里まで降りて、どこからか野菜や果物を運んでいるのは童であったが、暫くすると、呼び寄せられたらしい老僕が、重い荷を少しずつ負って行く。下仕えの女は、絹の薄衣を纏い、品も悪くない。

「今日は丁寧に挨拶をして、お世話になりまして、と言ったそうだ」

「叡山についてのある御人らしい」

「穀物や味噌などはあるのだそうだ。近くにかかわりのある者がおりまして、と言ったが、あの老僕は、そこから来ているようだ」

話をすると安心なのか、口さがない里人たちは、毎日、進展状況を報告し合った。

「頼まれて、近くの井戸の水を攫《さら》いに行って来た」

「他に困っていることはないようだ」

何をしてでも素性を知りたいと思う里人は、用を作っては、恐る恐るその家に立ち寄ってみるのである。次第に分明になって来たことは、男が高貴の家柄の若君であること、近くの荘園から使いの者が度々訪れて、生活に必要な物は届いていること。女は、どこかの守の娘で、まだ若いらしい。

再び野分めいた風が浜の方から吹き上がり、草木が一夜にして萎れてしまった。翌朝、板戸が数個所外れているので、と隣家まで相談に出向いて来られ、修理と繕いを依頼されてともに赴く。さすがに戸は何枚も外《はず》されていたが、脇は奥深く、品良く住みなしていて、何よりも人眼を引いたのは、二間《ふたま》の御仏の立像であった。このように立派で美しい観音像を持仏としているのは、男の方なのか、それとも女の方なのか分からなかった。が、いずれにせよ、二人の間柄は、何故か兄と妹のようにも見えたし、また御仏のとりもつ縁で結ばれた修業者同志のようにも見えたのである。

知ることができたのは、女も身分卑しい身ではないということだった。二人は寺詣の途中であって、供の者をごく僅か連れたままで、道を晦ませているらしい。この二人の男女は、行方知れずの維近と大和守の女《むすめ》であったのだ。

夏の間僧達が外出をせず、堅く戒律を守って修業をする夏安居の季節に入っていた。叡山の仲間達は、今頃日々に門を閉ざして仏道に専心している筈である。仲間の一人がいなくなったことを気に懸けて、探そうなどとする者は誰もいない。自分達の解脱の方法を模索していて心を散らそうとしないからである。維近は当分叡山には戻るまいと決めているらしい。出家を目的としてはいたが、家の者には、暫くは地方を見て参ると言ったのであった。今年任官を希望していた左中弁の地位にも未練がないわけではなかったが、あいにく、空席になる筈のところを、地方から急に呼び返された老受領に譲ることになったのである。一年間は無官で過ごすより他ない。他に必ず移って貰えるのか、退任してくれるのかは、まだ確定していない。山には、まだ春浅い頃、一度登って五戒だけは受けて来た。西国の霊場を全部廻り終えたら、再び山に戻って今度こそ本当に僧になる為の修業にかかるつもりであった。

あの大雨の中、加古川の宿で、舟を待つために数日を過ごすうちに、やはり書写山を目指していた大和守の女と出会ってしまった。再会したといっても、もう七年ほど経っていたのである。母方の遠い縁続きで、女の父は、今、大和守として彼の地に赴いている。母の菩提をとむらいたいのでと言ったが、本当の目的はそうではないのだと言う。

「書写山という名前に魅せられてしまっていますの」

と、女は秘密を打ちあけた。

伯母の残した長い書き物を、日に夜を継いで書き写していた時、その伯母の文の中に、書写山という名前が出て来たのであったという。「性空上人にお会いして結縁をお願いしたい」数個所に、その同じ言葉が記されていた。性空上人とはどなたなのだろう。女は何度も胸の中で呟いてみた。自分が懸命な努力をして書き写すという作業をしている中で、出会った言葉であり山である。

その霊地の有様も、他の人からの聞き伝えとして、まるで目に見えるように描かれていた。参詣の人々がまるで山路に満ちるようであるという。遠くは丹波、丹後の方からも人々が訪れる。近くは須磨、明石から一日がかりで、山海の珍しい物を供え物として手にして登って来る。お参りの人は、そこで一晩、山の馳走を誰かれから振る舞われるのであるという。いつか、遠くない時期に、再びこの山を目指して歩き出すのであろうか。その時は、たった一人でなのであろうか。ふと女はそう思って、山の方に眼を遣るのであった。

三十三個所の中、五つばかりは女もすでに参詣をすませていた。石清水、長谷、三室戸、石山、粉河の五個所である。「できるだけ早く、他の幾つかも廻ってから京に帰ることにする」と文に記して、大和には使いの者を出した。使いの者は、その参詣の旅の途中なのだから、家人には報告さえしておけば安心だと思っているらしく、女のいるこの里に何度も足を運んでくれている。

女はまだ出家をしたいと考えていたわけではなかった。ただ、一心に経を誦じ、御仏を拝するという生活が、夢のように理想的なものと思われていたのである。恍惚とした境地、ほのぼのと明るくなる気持ち、それが好ましく、自分によく似合っていると思う。「まだ二十歳にもなっていないのに少し変わったところがあるのです」と女は自分のことを言った。「今の世の中は若い娘には似合いませんのよ。特にわたくしには」と女は続けた。何故そんなことを言うのだろうと思いながらも、何か強い毅然としたものを感じて、維近は訝しく、心魅かれたのである。

夕なぎの浜辺遥かに野火燃えて播州平野やや暮れゆく

維近詠（著者作）

夕陽の沈む頃の平野は静かで平和な気に満ちていた。初夏の重々しい雨気は去り、乾いた空気を待ち構えたように蝉が低く鳴いている。どこにも、波立つ現実のおどろおどろしさはなく、このまま世が何代も変わっていくのではないかと思われるほどであった。

女は昼間は写経に精を出し、時折は琴をかなでていた。村の里人は近くを通る時に耳を傾けたが、どのように暮らしているのか分からないままに、月は過ぎていく。それでも野菜や果物を置いていく者が後をたたないのは、何故かこの二人に親しみ易い、和やかな雰囲気を感じたからに違いなかった。深い夜は、人声もせず、さすがに遠い波の音まで聞こえてくるような闇に包まれて、時折、木立の間から漁火がちらほらと瞬いているのが見えるだけであった。

この地を初めて訪れた官人は、公任である。七月も十余日となっていた。慌ただしく降りて、挨拶もそこそこに入って来るなり言った。

公任「早く知らせて下されば良かった。こちらに来る機が見つからず今日になってしまった。父君も母君も大変御心配の御様子だ。急に出発したきりなのだから」

維近「済まない。父君の事を考えると、ことさらに出家をとりやめたくなって困る」

公任「困ることはない。やめれば宜しいではないか。こういうめぐり合わせというものもあるのだから」

維近「これはこれ、まだ諦めてはいないのだ。父君には宜しく申し上げてくれ」

公任「再び官位を受ける気はないと申し上げるのか」

維近「それは都合良くはいかない。我が身にしか分からない理由なのだ。誰にも理解されることではないと思っている」

公任「理解されることなど望むのは無理かも知れない。世の中も誤解と偏見に満ちているではないか」

維近「聖のおわすところには、やはり何かあると思っている。大峯も、葛城も、石槌山も知らない身だが、しかし箕面の勝尾寺には役《えん》の行者の足跡が残されている。聖は木の節を食しておられたそうだ。鹿角、鹿の皮を身に纏い、蓑笠を着け、錫杖を持っておられる。火打笥を離さず、苔の衣を友として生きておられる。そんな聖の真似をしたいと思うのではない。とてもそれをやり遂げる能力は、凡人にはないのだから」

公任「それなら、見切りをつけて京に戻る方がよいのではないか」

維近「だが、その根本を築かれた空海や最澄といった上人《しょうにん》の説かれることに、どうしても極めてみたい学問があるのだ」

公任「それは単に自然への憧憬、自由への渇望にすぎないのではないか」

維近「確かにそれはあるだろう。空也上人の行く先々に人々が集まるのは、京のただ中にいても、上人の身の廻りに何か、京とは別の広々とした自由な空間が広がっているように思われるからに違いない」

公任「だからこそ思いもかけない上級官僚が不思議に帰依してしまわれるのだ。実資殿、道長殿、行成殿なども、大層法華経を重んじられて、僧都達をよく招いておられるらしい。それは確かなことだ」

維近「播州蜂合寺の経典を見聞きしたことがあるか。あれは素晴らしいものだ。折角ここまで来たのだから寄って帰られるとよい」

公任「それほど愚図愚図してはいられないのだ。仕事を放り出して馳けつけても来たのだから」

維近「申し訳ないことをした。出家するかも知れぬ、また思い止まるかもしれぬ。迷ってどちらかに結論を出すだろう。その時はよろしく頼む」

公任「何も、それほど慌てて出家せずとも、老境に入ってからにすることだ。今は、まだやることが多くあるだろう。造像、寄捨、念仏など毎日少しずつすればよいではないか」

維近「そう思う。しかし知識欲というものもあるのだ。若いうちだろう。何でも知識を得たいと思うのは。そのうち、何もかもどうでもよくなる」

公任「それは言える。今曼陀羅の複雑な図を見せられても、何がどうなっているのか、さっぱり分からない」

維近「大日如来は密厳浄土を、薬師如来は瑠璃光浄土を、釈迦如来は霊山浄土を、阿弥陀如来は極楽浄土を、観世音菩薩は補蛇落浄土を、弥勒菩薩は兜卒天浄土を主宰しておられるのだ。それぞれの仏菩薩が主宰する浄土へと往生を願う。曼陀羅の世界になる」

公任「なるほど。しかし何も叡山まで登らなくてもよいではないか」

維近「いや、やはり、この末法の世の中では、そこまで行くしかないと思う」
公任「うむ」
公任は、そう頷いたきりで言葉を失ってしまった。その夜、ひそかに下仕えの女を通して、公任は大和守の女と話をした。
公任「何を言っても無駄なようで、少しも聞き入れてくれません」
大和の守の女「なかなか難しいことでございます」
公任「貴女が説得なさって下されば、何とかなるのではありませんか。あの家門は、あそこで絶えてしまうかも知れません。妹君達はまだ幼いのですから」
大和の守の女「心配でございます。努力してみます」
公任「京にお戻りになられましたら、是非訪ねさせて下さい。これをお近づきのきっかけに」
大和の守の女「はい。こちらこそお願い申し上げます」
とは言ってはみたものの、女も、たまゆらの命をどのように生きるべきか、明日のことが想像でき難い身であるのに、と思っていた。
公任がこの地を去って二日ほど後の、午後のことである。「山の中腹にある泉の水が涸れていないかどうか、確かめて来る」と維近は出掛けたのだったが、下僕と共に長い木の枝を杖代わりにして漸く戻ってきた。腰を打った上に、右腕もどうやら骨にひびでも入っているらしい。すぐ、下仕えの女を里に出向かせ、氷を取り寄せてもらう。荘園に知らせが行ったのであろう。大和守の女は二晩ほど眠らずに氷を取り替えて看病し、右の手の腫れも少し引いて、腰の痛みが軽くなった頃、薬師が呼び寄せられ馳けつけて来た。「これは旬日を要します」と薬師は言う。

添え木をつけると、維近は何とか歩けるようになった。「足が弱ってはかえって病のもとになるので、必ず周囲を歩くように」と言い置いて、薬師は帰っていった。

維近は、様々に我が身を省みることになった。やはり他人の世話になることは避けられないのもこの世の定めであるかも知れない。所詮孤独と思ってみても、一人では生きられない。聖や上人のように、超人間的能力に恵まれて初めて、可能になるのであろう。それに孤独とはいえ、ここでは、すでに下仕えの者まで共に生活を始めているのだ。周囲の里人にも思いがけず世話になってしまった。旬日の後には痛みはとれ、元の通りに歩けるようになるであろう。しかし、山の修業にはすぐには赴けまい。

「それならば、再び京に立ち戻ってあの過去のように、激しい暗闘の世界に身を置くのか、来年の任官を目指して奔走するのか。だが、もし例え、それが成功したとしても以後も思い通りとは考え難い。競争相手はそれほど多いのだから仕方がない。中途半端なところで我慢すること、どっちつかずな身のほどに耐えることができるだろうか。何よりも、そこが見極め難いのである。自分ほど自分で分かり得ぬものはない」と維近は思う。

維近がようやく落ち着いた頃、大和守の女は怪我のいきさつをたずねてみた。

聞けば、泉に通じる道はかなり険しい登りになっていて、岩蔭の花を手折ろうとして、維近は足を滑らせてしまったのだという。

下僕「右手をついておしまいになったので」

大和守の女「左手は」

下僕「左手は花を持っておられました。手をおつきにならなければ、そのまま飛び下りられたのに。その方が宜しゅうございました」

大和守の女は、維近は自分の為に腰を痛めてしまったような気がしてきた。この先何年も忘れられないだろうと女は考える。否一生覚えているだろう。しかし痛みを代わることはできない。それぞれの背負う苦しみも、決して身代わりにはなれない。やはり一人で、孤独に立ち向かうしかないのかも知れない。

不思議に感じられることが一つあった。女がこれまで様々に、人の話を聞いたり、物で読んだりした中に次の事実があった。弱い身体、つまり病を得る、怪我をするなど、耗弱になると、それにつけ込んで、もののけが現れるというのである。こんな風に看病していると、その様子を見るなり、聞くなりした誰かが、もののけになって現れるかも知れない。女は維近を看病する手をふと止めて、辺りを見廻してみるのであるが、それらしい気配は一向にない。通い所も全くなかったわけではないと下僕からも聞いていたのに、もう今は昔のことになっているのであろう。京から追って来る者がいないのは、これを功徳と言うべきであろうか。女の方にも全くその気配がなかった。誰もが不要な執着を寄せていない二人であるらしい。それは人柄によるのか、殊更にそのように生きてきたのか、それとも偶然なのか。はっきりとはしないが、二人が同じような周囲とのつき合い方をしていたことを証し出してもいるのであった。

維近の手の添え木もとれ、杖を突かなくても歩けるようになった日、維近と女は、浜辺に出てみることにした。朝早い海辺に人影は全くなく、静かに凪いだ海を渡って来る風が、白い波を誘う。二人は袖を濡らして、籠に浅蜊や蛤の貝を採った。

維近「昔、行平殿も、こうしてここを歩かれたのだろうか」

大和守の女「ええ、都を恋しくお思いになったのでしょう」

維近「都はそれほど遠くには思われないのだが」

大和守の女「当時の人にとっては遠かったのでしょう。それに都がすべての人ですもの」

維近「都がすべてで、一旦弾き出されると心細かったのかも知れない」

大和守の女「父のおります大和の方が近く感じられます」

そう言ってから、女は少し申し訳ないことを言ったような気がした。沖の方を一艘の舟がゆっくりと横切っていく。遠い航路の途中なのであろうか。夜明けを待って漕ぎ出したのだろう。荷が重く見えた。朝露が晴れて日が登り始める頃となった。どこからともなく現れた一匹の白い犬がしきりに二人の後を追い、尾を振ってじゃれついていたが、そのうち離れて行った。人影が視野の内に入って来た。早くも漁に出るらしい。急ぎ浜から戻って、貝を隣家に届けさせる。隣家も喜んで「御馳走になります」と言った。親切な人々である。

夏安居の季節は終わりに近づいていた。叡山に維近が戻るのなら、この時期をおいては不可能であろう。二人共、そのことには触れないようにしていたが、心の中では、刻一刻とその時が近づいて来ているのを知っていた。このまま、この地で朽ち果てるようなことはさせたくないのである。僧綱という僧の位階制度があって、学問もでき、家柄も良いとなれば、相応の地位が保障もされている。家門の名誉のためには、いい加減な修業をして、無駄な時間を費やすわけにはいかないのである。それとも、何もかもを見捨ててしまうか、どちらかであった。

ひと日、夕立から激しい降りに変わり、夜半にかけて南風も強く吹いた。

翌朝、維近は裏山に造っておいた籬が壊れているだろうからと、下僕を連れて出掛け、午の刻近くになって帰ると女の姿はなかった。下仕えの女も、身の廻りの少しの物も、大和守の女とともに消えていた。

文机の上には、一通の消息が置かれていた。

「どうぞ、お追いにならないで下さいませ。やはり念願通りに、書写山に向かって出掛けて行くことに致しました。

どうしても、あの山に登りたいという気持ちの方が、ここで静かに暮らしていこうという気持ちよりも、強くなってまいりました。お笑いになるかも知れませんが、書写山という名前に憬《あこが》れているのです。父や母のことも心配でございます。御上人に結縁させて戴くことができましたなら、その足で大和の地に赴こうと存じております。御仏に、これまでここで妨げを致して来ましたことをお詫びして、仏罰をお許し戴きたいと思います。お優しくして下さって本当に有難く、心から御礼を申し上げます。

たまきはる命をかけて恋ふれども昏き闇路をいかんともせん　　大和守の女詠（著者作）」

## 四　花山院の落飾後

為時もまた、花山朝が終わりを迎えると同時に散位の身となっていた。動きの場を失うことは失意と絶望を意味する。宗教的気分に満たされることもある。法皇に従って我が身も仏門に入ってしまえば楽だと思わないではいられない。しかし、家門のこと、子女のこと、人間関係の断ち難い絆、繋がりを考えて止まる。

為時は「門閑にして謁客無し」という詩を作った。

「家舊《ふるし》門閑にして只蓬長し

時謁客無くして事條として空し」　　（『本朝麗藻』）

「古びた我が家の門は閑かに閉ざされて、内側は蓬がただ長く伸びるにまかせている。久しく客と話し合うこともなく、今日も空しい遣る方ない思いを抱いて籠り暮らすのである」と、為時は思う。時折は、この生活から逃れたいと思い旅にでも出掛けようと為時は決意する。しかし旅に出てもこの憂苦はついて廻るであろう。一瞬でも離れ去ることができたとしても、次の一瞬にはより深い苦悩と空虚《むなし》さに呻吟するに違いない。捨て去ろうとしたことの罪悪感に苛まれるのだ。周囲を見渡せば、同じような境遇の中で、逼塞の日々を過ごす者は多いのだ。誰しも経験する事態なのである。時によって弄ばれないように、積極的に時を費やし、時を消却していく。自家に閉じ籠っていると様々な声が聞こえてくる。古今東西、人々は、このような身になって初めて対立勢力に取り囲まれていることを知る。反対分子の結集の内側に引き込まれそうになる。内紛に身を晒せば、造反の一時期の後に、家門の名誉も、栄達の道も一切を失ってしまうであろう。だが、過ぎ去った花山王朝の思い出は、いつしか為時の心の中で浄化され、懐かしさと共に、すべてを受容しようという気持ちが湧き起こるのだった。

一条天皇の即位は秋七月で、冷泉上皇の第二皇子居貞親王が皇太子として立った。帝七歳、右大臣兼家の摂政としての政治が始まる。大極殿に於いての即位の当日、高御座《たかみくら》に怪しい事件があったが、兼家の差配で事なきを得る。この年二月、中宮遵子は実資邸から四条宮へ移居、頼忠一家も蟄居することになった。世の人々は、「いつになっても皇子が」とかまびすしく言い立てたが、公任にとっては、そのことよりも「こちらの女御はいつ御立后遊ばされますか」などと聞いたあの日の自分を思うと、情けないのであった。我ながら傍若無人な振る舞いをしたと心が痛む。自己嫌悪と、父頼忠の関白職の辞任に伴う様々な不如意、それに、親友とも思い信頼していた義懐のあまりにも突然の出家、すべては衝撃をもって憂さの中に引き込もうとする。だが、本来の性格によるものか、公任をすら世捨て人にするだけの変転は訪れなかった。

九月、公任は円融院の石山寺の参詣の供奉に加わる。浮橋というところに休憩して、

我だにも帰る道にはものうきにいかで過ぎぬる秋にかあるらむ　　公任詠

その歌に応えたのは、同じ心の為頼であった。

田上《たなかみ》や山のもみぢ葉数しあれば秋は終ふとものどけきを見よ　為頼詠

十月、円融法皇は大堰川に行幸をした。兼家は饗応の催しを計画、三艘の舟を浮かべる。第一に漢詩漢文に優れた者、第二に和歌の道に堪能な者、第三に管弦に於いて絶妙な者、それぞれに分担させて風流の業を競う。左中将公任も陪従の一人であったが、司船の者が問う。「足下《あなた》はどの舟に乗られますか」「和歌の舟に」と応えて、公任は頗る絶妙な歌を詠じ法皇の賞めにあずかった。しかし彼は自ら悔いた。漢詩の舟に乗ればよかった。そのことから人々は「三舟の才」と公任を言う。

翌年六月、漸くの雷雨があった。七月、兼家の東三条邸が麗しく完成。清涼殿に擬せられる立派さである。大饗が華々しく催され絲竹三日の遊び。

九月、兼明親王が七十四歳で薨じた。この年には、紫式部の外祖父為信出家。

明けて永延二年三月、兼家の六十賀が盛大に行われた。籠居したままの父頼忠の不本意な日々を思うと、公任は心から他家の栄華を喜ぶ気持ちにもなれないのである。

年ごとに春をも知らぬ宿なれど花咲きそむる藤もありけり　公任詠

逆境に耐えるだけの精神力と、文学の力を恃《たの》み、それだけは譲れないという自負がある。

実方から花山天皇の退位を嘆く歌が届く。

いにしへの色し変らぬものならば花ぞ昔の形見ならまし　実方詠

それに返して、

昔見し花の年々似たれども同じからぬを思ひ知らなむ　公任詠

歌を詠み交わして、心の中の曖昧模糊とした不安や悲嘆を慰め合う。公任はそのような友情に恵まれていることを厳しい社会にあって一縷の望みとして尊重し、それを幸せだと感じるのであった。

九月、兼家の京極の邸新造成。円融法皇が行幸。

明けて永祚元年六月、太政大臣、従一位頼忠六十六歳で薨ずる。地震があり、また、彗星が二度も出現。七月にも大地震があって、ついに改元に到ったのである。賀茂川は大決壊によって洛中を水びたしにした。畿内五国に及んで、宅舎、人畜、田畝、水没し、漂うこと夥しい。世を挙げて、これを天下の大災とした。古今無比。朝廷は愕然として為すところを知らず、手の打ちようもない有様なのであった。十歳という一条天皇の新しい門出の時に当たって思いもかけぬ痛手でもあった。この風水の変に対処する為、兼家は千本の卒塔婆《そとば》を吉田山に立てるなど、日夜懸命の努力を重ねる。

公任は、二月に蔵人頭になっていた。参議に昇進した実資の推薦によるものかとも思われたが、やはり兼家の力で行われた人事でもあり、ふとそのお蔭を蒙る身とも思う。二十七日、兼家邸での賀茂詣の試楽の際に禁色を許される。三月、円融院の灌頂儀式に供奉。十三日、石清水臨時祭の使となった。二十四歳、漸く春は訪れたといえよう。

石清水かざしの藤のうちなびき君にぞ神も心寄せける　輔昭《すけあきら》詠

との歌に返して、

水上の心は知らず石清水波の折り来し藤にやはあらぬ　公任詠

と詠じた。衆目の一致する若者らしい清々しさがあったのだ。

花山朝で不遇だった人からの歌に返したものもある。

雲居こそ昔の空にあらぬども思ひしことよ変らざりけり　公任の友詠

頼みこし月日はただに過ぎにしをいかなる空の露にかあるらむ　公任詠

いつか不遇の時代も終わるのだということを信じたいと、公任は願って生きていた。
二十一日、一条帝の春日行幸に供奉。四月、賀茂祭の祭使を務める。還立って、宴に出席、四月、兼家邸の競馬。六月の、父頼忠公死去の日から、喪中で出仕を休む。七月、母厳子女王出家。

いかでかは音の絶えざらむ鈴虫の憂き世に経るは苦しきものを　公任詠

と詠む。父頼忠の生前に庭に放した鈴虫が、頼忠亡き後も、変わらず鳴いている。何と世は苦しいことだろうと。
永延二年、道長には彰子が誕生している。紫式部母方の長老文範は、従二位中納言であったが、辞官、子の為雅を備中守にしたのである。

一条朝への移行のこの時期、人々の人生は激動し、変遷を余儀なくされた。二年前の春、藤原惟成、菅原資忠、慶滋保胤、それに為時等が具平親王の書閣で催された詩宴に侍した。だが一年を経て、惟成は出家、保胤も世を捨てた。資忠は他界した。具平親王から為時に下された詩には、その詩友を偲ぶ情が籠められており、感動した為時は同じ思いを詞書と詩に託したのである。
「或者は一乗の道を求め、或者は九原に告別した。西園雪夜、東平花朝、どうして詩を吟ぜずにいられよう。惆悵として友を恋う。その思いにかられ酒をくみ交わして文を作ったが、その爛とした輝きも失せぬ間に人は忽然と去った。忝なくも親王から玉章を頂戴し、藩邸の旧僕である自分は一読腸を断つ思い、再詠して涙にくれる。

梁園に今日宴遊の筵《むしろ》あり
豈三儒の一年にして滅ずるを慮《おもんぱか》らんや
風月英声は薤露に揮し

幽閉遠思は林泉に趁する」　　　　（『本朝麗藻』）

高く繁った木は折れ易いというが、詩才に秀れた人達が姿を隠した。その悲しみは、具平親王とても同じであったのだ。

具平親王にも、ほぼ同じ感慨を詠じた詩があった。

「往年は歓にして当《(今)》時は怨なり
世事は皆風の裏の雲の如し
今日更に旧詩を披して見るに
十中の五六は是遺文なり」　　　　（『本朝麗藻』）

永祚二年八月、喪中で出任を止めていた公任は、仕事に復帰。翌年の春には、妹女御に、

別れにし影さへ遠くなりゆくは常より惜しき年の春かな　　　　公任詠

と詠む。返しは、

春知らぬ宿には花もなきものを何かは過ぐるしるしなるらむ　　　　公任の妹女御詠

であった。

## 五　少女、紫式部

新秋の一日が過ぎようとしていた。陽が少しずつ傾くのもかまわず、裾模様の唐草と紅い花の刺繍に余念がなく、

紫式部は灯をともすのも忘れていた。同じ長さに様々な色糸を巻いておいて、薄紫の衣に花を浮き上がらせる。すぐに短い糸は終わりになって次につけ替えなければならない。手元が段々とおぼつかなくなる、早く誰か灯を持って来てくれるといいのに、と思いつつ、未練がましくまた一本を取り上げる。

意識の底で、人影がちらりと動いた。動いたのではない。背後で確かに人が起き上がる気配がしたのであった。はたと縫い物の手を止めて振り返って、驚きで顔がこわばってしまう。この瞬間「男性」という言葉でしか表現のしようのない思いである。迂闊だった。夢中になって仕事をしていた為に、背後に人がいるなどと思ってもいなかったし、まして今、起き上がって来るとは、いつからそうしていたのだろうか。

「兄君もお出掛けになられた後でしたのでこちらへ参りました」と男は申し訳なさそうである。それほど恐縮するのなら、始めからこの西の対まで来ることはないだろう、と紫式部は思う。

だが、それより悔しい思いをしたのは、次の日のことである。

おぼつかなそれかあらぬか明けぐれの空おぼれする朝顔の花　　紫式部詠

という歌を朝顔の花につけて贈ったのだが、お返しが少し普通ではなかった。

いづれぞと色分くほどに朝顔のあるかなきかになるぞわびしき　　紫式部の兄の友詠

「間違ったようです。色が見分けられずに」というのである。「姉君とお話をなさるつもりであったのだろうか。ついに、姉君だとばかり思い込んで応じていらしたのであろうか」と紫式部は思う。真意は全く測り難い。憶測や推量はしてみるのだが、本当のことを知ってみても、安堵する気持ちにはならないであろう。疑いを抱いている以上、この人物を信じるなどということは到底不可能である。人間が人間である限り、絶対に信じきることはできないのではないか。言葉はそれほどの役には立たないのである。

為頼の弟で、為時にとっては兄に当たる為長は、寛和元年陸奥守として任地に赴いたが、その妻は、実資に女君誕生の折、産湯をつかわせる役などを務める親しい間柄であった。為頼、為時兄弟も、自然に実資を頼っていた。特に散位の身であった時の為時には、二人の娘のこと、息惟規（紫式部の兄）の将来のことなど心配も多く、小野宮家に出入りできることは幸いでもあった。

永祚元年二月、実資は参議に任ぜられている。円融法皇の院の別当を務めている実資の為に、法皇自らが、摂政兼家に申し入れられた。「それは困ります。もう決まっています」と反対した兼家も、院の仰せが度々なので「固辞し難し」と判断、ついに参議に加えられたのだった。

その後も度々、為頼は実資を訪問、玉井山荘へとお誘いもする。公任も含めて、親しい交友関係ともいえる間柄であった。

公任は、道兼の二条邸の東の対に通うことになったが、多くの召使いにとり巻かれ、美麗な殿にいても何故か落ち着かない。遠慮の為に疲れる、自邸四条の宮の西の対を整えて引き取ることにしたのだった。だが、道兼と姻戚関係を結んだ為に道隆からは遠ざけられて、官位昇進が遅れるという憂き目にもあうのである。

結婚によって得たものと、失いつつあるものとを測るような現実感覚は無縁のものと思っていた。しかし、ふと皮肉な眼で振り返ってみると、これが、あの忌避してきた「笑い」の精神にも繋がっているのに気付く。

高貴な姫君への憧れから、夢中になって求婚し、歌を詠み贈って実現した一つの理想郷であったが、そこにも風は吹き荒んでいるのではないか。

父頼忠の死を悼んで、多くの挽歌を詠む。

墨染の衣ながらの今日なれど変れるものは昔なりけり　　公任詠

池の向かい側の紅葉はとりどりに色を競っている。真紅に近い色は白膠木《ぬるで》であろうか。桜に混じって高い垂直な木もある。その間に人の姿が動いている。手に広げた、やや大き目の白い布を持っている。何に用いるのであろうか。紅葉の彩りの中で、きわ立つその白さが、近づく厳しい冬の訪れを宣言しているように公任には見えたのである。

山林に自由が存するという実感は、未だに薄れてしまったわけではない。この、都の喧騒から脱出した場所で、自由の空気に触れる時、解放された心で安らぐことができる。この数年間のあまりの変遷の激しさに、見失いかけていた自分を取り戻すことができる。縄縛の糸目が一瞬毎に解けていくような気分に、公任はなるのだった。

正暦三年三月、東三条院詮子の石山詣があった。道長、伊周らが直衣を、また顕光は束帯、安新らが狩衣という出で立ちの中、公任は惟仲と同じく布衣姿であった。自ら進んでこの身分以下のままの姿にしたのは、他の各人から危険視されたくない為であった。一歩譲っておかねばならず、謙虚さを表さねばならない。

八月二十八日、公任は漸く参議となる。だが兼官であった左中将は停止という事実がつきつけられる。兼家一門の伊周は同八月、蔵人から権中納言を経て参議権大納言に昇任している。道隆の最愛の息として異例、並びなき昇進だった。

この年、公任は私事の面では、第一子定頼が生まれるという喜びもあったのだ。幼子の寝顔を見守るのは楽しみでもあり、責任を感じる一瞬でもあった。

十一月、一条天皇は大原野神社に行幸された。だが、体調の思わしくないのを理由に、公任は参加供奉を見合わせた。この理由を問いただす査問の役は道長であった。かなり規定通りに仕事を運んだ為か、「暫く出仕しなくてよい」

との詔勅がおりてしまった。これは一種の道長の策略であった。私情を混じえず事を運んで、一歩公任を引き下がらせておいて、再びかばい帝に言上する。「昨年男子誕生の事がございまして、私事多端な折でございますゆえ、温情をもって御裁可願い上げます」と。

公任に対しては恩義を感ぜしめることになるし、後には必ず感謝されるに違いないやり方である。彼は決して与えられた機会を無駄にはしない。そんな道長の時代の幕は、静かに開いていこうとしていた。

正月早々に道隆の二条の邸と鴨《かもの》院に火の事があって、騒然とした中で、二月、道隆の病は日を経て重くなるばかりであった。関白職を辞任して、息に譲りたい旨の上表文二通は、大江匡衡によって作られた。改元されて長徳となる。昨年来流行の疫病は勢いをゆるめず、下級の庶民層から、今や最上級の殿上人、それも重鎮であるべき官僚の多くにまで到った。

三月、華美を好み豪奢な生活、美しい侍女三十人に囲まれて、薬酒を好み、薫香をまとっていたという正二位大納言朝光が四十五歳で逝く。続いて四月には、関白正二位前内大臣道隆、四十三歳で薨ずる。日暮れとなれば酒を嗜み爛酔、髪が乱れるのもかまわず、朝光や済時と共に高談。賀茂詣に酩酊して車中で熟睡し、社頭にて道長に起こされるという一幕もあった。病篤く水は飲めなくなっても盃だけは手にしたという。いよいよ立つこともできなくなった時、僧は、極楽浄土の楽しかるべきことを説き聞かせた。道隆は、「朝光がいるからさぞ楽しかろう。更に済時も呼べば言うことはない」と応えた。僧は閉口。死ぬまで洒落を言い続けたのである。定子中宮は、病篤い父を見舞うために宮中を退出、里邸に滞在した。

珍しく大きな栗ほどの雹が降った。賀茂斎王の御禊の日であったが、堀河を過ぎ院に還御される間のことで、人々は驚き恐れた。旬日を経ずして済時も没する。五十五歳。道隆の病の間は、道隆自身の上奏によって、息子の内大臣伊周が政治をとり行うことになっていたのである。「関白病の間天下及び百官執行」との宣旨であった。しかし、伊周はそのまま父の没後も関白としての仕事を派手にこなしていく。喪中の事ゆえ、少しは慎重に事を運べばよいと多くの殿上人は考える。賀茂祭の行事の際の袴の丈や、狩衣の裾の長短にまで細かい指示を出す。まず、御法事を失態なくとり行って後に、そのような付加的な仕事にとりかかるべきであろう。「裾の長短よりも自分の政治生命の長さを測るべきだろう」などと口さがない者は言った。反中関白家の者は予想外に多かった。

そのうちの一人が、東三条院詮子であった。あまりにも文芸の道のみにのめり込んでいる伊周の優柔さに対して、嫌悪を隠そうとしない。女の直感のようなもので、母高内侍に何か品の良くないものを見ていたのであろう。高貴な身分の出でなくとも、たとえ受領の娘でも、優雅に品よく生きる女性のいたことは確かである。時姫はその模範のような人だった。高階成忠の娘である貴子は、学問を鼻にかけるところがあった。頭の良さを自負にかえて、男に立ち向かっていこうとするところがあった。それはそれで、若さを武器にすれば美点ともなる。だが、数人の子の育った今、強引さと高慢さと傲りだけが確固として残ってしまった。その表面には出ない押しの強さ、高ぶった態度が、何かの際に漏れ出てしまうのである。定子がどこまでも純粋で崇高とも思われる完璧な美しさに満ちていればいるほど、その母の灰汁の強さは防御壁として格段のものとなる。伊周の、心棒になる気骨に欠けた態度は、何とも歯軋りしたいほど物足りない。

四月の晦《つごもり》に、道兼は出雲前司相如の邸に移った。病の静養の為であるが、池、遣水など趣きある中河近くの住まいで、少しは気分も良くなろうと思われたのである。だが快癒には到らず、政務を行う上達部ら、この屋敷に日参する。五月二日、道兼は関白の宣旨をここで受け取ることになった。ついに伊周には下らなかったのである。都中の車がここに集まったような騒然たる空気と熱気に包まれた。だが祝宴や責務の重さや疲労に耐えきれず、道兼は僅か七日後に世を去った。この度もまた、関白の宣旨は内大臣伊周には下らず、左大将道長に下った。道長の母女院詮子の進言によることは明らかである。伊周は失意と落胆の中にあったが、高二位の新発意らは、「譲られた関白職に命が耐えぬ例もある。七日に終わった殿もある」と言って、秘かに延命ではなく、命短かれの祈禱を始めたのである。それは世間の眼に隠れようもないものであり、反意ありと勘ぐられる状態の到来を意味することであった。

一条帝の中宮定子の後宮では、これらの急変とも言うべき事態を比較的冷静に受けとめていた。宮の人柄の穏やかさと争いを好まぬ志向によるのであったが、嵐の前の静けさといってもよいものであった。この年の正月には、宮の妹原子の東宮入内の儀式が華々しく行われたばかりであった。二月十日には、登華殿東の二間に準備が整えられ、中宮との御対面となる。

長徳元年、多くの人々が世を去った。公任は白河の別荘にて、散り残った紅葉を見て詠じた。

今日来ずば見でや止ままし山里の紅葉も人も常ならぬ世に　公任詠

また、同じ頃為頼の歌、

世の中にあらましかばと思ふ人なきが多くもなりにけるかな　為頼詠

に東宮小大君が返しの歌を詠んだ。

あるはなくなきは数そふ世の中にあはれいつまであらむとすらむ　小大君詠

去って行った人々の後姿がどこまでも見え隠れしているように思われる。紅葉の木立の奥を透かして見るのである。公任も二人の歌につけて詠じた。

常ならぬ世は憂き身こそ悲しけれその数にだに入らじと思へば　公任詠

父頼忠公なき後七年を経て、人々は去り、母厳子女王は尼姿となっている。公任の三十歳の春は明けようとしていた。

雪の朝が明けて、長徳二年であった。誰が静けさの中に籠る霹靂の音を聞きとめることができただろうか。出家した花山法皇は、故太政大臣為光の四の君に密かに通っていた。為光の娘は、先の忯子女御をはじめ、美しく才能にも恵まれていたのだったが、その三の君に伊周も思いを寄せていた。或る夜、伊周と隆家は、鷹司殿の辺りで花山法皇の出て来るのを待った。同じ三の君に通うものと誤解したのである。威嚇の為に放った弓は、法皇の衣の袖を射抜いた。驚愕した法皇は、そのまま馬を馳せて帰ったのだった。このことが表沙汰になれば、法皇の微行も発覚して恥をかく、しかし、忍んで黙っていることも不可能で、天皇に奏上されるところとなった。

彼ら兄弟が、禁じられている太元法という呪法を私に自家で行ったことまで明らかにされるに及び、明法博士の下で罪が決議された。この法は、朝廷でなければ修せられる筈のものではなかったのである。

伊周は大宰権帥として流され、弟隆家も出雲権守として流された。悲嘆のあまり、中宮定子は出家。中関白家は一家離散の日々となった。

具平親王は、この事件を早く知り得た人の一人であった。花山法皇にとって気の毒な状況である為、何とか手を打って、風評が立たないようにして差し上げたいと思ったが、もはやなすすべのないことを悟る。時間は一刻一刻矢のように過ぎていったのである。法皇自身の寂寥を理解できるにつけ、仕方のない成り行きだとも思えた。

この度の事件を具平親王は、やはりあり得べきことと思った。道隆の妻が高階成忠の娘で、親王の娘とは格段に品格が下がっていること、何をするにも、この事実は、伊周、隆家兄弟から消え離れ去っていく筈はないこと、いつかは何かの形で綻びを見せるであろうこと、それを推察せずにはいられなかったのだった。

誕生したばかりの隆姫（具平親王の娘）の愛らしい表情を見るにつけても、行く末遠い幸いを祈らずにはいられない。

具平親王の学問上の仲間達の中には、将来も片腕となって協力してくれるであろう者は多い。多くの書物の保管、管理も頼まねばならないが、その蔵書の恩恵に浴する者も多いのである。ほとんどは中国から取り寄せたり献上されたりした貴重な物であった。分類して目録を作る仕事も甚大な労力を必要とする。経費も、ただ優雅に生活していく以上にかかるのである。

節度のある日常と、仏教的な清廉さがどうしても貫き通されねばならなかった。

為頼の子で、公任とも親しい伊祐《これすけ》は、具平親王の子頼成を養子としている。唐物使いとして任命されたのが式部大丞であった伊祐で、彼は外国の商船の荷物の検査役であり、蔵人が任ぜられることになっていた。蔵人頭であった公任によって任ぜられたのである。仕事上、唐や宋の文物を手に入れることができ、それが具平親王にももたらされた。当然、実の親為頼もまた、その恩恵を受け、その弟、為時にももたらされた。

その末端にいる筈の為時の娘もまた、学問への眼をいつしか開き、啓発されていたのであった。

この時、下っていく伊祐に公任は歌を贈った。

西へ行く月の常より惜しきかな雲の上をし別ると思へば　　公任詠
(唐物使として、九州へ行く伊祐は殿上をも去る)

返しの歌は、
別れ路は世の常なれやなかなかに年の返らむことをこそ思へ　　伊祐詠
(若く希望にもえての旅立ちにも別れは惜しく辛い)

であった。

かつて咲き誇る花のようであった定子後宮の教養の水準は、他と比較にならないほど高かったのだ。女房達の中には、漢詩がすらすらと口をついて出るという、清少納言と同じように才色を備えた人もいたのだった。

後に『枕草子』を著した清少納言は思い出す。梅の季節であった。清少納言のもとに、頭弁の行成より、戴き物があった。白い色紙に四角の物を包んで咲きほこる梅の花の枝に添えてある。中には餅餤というお菓子を二つ並べてあって、立て文がついている。まるで解文のように、公めいた筆で書いてある。

「進上

餅餤一包

例に依りて進上　如件《くだんのごとし》

少納言殿に」

まるで役所の上官に献ずるようで、面白い趣向であった。「御自分で持参するのがお役所の下官の役目でしょう」と、清少納言は返事を紅梅につけて差し上げた。すぐに行成が出向いて来て「下官が参りました」と言ったのには、清少納言自身が恐縮してしまった。行成は「女性なら歌を詠んで返すと思いましたが、あの仰せ言はさすがです。おつき合いし易いと存じます」などと、真面目に言う。そのことをまた殿の御前で話されたとか。一生にまたとないような胸のすくような快い思い出。反芻しても決して減らない、古びない、新鮮で弾むような幸せな思い出。その解文のような行成の立て文は、何度見ても文字の流麗さに目を見瞠る。色は少し変わったようにも見えるが、貴重な宝物に等しい物なのである。

或る時は、中宮定子の前で「世の中には憂き事も多く、とても生きていられそうにないと感じられる時もございます。どこか山にでも隠れたいなどと……。そんな時でも、白くて美しい紙や上等の筆、陸奥紙などを手に入れますと嫌な気分も吹き飛んでしまいますの。それに高麗縁の畳の、青々とした筵の細かく目がつんでいるのに、縁の紋が、白黒美しいのを見ますと、心がすっきりして、この世も捨てることができないと思われますわ」と清少納言は言った。「そんな何でもないことで簡単に心が慰められるのなら、一体姨捨山の月は誰が見るでしょうね」と中宮は笑う。「ひどく手軽な御健康法だこと」と皆も言う。暫くして、中宮から、素晴らしい紙を二十包みも御下賜の事があった。「これには寿命経も書けそうもないようですが」という中宮の言葉が面白く、清少納言はまた恐縮してしまった。清少納言自身は、そのように話したことすら忘れていたのに、中宮は覚えていたのだった。

かけまくもかしこき神のしるしには鶴のよはひになりぬべきかな

清少納言詠

（口に出して申し上げるのも恐れ多い神、紙と神のお蔭で、鶴のように千年の齢になりそうでございます）

と歌をお返しした。取り次ぎの者には禄として青い単衣を与え、どのような冊子にしようかしらと思い、何を書けば中宮に喜んで戴けるだろうと考える。

その日から二日ほど経て、今度は、赤い着物の男が畳を持って来た。特別に御座《ござ》という作りになっていて、高麗縁《こうらいべり》が鮮やかで美しい。中宮よりの御下賜品だと、すぐ察しがついたのだけれど、どこからも何の音沙汰もない。清少納言は左京の君のもとに密かに問い合わせてみた。

「不思議なことがありますの。中宮様は何か仰せになっていらっしゃいましたか」と。その返事には「ひどくお隠しになって遊ばされたことなのです。わたくしが漏らしたなどと申し上げないで下さい」とある。「思い遣りのあるお人柄、決して御自身の行いを吹聴したりなどなさらない。御両親にも兄君達にも似ないところがおありなのだ」と清少納言は思う。天性、生まれつきの后気質とでもいうべきか。あるいは、内親王や親王の娘と相通ずる性格だろうと思う。大殿道隆亡き後、兄の政務のあり様を良く言わない人々、反感を抱く人々の多くも、中宮だけは崇拝の対象から、はずそうとは決して考えなかったのである。

## 六　浮舟の身

姉の死は、紫式部にとって、衝撃的で忘れられない出来事だった。母逝去の折は未だ三歳という幼さであったので、ほとんど記憶もなく、何の悲しみを感じることもなくて済んだ。だが、二つしか年の違わない姉の生と死の瞬間を凝視する時、ひたひたと寂寥の思いが押し寄せてくる。素直にして柔順、明朗で快活な、全く非の打ちどころのない人柄だった。薫香とともに立ちのぼるように逝ってしまった。後に残された遺品の量は多くはなく、文反古もそれほど嵩がない。歌の贈答による友人は多く、その中に慶滋保胤の姪に当たる方がいた。賀茂保憲の息女であるが、その女性の歌が奇抜で、発想が面白かった。斎院や斎宮に縁のある方なので、歌を詠み交わしていたようである。

父為時の越前守任官の報に、少しだけ紫式部の心は明るくなった。地方とはいえ、越前は宋からの客を接待するという意味で重要な大国である。「道の口」とも催馬楽に歌われている。

陸奥や奥羽等に比べれば京に近いと誰もが口を揃えて言う。為時の妻は別の屋敷に住み、そちらには子も多い。全員を連れての赴任は無理と思ったようである。誰も連れては行かないらしいとの話であったので、それならば行ってみようと、紫式部が決心するのに時間はかからなかった。幼友達が、やはり筑前に出発の予定である。その同じ時期に、右と左に別れることになる。名残り惜しくは感じられるが、短い時間を経て、再びめぐり会うだろう。そのことにもまして、新しい土地、国守の生活を見聞に及びたい。

父為時の正五位下という位は誇りにも思われた。学問をする家柄であってみれば、それ以上の位というものは難しいのではないかと思うのである。確かに、菅原道真は従二位までも登ったのだったが、不本意な境遇にまで陥った。誰からも反感を抱かれずに済み、また学者としての誇りも長く持ち続けられる官位は、従五位でも充分ではないかと思うのである。六位宿世、六位ふぜいなどと言われなくて済む。家格ということから、やはり常に心を張りつめ、緊張して生きていかなければならないのだろう。

三月八日、母方の曾祖父文範が、八十八歳の高齢で眠るように他界。かつて円融帝に中納言として仕え、仁寿殿焼亡の際には造営別当の要職にあった。一家の財政を支え、あくまで縁者達の為に無私の境地で尽くして来た方である。つい先年、妻室を亡くしての法事には元気な姿で出席していたことを思う。

紫式部にとっては、見聞きした事実をありのままに書き記してみても、何かが掌からこぼれ落ちていくような気がしてならないのである。邸内の者達の口を通して伝えられてくる話の内容は、まことにそうであろうと思われることばかりなのであった。しかし、それがすべてなのだろうか、その場に立ち会ったように伝聞を洩らす人々は、何の良心の呵責も感じないでいられるのだろうか。疑いは、記す端から湧き出してきりがないのだ。

清少納言が出仕をしていないということを聞くと、それは不思議でも何でもなく、当然なことと思われた。どれほど社交的で、右から左に対処が可能な性格でも、このように緊張の連続という場面で笑ってばかりいられよう筈がない。微笑も引き攣ってしまうに違いない。理想的な、天女のように邪心のない美しい中宮であったとしても、一旦、御仏に向かって、三界流転の中のあらゆる因業の絆を捨て去ると誓った。「出家落飾の事を願い出て、経文を口になさったのである。それなら、どうして貫こうとなさらないのか。お仕えしている人々も、何故見て見ぬふりをし続けるのだろうか、何もかも許して差し上げたいというのが人情というのだろうか。もしも、清少納言が、主君、中宮様に対してそのような蟠りを抱いて、里に引き籠っているのであれば、全くどうしようもない人ではないのだと思う。御縁があって、武生の里から再び都に戻って来ることがあったならば、一度位お会いしてみたいという気がする。本当の心を確かめてみたいし、その中宮様の御人となりを少しでも拝察して、いろいろ考えたい」と紫式部は思うのである。

宮仕えの話は、一条帝のもとにということではなかったが、実際に起こり得ることであった。伯父為頼の母と、具平親王の母である荘子女王の母が、ともに定方の娘である。その関係で、親王の子頼成が、為頼の子伊祐の養子になった。その縁から、紫式部も具平親王家に出仕してはどうかという話なのであった。度々荘子女王の招きで親王邸に出入りもしていたので、後宮よりは緊張する度合は少ないが、雅やかな世界をかい間見る機会を紫式部は得ていたのであった。定子のもとには出仕せずに済んだことを幸いと思う。政争の中、主家と仰いで、その女君が不幸に陥ってしまう様など、決して見たくないし立ち合いたくない。絶え間のない呪詛や嫉視の行き交う世界は、意外なほど身近に存在するのは確かであったが、親王家だけは、その波をかぶらない別の場裡を築いていたのである。

その他に、もう一人、家族にとってかけがえのない者があった。母為信の女《むすめ》の祖父に当たる、先頃亡くなった文範である。この曾祖父の経済力が、陰に陽に家柄保持の切り札として存在したのだった。円融帝の頃、貞元元年仁寿殿焼亡の折には、中納言であったのだが、造営別当として事を処理した。

伝えられたその財産のどれほどかは、母為信の女《むすめ》から譲られていた。不如意である筈の生活を明るいものにできたのは、その蓄えの為でもある。書の手ほどき、琴の教授、縫い物の指南、染色等、あらゆる教育はほぼ充分に受けることができた。乳母に恵まれたことも幸いであった。掛けがえのない紫式部の少女期が過ぎていこうとしている。文範もそうであったが、堤中納言と言われた曽祖父兼輔、そして祖父雅正も誇りであった。美しい京極賀茂河畔の邸内には、折々の花の木が植えられて、花鳥をめでる日々であった。

長徳二年、十年の散位の後に、為時も漸く官人の生活に復帰することになったのである。

正月の除目に「闕国なし」という一言で外されてしまったのを知った為時は、申し文を内侍所を通して奉った。しかし御寝後であった為に届けられないままでおかれた。そこに直物《なおしもの》ということで関白道長が参内して、「為時のことはどう遊ばされましたか」と尋ねたのである。帝は「まだ何も見ておらぬ」との仰せ。内侍所に尋ねると「御寝中にて」と答える。道長は、早速その申し文を探し出して帝のお目にかけたが、自身もいたく感動したのであった。

「苦学の寒夜　紅涙巾を盈し

除目の春の朝　蒼天眼に在り」

（『日本紀略』『今昔物語』）

自分の運命に対して、何とか気持ちを奮い立たせて、澄んだ明るい心で立ち向かっていこうとする為時の気概が感じとられた。道長の乳母子、藤原国盛のなるべく決まっていた越前守を、無理に変更し、為時がその後に任ぜられることになったのである。

為時にとってこの詩は、長い苦学の人生と文人学者であるがゆえ抱いた感慨を吐露したものということになる。不遇意識はあっても、多くの人に共通の宿世の思想から生じている。紅涙という語は、後世、極端に悲嘆を伴う感情によると理解されるに到るが、この時の意味は、中国的な形でなく日本的な情緒を秘めた。恋や別離や、単なる哀傷でもない。菅原淳茂（道真の子）の詩によれば、勉学が報われない不遇時代のことに「泣血」の字を当てた。為時の場合も、それに近いであろう。周到な注意をもってこの言葉を紅涙と置きかえたのであり、一条帝への批判に直接用いるなどということはなかった。

申し文は、任官できなかったことが残念に思われた為に認めたのであるが、道長の目にとまったのは偶然であった。淡路守よりも大国の越前国守をと、帝も道長の見解に同意された。淡路守については、かつて円融帝の時代に源順が申し文を書いて任官した事実がある。同じ文人として、その文は為時の目にするところであった。「抑《そもそも》淡路国は、国名一国といえど、実は二郡を総している。なかなか治めるには力がいる。自然は豊かであり、赴いた後には、帝の恵み大なるを天下に知らしめん」これは優れた申し文であった。但し、源順は従五位下であったが、為時はすでに正五位下となっていた。やはり一段階上の国守をと望む気持ちは強く、誇りをかけての申し文であったのだ。

道長は次のように帝に奏上したのである。「為時殿は、兼輔殿の孫に当たられる。人望も厚く、頗る文才がおありになって、慶滋保胤殿ら文人学者の善き友人であられる。和泉国に代々お持ちになっておられる玉井山荘は、風光明媚な地の別荘で、自分も度々訪れさせて戴いている。多くの文人学者が、そのことでもお世話になっている。そのようでございますれば、乳母子の国盛の方は、今回は我慢させても宜しいかと存じ上げます」これは過分とも言えるほどの、最大限の褒め言葉であったのだ。

越前が大国であることは言うを俟たない。宋からの客分も多く、その接待役として、漢詩漢文のできる為時は不似合いではなかった。だが、その他に為時自ら、淡路守を望まなかった理由がある。それは他でもない。若い頃、安和三年十一月、播磨権少掾として赴任したことを思い出すからである。初めての任地で、結婚したばかりの妻と長女を伴って行く。海からの風は爽やかで、生活は豊かであった。明石の浜辺、魚や海草は新鮮である。塩を焼く風がたなびき、淡路島の上に上っていく月光は「明浄直なるもの、まこと」の象徴だった。天延元年頃には、次女が生まれ、日々に成長していく様が愛らしい。両手で小さな碗をかかえて湯を飲む。片言の話を始めようとする。籬に添って伝い歩きを始める。地方官としては見習いとも言うべき期間であったが、能力を伸ばすことができたし、少しずつ財を得る手段も身につけてきた。

帰京の折、為時の妻は第三子（紫式部）を身籠っていたのだが、過労の為か、出産の後にこの世を去った。暗転した播磨での生活、思い出すと胸が痛む。

輝くばかりに健康な日々の妻の記憶と、影のきわ立つ数年後の死を迎えた日の思い出。時が逆に進んでくれればよいと実感する歳月である。幼い三人の子を残し、無念さを微笑に隠して妻は逝った。その透き通るばかりの美しさは眼に焼きついている。不覚の涙が頬を伝う。何とかして忘れ去ることができたらと思う。子女は恙《つつが》なく成長しているし、他の通い所もある。生活にも不自由はさほど感じられない。しかし、再び、淡路守としてかの地に赴くことだけは望まない。朝に夕に向かい側の地、本州の播磨国を眺めて暮らすことにもなるのだ。その折の無念と痛恨の為に、茫然自失するだろう、できれば他の地に国守として赴任したい。ただそれだけを願うのであった。

娘が越前に同行するというのを、笑って承諾する気にはなかなかなれなかった。何かしてやれるのだろうか。受領の生活の中で。しかし、物事の価値というものは一筋には計れないものである。辺境の地ではあっても、何かを得られるだろう、広い世界があることを知るにはいい機会だ。昔、須磨の地に別世界を見たように。そこでの活力こそは、健康的であるかも知れない。少し前に亡くなった姉のようにならないために、命の糧となるような何かを見出してくれるに違いない、と為時は思い描いてもみるのだった。

旅の始まりに当たって、菩提寺に詣で、紫式部は母と姉の墓に花を手向けた。別れを惜しんで見送ってくれる家の者達とは、山科の宿で挨拶を交わす。道祖神に旅の安全を祈願して、装束も改め、身仕舞を正す。暑い時であるから身軽な着衣で済むのが有難いことであった。薄衣の袂にゆるやかに風がまつわる。逢坂山を越えて陽ざしが斜めに傾くと、冷やかに涼しい空気が疲れを忘れさせてくれる。木立を吹き渡る風にも、都大路にはない緑の匂いが運ばれて来る。姉が生きていたなら、衣の色も二人で相談して決めたであろう、と紫式部は思う。口に出して言わなくとも、こちらの方が良いなどと眼で合図をする。今は、代わりに伴の者が整え、直してくれるのも寂しい。遠い地方の国府までついて来ることになった乳母子の家の者は、愚痴を言わず「母君の姫様ですから」と言う。「母君の」と注をつけるところが面白い。

紫式部の一行は、琵琶湖の西側を辿って舟で出発したと伝えられている。

舟に荷は積んだまま、夜は港に寄り泊まることになった。

水うみに老津島という洲崎に向ひて童べの浦という入り海のをかしきを口ずさびに、

老津島島守る神や諫むらむ浪もさはがぬ童べの浦　　紫式部詠

と詠む。静かな入り江であった。日の光が溢れ満ちて平和そのものに見える。このような浦べに住む人々の間には争いなど全く起きないのではないだろうか。毎日悠々とした気持ちで、日が昇るのを見、月が沈むのを待っているのだ。入り江の向かい側の、名前も老津島というのは、童の浦に対して付けられたのであろう。島の中心には、島の守り神が祀られている。その老いた神の諫めのお蔭で、この童の浦が平穏無事に静まりかえっているのだ。いつの世の戦いをもやり過ごすことができている。何と羨ましい関係であることだろう。老い人とはいえないが、尊敬できる人が存在することは有難い。それが、得難い神、守り神であってみれば、なおさら。紫式部は、ふっと、伯父為頼のことを思い出してしまうのである。

夕暮れ時、干潟のあたりから鶴が鳴きながら飛び立っていく。何を呼び交わしているのか。悲しげな声ではあるけれど、鶴に物思う心のある筈もないのだ。別れを惜しんで泣いた親しい人々の表情がふと思い出される。紫式部は母の様子だけは、はっきりと思い出せない。少しの断片的追憶と、多分姉の話のつなぎ合わせによる印象なのだろう。幻想的である。明石から帰京の直後に去ったのだから、京の邸を懐かしく眺めて感慨に耽るひとときを持ったのだろう。帰京の喜びと安堵から、一挙に疲労が表に出たのかも知れない。

大切にしていた一本の扇。秋草の絵に金泥の雲と流水をほどこした蒔絵の美しいものであった。姉亡き後は、肌身離さずという位大事に持ち歩いている。

姉の反古を整理したのはつい最近のことであった。多くの消息文に混じって、歌だけのものもある。贈答の相手は誰か分からない。ぎくりとして手が震えてきそうな歌と文もあった。それは何故か生々しくて、姉のものと思うと眼が点になる。紙の上に瞳は釘づけにされ、その一字一句が全世界ほどの重みと深みをもって心の中に焼きつくのであった。睡蓮の花の開いていく一瞬にでも立ち会うような感動を伴って、掌に汗がにじみ出てくる。不思議な現象だった。

坤《ひつじさる》（午後三時頃）を廻った頃であろうか、爽やかに白雲が湧き上がっていたと見えるうちに、西の方から黒い雲の峰がゆるやかに崩れて、灰色がにわかに広がってしまった。

一陣の風に舟がゆっくりと揺れる。今夜の舟泊りの方に舟足を早めているが、追いかけるように雨も降り始めた。屋根に激しく打ちつける音。時折、雷もひらめく。生きて帰れるだろうか。ふと身に危険が迫っているのを感じる。それでも水夫《かこ》達は漕ぐ手を休めず、漸く岸の緑の色が見え始める。行き交う舟も積荷に菰《こも》をかぶせたり、蓑笠を身に纏って、まるで蓑虫が立って漕いでいるようである。積荷には、何であろうか、布をめぐらせて、しきりに紐で舟端に縛りつけようとしているのもある。「風向きが変わって来ています。じきにやみましょう」そう言われても恐ろしいものは恐ろしい。目を閉じ、耳もふさいで、傍らの柱にしがみついているうちに岸に着いてしまった。傘も取りあえず、大急ぎで舟を下りる。雨は宿について一層激しさを増したのである。

かき曇り夕立つ波の荒ければ浮きたる舟ぞ静心なき　　紫式部詠

この場所に姉君と御一緒できれば良かった、と紫式部は思う。都の外の世界をほとんど知らないままで他界したのである。せめて、湖の清々しく静かな空気を、夕焼けの見事な景色を、心ゆくまで味わってもらいたかった。「それにしても、あの姉君の御文の御相手はどなただったのだろう」またしても、こんな場面で疑問が頭を持ち上げてくる。旅の空の雨を眺めている僅かな時間であるというのに。あの特殊な趣きのある紙を、姉はどこから手に入れたのか。そしてかぐわしい香木。

当初、兄の友人の誰かかと思い、訪問してくる度にそれとなく、紫式部は様子を伺ってみたのであった。どのような顔の色か、声の調子に変化はあるか。姉のことを話題にするのか、文の中で姉の死を悼む思いを述べたことがあるか。どれほど探りを入れても、女房達の話を総合して判断しても、皆目分からない。明確な証拠を消そうとしているのだろうか。それとも、一刻も早く忘れ去ってしまいたいと考えているのだろうか。無関係を装うことで悲しみから逃れようとしているのかも知れない。そしてその理由のすべてが該当することもあり得るのだ。そう紫式部は思うのだった。
近江の湖の北に寄ったところ、三尾が崎という名である。網を引く人々が集まっていた。

三尾の海に網引く民の手間もなく立居につけて都恋しも　紫式部詠

ここには、都と全く異なった生活が続いている。

木綿の白く晒した生地が、陽の光を受けて輝いている。よく焼けて褐色になった素肌に汗がふき出している。骨でごつごつとしているけれど、見るからに逞しい体つきである。頭には白く細い布をきりりと巻きつけて、結び目がとがって見える。砂浜に引き上げられようとしている網には、どうやら魚がかかっているらしい。人々は、一刻も休まず調子を合わせ、掛け声をかけながら手繰っている。ここでは、このようにして時間は流れているのだ、と紫式部は感じる。単調な動作と、緩慢な流れの作業。明日のことを思い煩っている者は一人もいない。この収穫で、ひどく儲けて、明日から豪奢な生活に変えようなどと考える者もいない。

何ほどの贅沢も知らず、平等に仲間と分け合い、陽の昇るのを見、陽の沈むのを眺めて幸せな心に満ちてくるものを感じるのである。この人々こそ、最高の贅沢を味わっているのかも知れない。都での生活の垢と灰汁をぬぐい去ることができるならば、それを幸せとするべきなのだろう。去ってしまった日々、恩になった人々の面影が、恋しく偲ばれるのである。全く別の世界が存在することを、こうして身をもって経験していると何かに書き残したい気持ちになる。別れの言葉を、ついに言い澱んで口にできなかった。一言きちんと感謝の気持ちを表明して、御礼の御挨拶をしなければならないままの人もあった。

紫式部が伯父為頼の邸を訪れたとき、彼は庭先の前裁の中に立って籬の結び目の具合を確かめているところだった。

夏衣薄き袂をたのむかな祈る心のかくれなければ　為頼詠

の歌が添えられている。女房に見立てて準備させたものでなく、自身が注文した。

為頼「越には一緒に行ってみたいが、そういうわけにもいかない」

紫式部「是非遅れてお出掛け下さい。御座所を整えておきます」

為頼「遅れて行ったのでは行き違いになる。大方鳥のようにすぐ舞い戻って来るに違いないから」

紫式部「御冗談ばかり。雪も見とうございます。春の越の海も」

為頼「そうだな。それに飽きたら、ひとまず都を見に帰っておいで」

伯父の言葉は耳に残っている。雪と春の海を存分に見届けて、「それに飽きてしまったら」他に多くのしなければならないことが残っているのである。

一足先に西に下って行った友人より、紫式部に宛てて文が届けられた。津の国まで到っているという。

難波潟群れたる鳥のもろともに立ち居るものと思はましかば　紫式部の友人詠

とある。幼友達といつまでも一緒にいられたら幸せであったに違いない。同じように将来に儚い夢を託して、出掛ける時には一つ車で見聞きしたことを残さず語り合い、同じ位疲れて不機嫌に黙り込む。また眠りから覚めれば飽きもせず語り合う。共通の趣味を持ち、共通の言葉を用いていた。言葉の微妙な差違によって気分の照り翳りまで推し測る。

今、時間に比例して距離は次第に遠く離れていく。互いに何一つ悪事を働いたというわけでもないのに、別れたいと望んだことでもないのに、容赦ない別れの日は突然に来る。用意も覚悟もなく、決心をする暇もなく、慌ただしく挨拶を交わして、涙を流したのだ。

翌日からいよいよ、峠越えの道に差しかかる。湖が遥か下に遠ざかって、汗もひやりと渇いていくのを感じたのだが、すぐに道は険しいものとなった。衣も、これまでの薄い物を改め、重ね着の道行着とした。衿元から山気が入るようで、しっかり詰めて着る。風邪を引きたくない。それでなくても一行のお荷物なのである。いつでも籠から出て歩き出せるように、最小限の身の廻りの物を入れた袋を引き寄せる。

古い時代からこの道は、摂津方面や越の方から塩を運び上げる街道となっていたのである。山峡の幾つもの村々は、その塩のみを頼りにし、あてにして生活し、待ち望んでいる。

車で引き上げ、またある場所では何人もの人手を頼んで担ぎ上げるのである。今、その道を塩の袋の代わりに、紫式部は運ばれようとしている。下人達の陽気な掛け声、白丁《はくちょう》達の敏捷な身のこなし。呼びかう声と歌や、重い車の軋る響きが渓谷に谺《こだま》して賑やかである。近くの枝から枝に、猿が時折飛び移る。谷の向こう側では何か焼いているらしく、一筋煙の立っているところがある。

「しっかりと掴まっていて下さい。下を覗き込まないように」供の者に言われるままに、また目を閉じようとするが、やはり外が気になって仕方がない。目の高さには深い杉木立の梢の先が、幾重にも重なって過ぎていく。道の片側はゆるやかな傾斜で、植えられたばかりの杉の若木なのであろう。諧調を保って陽を浴びている。時折、登りに苦しむ馬の嘶きの声も聞こえてくる。

「塩津山とはよくぞ言ったもの。やはり、何といっても名の通り辛いものだなあ」と男達も言っている。

紫式部詠

知りぬらむ往き来に慣らす塩津山世に経る道はからきものぞと

（この峠道は、数日かかれば何とか越えることができるのだ。だが人生の坂道は……。）

翌日も山裾をめぐる旅は続いた。五幡という地名は「いつはた」と掛け言葉になる。いつの日にまたこの道を通って、帰ることになるのであろうか。歌枕になり得る地名なのだ。鹿蒜山というのも、「かへる山」と読むことができる。往路がある以上帰路もある筈だ。まだ目的地に着く前なのに、四年の国司任期が終わる日から一日少なくなったと、日数を引いてみる。それほど長くいることにならないとも思う。二年ほどしたら、ひとまず京に戻ろうという計画は、当初からあったのだ。

木の芽峠は、武生に入る最後の峠である。同じ時刻に、ほぼ連日夕立があった。その日は何とか空模様もひどくはならずに済んだ。山麓の緑の色が木の間から眺められる高さに登り、短い休止をとる。森の上を悠々と旋回している一羽の鳶の姿が印象深い。何とか無事に旅を終えることができそうであった。

越前の国府の館は、日野川に近く、日野山を南に仰ぎ見る中心地の一角にあった。屋敷も庭も広々としていて、京の住まいよりは大きい。屋敷が回廊をめぐらせていて、壺庭がそれぞれ趣きある風情である。都風な優美な造りになっていたから、この屋敷の中だけにいて、一歩も外を出歩かなければ、ここを京と錯覚することも可能であっただろう。

寝殿の西面を我が部屋として落ち着くと、紫式部は早速荷ときにかかる。大切な物は京に残すのは心配で、すべて荷に入れて来たのである。京は焼亡の他にも、賀茂川の氾濫という思い掛けない災害が懸念される。

旅立ちの準備の暫くの間、息をつく間もないほどの慌ただしさであった。屋敷中に散っている物の中から、不要な品と、是非身につけて持参する品を分別する。屏風、几帳の類も手離せないものは運び込むことにする。文や絵の数々、筆硯等の用品、衣類も幾箱かの量になる。留守宅の預かりに伯父の為頼の家司を頼んであるが、やはり災害の心配だけは逃れようもないのだった。筑紫に下って行った幼友達との文の遣り取りも、箱に幾つも残っている。これも失うには惜しいと思って持参する。前日までの物語の続きを、次に再び出会うことになった日、忘れずに語り合うことができるであろうか。物語の結末を残したまま、遠く東西に別れてしまったのであった。

『竹取物語』『落窪物語』とともに『伊勢物語』も持参した。まだ全部は読み上げていない『宇津保物語』もある。これは急いで書写させたものであった。だが、それらにもまして貴重な一袋があったのだ。母の歌を巻物にしたのと、姉の文と歌、これは一冊の草子ができる分量である。身近な人々の文物は、ただ身近なというだけの理由で、千百の物語に匹敵する価値と重みがあるのだった。

兼家の室、倫寧の息女の書いた「かげろふの日記」も読んだ。この人物は母方の祖父為信の遠縁（兄嫁の妹）ということになる。当然、心を入れて隅々まで拝読したのであった。権門の家柄の夫人として、しかも正室ではなく、御子も一人しか恵まれずという、不幸といえばいえる生活。だが客観的に見れば、むしろ幸福な生涯なのである。それを我が身の不幸と認識せざるを得なかったのは、何故であろうか。

姉の生涯の謎を解明することも急がねばならない。その日までは、どのような形の結婚もしないであろう。その心の中に見えていたものと見えなかったものをつきとめるまでは、と紫式部は心に決めていた。

「絶唱ともいえるような歌が詠めた時、わたくしの旅も本当に終わるのだ」と、紫式部には思える。言葉のない世界、極限とも言えるような絶望的な世界に身を置くことを、心のどこかで求めている。避けたいと思いながら求めているのだ。世界の果てまで旅してきたと考えてはいながら、旅の始まりは今だとも信じている。異界、境界の静寂《しじま》の中で魂の旅は始まる。

「煙霞は変わることなく人のみは変わるのだ。その変化変貌の果てに、どのような真実の世界が待ち受けているのだろうか。その心の中の旅の記録には日付けは要らない。むしろ日付けも時間の記述も何もなく、前後の脈絡もない方が、より真実に近い気がしてくる。「まこと」を否定し尽くして「そらごと」となってしまった時、その中から忽然と姿を現すのが真実の位相なのではないだろうか、姉君にならい理解して戴けたに違いない。けれども、今、ただ一人でもよいと思う。その理解者に出会うまでは、道を歩み続ける他はないのだ」

この思いは、紫式部の心の中の誓いでもあるのだった。

## 七　宿世と岐路

越前、武生の地に着任した為時にとって、この二月《ふたつき》ほどは公務も多忙を極め、敦賀に自ら赴くことも数度となっていた。前の年の九月、宋人七十余人が波に漂流して若狭国に着いており、彼らは越前にも移され、この地に留まりたいと願い出ていた。その対応にも追われることになり、身分ある者は客分として預からねばならなかったのである。

初秋の或る日の午後、国府の館を出た一台の牛車は、かなりの速さで街を走り抜けて、海の見える小高い山の麓の、林の中に乗り捨てられていた。遥かに群青色の広がる彼方、蜃気楼ではなくとも、ゆらめき立つ影のようなものが見える。爽やかな海の風は、足元の草花の中で濃い紫の色に輝く薊《あざみ》を揺らせていた。越の海を見たさに思い立ち、決行した遠出で、父君は敦賀に行かれて留守という好機。数日来の暑さは嘘のように感じられて、柔らかな陽ざしが降りそそいでいる。

野あざみの愁ひの色は胸にしみたへがたければ海に眼を遣る　　紫式部詠（著者作）

斜め下の木立の間に牛車の御簾が見えている。つい先ほど、下の別《わか》されの石の傍らで出会った老女のことを思い出すと少し胸が痛んだ。侍女を一人連れただけの身を誰と思ったのだろうか。立ち上がると眼をしばたたかせながら近づいて言ったのだ。

老女「都の御方でしょうか」

辺りを見廻してみても、老女の背後に薪を束ねたものを背負った少年がいるばかりで、他に人影は全くなかった。確かに問いかけられたのである。侍女と顔を見合わせると、咄嗟《とっさ》に返しをしてしまった。

紫式部「いいえ、この近くに住んでいます」

老女は残念そうな疑いの表情を隠さなかった。

老女「どうされました」

と再び聞く。

紫式部「海の見えるのはどちら。干飯《かれいい》の海の」

老女「孫《うまご》に案内させましょう」

老女の言葉に、少年は荷を傍らに放り出して、勢いよく細い道を登り始めた。

紫式部「干飯の海なんて素敵な名ですね」

侍女「ひと休みする旅人は、岬の突端に腰をおろして、故郷、都を想いながら干飯の包みを紐解いたのでございましょう」

侍女はこの地のことを割合良く知っている。

紫式部「かきつばた《杜若》の歌をお詠みになった在原業平殿と同じように、越の海に果てない望郷の念を抱いたのでしょう。

きっと干飯はその涙でほとびてしまったのね」

急な勾配の道での会話は長くは続かず、息が切れそうになる。西の海に沈む夕陽を眺めたい。けれどもそれまで居ることは許されないであろう。一刻も早く、そして長く海を見たい。

北海の波も、この日は穏やかに岬の縁を洗っている。この波涛の彼方には異国があって、その文明が存在している。全く知らないのではない。その国の書を手にして読むことができるし、数人の人々には、すでに国司の館の滞在客として遠くからではあるが接する機もあったのであった。

半刻ほどたって、先ほどの別されに立つ道標《みちしるべ》の石まで戻って来ると、山菜の籠を手にした老婆は待っていたらしく、再び近づいて来て問う。「都からお着きになられた御方なのですね」と。

また黙って首を横に振った。少年は訝しそうにこちらを見たが、そのまま気に止める風もなく牛車の止まっている所まで送ってくれた。踏み慣らされた近道を教えてくれたのである。屋敷の者達に怪しまれることもなく大きな旅をして来たような、快い疲労があった。夕陽はまだ山の端に残っていたのである。

数日後、館の近くの人混みの中に所用のため牛車を止めていると、眼に止まったらしく、あの老女が近づいて来た。そそけた髪には白いものが交じり、擦り減った履き物、衣の袖口の糸もほつれかけている。伴の者に「関わりないこと」と言わせて、紫式部はその場から牛車を移動させてしまった。館に戻って暫くすると、庭先に老女が来ているらしく、「姫様にお渡ししたいものがあります」と申していると、供の者が知らせに来た。紫式部が庭に出て見ると、老女は懐かしそうに笑みを浮かべている。陽に焼けた顔は予想外に品良く明るい。

差し出されたのは、ほど良く乾燥させた、かなりの量の薬草の束である。

紫式部「何の病のどのような症状に効くのか、はっきりと尋ねておくように」

侍女はしきりに指で示しながら老女に確かめている。

供の者に新しい履き物を用意させ、礼を言って与えると、「またお伺いいたします」と嬉しそうに言い、老女は帰って行った。

ここを訪問されたくないばかりに、数日前の山道で二度も、そしてこの日は三度目であったが、素知らぬ顔で「知らないわ」と言ったのだ。

報告によれば、もとは都に縁のあった者であるという。夫に伴われてこの地に下り、すぐに死別、子や孫と共に落魄の身を鄙に埋もれて生き続けることになった。生活に困っているわけではないが、風の随《まにま》にという感じを漂わせて、都から女性が下って来るのをひたすら待つ。挨拶に出かけては、この日のような仕儀になるのだという。都から持ち来た何がしかの物を与えることになる。

若き日の己が身を思い出していたのだろうか。昔住んでいた下京の辺りの様子でも話を聞かせて欲しいと思ったのだろうか。懐かしそうに凝視《みつ》められたのだけれど、話しかけるには言葉がなかった。三度も「知らないわ」と言ってしまったことが、どれほど大きな心の中のこだわりとなり、暗渠を形成してしまうかに、この時の紫式部は全く気付いていなかった。

薬草の束は、風通しのよい渡殿の端に掛けられ、何時の間にか少しずつ減っていった。

北国越前では、暦の上で〝初雪降〟と書く日、垂れ込めた雲間から音もなく雪が降り始めていた。不思議に暦通りなのである。人々の生活は急に重さを増す。皮衣のような物を纏い蓑笠を付けた姿は、京ではあまり見慣れない。動作も大きく緩慢であるように見えた。街中の井戸は藁で被われ、ひっそりと雪に包まれた。女達は炉端で機など織っているのであろうか。
目の前の日野山も、白一色の優美な姿を現しているのだが、都の光景が目に浮かぶ。

ここにかく日野の杉むら埋づむ雪小塩の松に今日やまがへる　紫式部詠

日野山の杉の木立は雪に埋もれて静まりかえっている。その形や山の稜線が小塩山のそれに全く似ている。そこに生えていた松の枝ぶりまで思い出されて懐かしい。あの枝にも雪は積もっているのだろうか。度々、光栄ある行幸の列の通っていった大原の野の上にも。朱塗りの鳥居、春日造、桧皮葺《ひわだ》、丹塗りの本殿の明るい佇まい。参道脇の瀬和井《せがい》の清水は大伴家持が訪れる度に好んで飲んでいた井の水であるという。あの社殿に向き合う事が再びできるのだろうか。

小塩山松の上葉に今やさは峯の薄雪花と見ゆらん　紫式部詠
（今小塩山の松にも薄雪が花のように積もっていることでしょう）

歌を詠みかわす人がいるだけでも幸せなことに違いない。小塩の山の松を忘れることのできないお互いの心の中を推しはかるのである。年は相手が上でも、家司として赴任して来た者の家の人々とは親戚のようなつき合い方をしている。

それにつけてもまた、あの海の見える山で知った老女の事が思い出されるのは、孤独をつくづくと味わう今だからであろう。長い年月をこの地で暮らすことになったならば、同じように京恋しさの余り、誰にでも近づいたに違いない。邪魔をされたくない為に、傷つけても傷つけられたくない為に、三度も拒否の言葉を投げかけてしまったことを紫式部は恥じる。

旅先のこととは言え、紫式部はこの些細な出来事、経験を忘れることができない。それは、人生の岐路に立った時、何を基準にどのような価値観を抱くかを考える契機となった。印象的で、象徴的な場面であると感じたからであった。思い出すたびに、人間として、どのような相手も尊重し、重んじなければならないという生き方の本質、原点に立ち返るような思いになったのであった。

一方、京の都では、長徳三年春、産まれたばかりの一条帝の皇女脩子内親王の可愛らしさ、のびやかな美しさは、人々の感情に複雑な綾をもたらした。帝の母詮子にとって、初めての御孫の事とて、何とか帝との間に立って御対面の場をとも詮子は思う。御五十日の儀は盛大にというわけにもいかず、型通りの簡素なものとなった。道長の心中も穏やかではないが、それでも道長が姉の気持ちを逆《さか》なでしない程度に協力したのは、身内にも一つの朗報が齎されていたからである。倫子の懐妊、これは待ち望まれていた重大事であったのだ。

三月十八日、詮子は清水に参詣し、春の御修法の法会が華やかに催された。家門の繁栄と仏の御加護、特に道長の子孫の為の祈りが加えられる。詮子は道長に言う。

「伊周殿達をお呼び戻しになれないかしら。家筋を異にするとはいえ、従兄の間柄でしょう。痛み分けもほどによるものですから」

几帳越しに対面した道長は恐縮しながら聞いていたが、帝に直言を申し上げるのは尚早かも知れないと思っていた。出家したことによって、内裏から退下していた中宮定子は、心の中に大きな不安をかかえていた。

「御皇女脩子内親王様の健やかな御成長の有様を是非御覧に入れたい。一目なりと、お会い申し上げたい」ただもう一度、そう考えることすら許されないのであろうか、どのような手順を踏めば、不可能が可能になるのか、今の定子には全くそのことを推し量る能力すらも無いのだ。

帝の母詮子の言葉を信じて、ひたすら待つよりも他に仕方は無いと定子は思う。

詮子「少しお待ちになって下さいね。必ず、参内なされる日が来ますようにお祈り致しておりますから」

詮子の優しさに涙ぐむ。その心だけでも報われたように嬉しい。慰めの言葉は、たとえ実現不可能であると知った時でさえ、定子には明日を生きる支えの力となるのであった。

長徳三年二月四日、脩子内親王は、東三条邸に於て、祖母に当たる詮子と御対面。帝の気持ちを推察した詮子から、「母君も御一緒に宮中にお入りなさい」との言葉が漸く届けられていた。京に残っている中関白家の明順や高二位、成忠らによって、定子中宮入内の準備が少しずつなされる。国々の御封、二千戸あまりよりの徴収は、食物、絹等に及んだ。凋落はなはだしい一族をあなどってか、準備は困難を極めた。

漸く御輿等でなく車で入内されることになった六月二十二日、故意か偶然か、一条帝は東三条邸に行幸されることになった為、中宮入内に扈従すべき公卿の多くは、そちらに随従した。中宮にはつき従う者がなかったのである。

実資他多くの人々は、若宮ばかりでなく中宮定子が落飾の身でありながら参内しようとすることに対して、どちらかといえば批判的であった。

「彼の宮の人々、出家し給はずと称すと云々。はなはだ希有の事なり」と『小右記』に記した実資にとって、宮の心内は測り難い不謹慎なものに思われたのだろう。その後、再び帝寵を得て二月ほどの宮中滞在の間に、懐妊ということになったのを知って、人々の気まずく不愉快な思いは極限に達してしまった。「聞きにくきこと」と口々に取沙汰したのである。

道長もまた、言いようのない口惜しさに唇をかみしめたが、表立って不満を唱えるほど単純ではなかった。弘徽殿には義子、承香殿には元子がおり、道長の娘彰子はまだ入内の日を迎えていない。今は耐えるより他はないのであった。

## 八　越の海山

紫式部にとって、忘れられないのはこの地での春の訪れであった。

重々しく地を被い尽くしていた雪が少しずつ溶けて、梢と空の境界が一筋の線となって浮き上がっていく、変身の怖れのない春が姿を現すまでのもどかしさを何に喩えたらよいであろうか。凍りついていた遣水と筧の水音が、日々に強さを増していく頃、眩い陽差しの何日かが続いた後に、名残りの雪は氷雨となって枯枝の上に激しく降りしきり、しっとりと地を潤したのである。

　中空はほの明りして春の雨冷えし心を柔らげて降る　　紫式部詠（著者作）

山のように積み上げられた雪の山は、男達の労働と知恵の記念碑のようでもある。どのような角度で雪を掬い上げ、掻き集め固め、積んでいくのか、観察すれば人間の能力とその限界が分かるような気がする。屋根よりも高くなったその上に登って、人々は少し外に出てみるようにと言う。

「ここからは別世界が見えます。白くきれいです。枝に残る雪の結晶に光が反射して、まるで水晶の珠そのものですから」

いくら唆《そその》かされても、紫式部は出て見る気にはなれない。故郷の小塩の山か、それとも帰途の「鹿蒜山《かへる》」ならば登ってみたいと思うであろうけれど。

ふるさとに帰る山路のそれならば心やゆくとゆきも見てまし
紫式部詠

雪の山を越えて行く道が、都へ帰るそれなのだったら喜んで飛び出して見ようと思うのだけれど、何時になれば、その日を迎えられるのだろうか。

「道の口」とも呼ばれる武生は、越後に向かう人々の旅の一里塚のようでもある。疲れを休めるために数日の宿をとるので、馬や牛の駅舎も多い。朝、春浅い山からおりて来た霧は白い流れとなって、谷間をかけ抜けて、海へと広がりながら立ち込めていく。一寸先は霧の中という感じで視界もきかなくなるのである。京でいえば小野あたりのそれと似ているが、夕暮れ時よりも、早春の朝、濃厚な密度の高い霧が流れ去る。海をひかえているという地理的条件によるのであろうか。一瞬、思いもそこに閉ざされ、視覚は忘れ去られて、聴覚が研ぎ澄まされる。見慣れた木立の姿も消えて、深山幽谷の中にいるような趣であった。

ある時は若草を摘みに、紫式部は陽春の野を侍女一人連れて歩く。どこからか子供らの声が聞こえて来る。辺りには、持って歩いていたらしい摘み草の籠が置き去りにされている。雛の道具らしいものも揃っていて、ふと心も和む。冷たい冬の間の侘しさが、滞りなく解けていくようである。癒しは、幼子のもつ無垢で純粋な魂によって呼び覚まされるように感じられた。

あどけなさの残る小さな地蔵は夕日を浴び、少し傾きながら野の中に立つ。長い年月の経ったことを語る、石の表面のざらざらした感触。落暉は山々を残照の中に浮かび上がらせ、海の彼方に沈もうとしている。無残なまでに石の地蔵を赤く染めている。存在の思い出は、今、誰のものでもなく自然そのものと化そうとしている。地蔵として祀られた童女の安らかな死は、ここでは時間の外にあった。

またの日、夏の日野川はゆるやかに流れている。雪解けの荒々しさはなく、洗い清められた小石は諧調を保って遠くまで続いている。紫式部は河原まで下りて行ってみた。川面に鈍い光を反射させて、かなり大きな岩も姿を現している。小石を投げ込んでみると、音は普通の速度より幾ばくか遅れて耳に届く。

孤独な思いを抱いて、煌めく波紋を眺めていると、無為な時間の流れの果てに一つの光景が浮かび上がる。透明な薄い被膜の向こうには、熾烈に燃えさかる炎があるのではないだろうか。求めてやまない何かの象徴であるような、果たしてそれは努力して得られるものなのであろうか。過去と未来は現在を通して結びつく時をもつのだろうか。

擂《す》り減った石の道は、境内を抜けても続いている。固い感触を確かめながら辿っていくと、急に乾いた陽ざしの匂い、まぐさの香りが漂って来た。農家の庭先に出てしまったらしい。懐かしいと思われるような枯れた藁が積み込まれた戸口が見える。何故懐かしさを感じるのだろう。民族の、祖先の何かの記憶が血の中に流れているのかも知れない、と紫式部は思うのだった。

労働のもつ明るい健康な逞しさに心奪われる。生命力をふり撒きながら、荷馬車の若者は走り去る。重い田畑での仕事か、山の木々の切り出しや運搬なのか、それとも、更に奥深くの山にあるという蹈鞴《たたら》の製鉄にでも従事するのだろうか。時には驚くほど日に焼けて、精悍そのものの表情の男達とすれ違うこともある。しかし、仲間達に出会って挨拶するらしい彼らが、一瞬にして顔をほころばせ、笑っているのを見ると、こわそうな男が即ち恐ろしい存在であるなどとは、到底言えないことが分かるのだった。

　尖塔は翳りも見せず聳えたりわが瞳をも高みに誘ひて
　　　　　　　　　　　　　　　紫式部詠（著者作）

栄勝寺の境内に人影は無く、五重の塔の上に一片の雲が浮かんでいるばかりである。瞳は誘われるように上へ上へとのぼって行き、遂には蒼弓の無限の中に引きずり込まれる。この地にあっては、まるで地を這うように牛車で逍遥し、土と共に働いている人々の汗を見、野に育つ草花を紫式部は凝視していた。けれども遠い声は、もっと高く天を目ざせと命じるように紫式部には感じられる。

ここではない別のどこかを。高みとは何をさすのだろうか。高尚さというのなら、それは地上の悲嘆を味わい尽くすことの中から生じるものであるに違いない。危うい一歩を踏み出して天への梯《はしご》を登り始めて後に、天はそれを取りはずすかも知れない。飛翔する精神と、地上に残される肉体の間の計り得ないような均衡をこそ求めたいと思うのだ。

立ち上がって歩み出すことを勧める声は、遠い日、どこかで聞いた筈のもののようだ。

山蔭《やまかげ》のお暗き道ゆほの見えし川は夕陽に呼応するごと　紫式部詠（著者作）

林を抜ける道は闇に包まれようとしていたが、牛車の簾を少し上げて見ると、左手の木立を通した向こうに輝く川面が見渡せる。赫として燃える色は夕陽なのか。夕陽に染まる川面なのか、自然は響き合い、呼応して、融合している。引き入れられようとするのは、魂なのか、それとも存在のすべてなのだろうか。

漂泊の想いを胸に街を行く頬に一筋秋雨降り初《そ》む　紫式部詠（著者作）

どこまで行っても空虚な思いを埋めようもなく、寂寥をどうすることもできない。行きずりに出会うのは言葉のかわせない人々の群れである。京言葉の優しさにはほど遠く、内容も確かめられない。どこが区切りなのかさえ分からない。耳の傍を通りすぎてもその片言隻語が残っていない。何事か楽しそうに話している人々と行きあっても、身内の誰それのことなのか、それとも今年の作物の実りの良し悪しなのか、それを判じるすべがない。

その苛立ちの中で、紫式部には言葉に対する燃えるような熱情が湧き起こってきた。言葉が欲しい。納得のいく、心を満たしてくれる、そして何度くり返しても飽きない言葉を求める。その一念から、ひたすらに古歌の世界に埋没する。『古今集』、『万葉集』を通して味わい、何とか心の調和をそこに見出したいと思う、武生での日々であった。

この短い一年あまりの日々、父の身近にあって、その日々を共にし学問を受け継ぐことができたことは、紫式部にとって大きな出来事であった。

「林間に酒を暖《あたた》めて紅葉を焼く
　石上に詩を題して緑苔を掃《はら》う」
（白楽天詠『白氏文集』）

仙遊寺に寄せて作った詩の一連《れん》。この地での感興に近いものがある。

風の音、月光、露など季節の移り変わりを感じさせてくれるのは自然のたたずまいなのだ。

白萩の花咲きこぼるる小道にて長き影もつ人と出会いぬ
為時詠（著者作）

歌などほとんど詠じたことのない為時であるのに、ふと夕暮れの小道で歌を詠んでしまった。車を待たせたままで、狭い道を通り抜けたところにある馬の屋舎に立ち寄ったのである。馬を育てている家司に話を聞く。近郊の牧草地の草が適しているのだろう。立派な若駒が多い。記憶に止めておいて、その内のいずれの馬かは多分恩になった道長殿への献上品となろう、と為時は計画してみる。

歩いて移動するということも珍しいが、それにも増して歌を詠むなどというのは希少な経験である。通り過ぎて行ったのは、栄勝寺の僧らしい人物で、逆光をあびて道に出来た長い影は、まるで体を抜け出した精神のようである。別次元のものが引きずられている。僧とはそれほど昵懇の間柄ではないのだが、これからは少し親交を深めようと思う。都での天台の寺を訪れることは度々に及んでいたが、この武生に着任以来、仕事に忙しくて仏教からは遠ざかっていたのである。それにしても何故急にこのような心情になったのか。

それはあの、連れて来た娘、紫式部のことをふと考えたからに違いない。何時もの漢文的思考が一瞬途切れて「むつかしそうな娘」の顔が浮かぶ。都に残してくれればよかった。ともに来ている兄は後妻の連れ子であるから、義理の兄妹ということになる。男性といっては、その兄を見るだけと言ってもよい鄙の地での生活もすでに一年以上過ぎた。そろそろ、別の途を考えねばならないだろう。

引き止めておけば、遅れている娘の結婚は更に遅れる。しかるべき相手を見付けさせねばならない。兄為頼に相談にのって貰うように説得はしてみているのだが、果たして言うことをきくだろうか。不安が為時の頭の中を横切る。一筋縄ではいかない筋金入りの娘だと思うからなのだ。「むつかしそうな娘」にふさわしい「むつかしくない性格の男」こそ願わしい。やはり遠縁に当たる宣孝しかないのではないか。長い影を見ながら、為時はそう頷いたのであった。

定方は、右大臣にまでなった母方の祖父である。一方中納言にまでなった兼輔も祖父で、その子雅正が、定方の女を妻とした。即ち両親である。定方は宣孝にとって曾祖父ということになる。共に仕事もしている。為頼兄の縁で、具平親王に家司として仕える身でもあったのだ。宣孝は性格は闊達にして明朗、理論派で割り切って物事を考える。男性的とも言える豪放さと天性、女性の心を柔らげる優しさも持ち合わせているように為時には感じられていた。

十月に入ると、霜の置く朝も多くなり、寒気は日々に増してくる。夕闇の色も急に濃くなり、すでに木々は葉を落として冬枯れの様相を帯びる。遠い白嶺の山頂に白い点が観測されると、里にも雪は近い。いわゆる嶽廻り。海鳴りのする日もあり、たれ込めた重い雲のもとに雪意《ゆきもよい》の空がある。日の光が差さない数日があって、遂に雪は音もなく降り始める。

その日は、雪に備えて屋根の修理等がなされ、午後は皆、家人、使用人共に忙しそうであった。梁、柱、廂等を補強して、庭木は菰等で包む。夕暮れの静けさが戻る頃、水を扱う手元が次第に冷たくなるのを感じながら、紫式部は継ぎ紙の作業を始めていた。貼り合わせたところの糊が乾くまでの短い時間、想念はどこか遠い所へ行ってしまう。

都の賀茂川のほとり、旧宅の近くをさまよって戻って来ても、まだ紙にはしっとりと湿り気が残っているのだ。時間の不思議な長さと短さを実感する。懐かしい光景、紅葉の彩りと水に群れ飛ぶ白い鳥を見て来たような気がしているのに。

紫式部は侍女に問いかける。「この辺りの村里に、何か面白い昔話はないかしら」と。

侍女「ええ、昔物語には雪女の話をいたします。まだ、わたくしが生まれる前、ある冬、大雪はわたくしの家のある山峡の里を埋めました。季節より早いその雪に、どの家も想いの外のことなので備えができず、炉に入れる薪も少なく、収穫もなかったのです。高地ゆえに、米、味噌、塩すらも充分には運び上げられなかったのでした。

その日、月冴えわたる夜更け、家々の門口に一人の若く美しい女が立っていました。幼子を呼び出して申します。『この掌の中にとても味のよい木の実がある。柔らかく甘い椿餅もある。これを差し上げましょう。更に良い物をあげましょう。火を取って衣を重ね、暖かい履物をはいて、私が行く道の後に続きなさい』

女は澄んだ微妙な音色の横笛をふいて家々の門を廻りました。子らは、本当に下の里には暖かく燃ゆる火があるだろう、熟し貯えられた木の実が残っているだろう、と思って、女に従い山を下りました。そして、二度と、その子らが山に帰り戻る日はこなかったのでした」

紫式部「どこに行ったのかしら」

侍女「飢饉の年なので、多くの子供らは里から都へと売られたとのことでございます」

紫式部「美しい女は魔性の者だったのかしら」

侍女「雪女と申しております。その後、わたくしの里では常に雪の備えを早くして、男達は宵の酒の話にもこの雪女を見たと語り合うのです。子らを忘れないためです。女の恐ろしさを肝に銘じたのでございましょう」

紫式部「けれど、下の里に連れて行かれなければ、子らも大人と共に飢えて死を待つばかりだったのでしょう。都に行けば、楽しいことも見聞きして生き抜いていたかも知れないわ」

侍女「そう思われますけれども」

紫式部が、「何という不憫なこと」と小さく呟いた時、南面の渡殿の方より人の声が近づいて来た。

今晩は宋の客を泊めることになっていると父より聞いていたのだが、早くも兄が連れてきたらしい。北廂に居るこちらの二人の様子は知られる筈もないのだから、ただ静かにしていれば良いのだが、それほど長時間、音もさせずに継紙の仕事を続けるのは無理であろうと思われた。紫式部はまず燭台を襖を隔てた更に奥の方へ移動させることにする。

侍女は灯を運んで来て、ふと傍らの厨子の上に、一通の文が置かれているのを見た。都からの消息は、時々手渡す暇《いとま》がなかったとみえて、この厨子の上に置かれる。多分為時が置いたのだろう。この二、三日、都よりの文は無いのかと、紫式部は幾度も尋ねていたのだ。すぐにそう悟ると、侍女は抑えた袖口に力を籠めてそのまま、さり気なく少しずつ端の方へずらせていったのである。消息は次の瞬間音もなく、厨子と壁との僅かな隙間の闇の中に吸い込まれていった。

この文が見出されるのは、厨子を動かす時なのであろう。もう誰も何処にあるかを知らない。都との縁も、もしかしたら切れるかも知れない。それならその方が却って都合が良い。早く帰京をという願いを忘れて、紫式部には長くこの地に止まってほしいのである。この地に仕えることになったのだから、京へ帰ってしまう別れの日を一日でも先に延ばしたいと、侍女は思う。

このような侍女の心を紫式部は推察することはできなかった。都から返事が来ないのを不思議に思い、忘れられたように寂しく感じて、今朝も兄に問い聞こうとしていたのである。宋からの接待すべき客のお世話に取り紛れて、二人共、それどころではない様子であった。侍女はすぐに紙や糊をとり集めて、また運び去る。

宋の客は二人のようで、短く日本語の会話が聞こえて来た。境の所の障子を少し開けて明るい方を覗いて見た。背の高さもそれほど違わない。案内して来た兄が去って、宋客二人の会話になった。激しい語調に聞こえていたが、急に疲れたのか静かになってしまう。また近づいて見る。長い袖をゆらりと動かして庭の見える方に歩いていった宋人は、立ち止まって外の闇の中にゆらめく灯を眺めている。そのうち背をそらせて、大きな欠伸を一つしてから、引き続いて声をあげてくしゃみをした。宋人だからといって、父や兄と少しも変わりはないようだ。そう思って笑いを抑えながら、紫式部はゆっくりと障子を閉め、「続きの仕事は明日にしましょう」と侍女には声を顰《ひそ》めて言ったのである。

同じ都の中に居て、何時でも逢いたいと思う時に逢える状態なのであれば、それほど強く結びつかない人と人との関わりというものがあろう。手に入りやすいという間柄ならば、あまり大切には思わないのだ。とても結びつかないような人が、遠く離れてしまうと懐かしく思い出されてくる。失ってしまっては惜しい気持ちと、今からでも修復してみたい気持ちが交錯して湧き起こってくるのだ。

宣孝のことも、今までは誤解していたのかも知れないと紫式部は思い始める。幼い頃から遠縁に当たる方として何気なく接していたが、どこかにある良さを見落としていなかっただろうか。父によく似た人という位の認識でしかなかったのだが、実は、優れた面もあるのだ。少しずつ理想化して考える。喪失感も確かにあった。これまで、必ず一月に一度は届いていた文や歌が、ここ暫く途絶えている。その文も、幾らかの戯れを混じえて、明るい調子の良いもので、慰められる面も大きかったのだ。もしかすると、想像以上に人柄は優しく気配りの出来る人物なのかも知れない。一通の文が届かなかった為に、これまでの時間をふり返って見ることになってしまった。少しだけ平常心を失い、逆に幾つかの越えられそうもなかった心の溝を飛び越えてしまったようである。

ほぼ一月ばかりたって、紫式部のもとに宣孝より文が届いた。「唐人を見にいきましょう」とある。「氷が解けるようにあなたの心もとけて春はすぐ来ると私がお知らせしましょう」とも記されている。都でいろいろ想像しているのであろうか。第一に唐人ではない。宋なのである。何故唐は衰亡したのだろうか。白楽天の時代、あれほどの栄えを見せていた唐の都は、今はどのような有様なのであろうか。「宣孝殿はいい加減に物をお考えだから、唐と宋の区別もなさらない」などと、不満が紫式部の心の中で爆発しそうになる。

「氷が解けるように、心もとけて春になると知らせてあげよう」というのも気負った仰せになりようである。この雪の深さを本当に眼で確かめて見れば、そのような戯れ事は口にできない筈である。毎日、空に輝く陽の光が存在するという事実さえ信じられないほどの、暗く憂き外の有様であった。頭上に重い石でも置かれたような息詰まる日々なのである。

春なれど白嶺の深雪いや積もり解くべきほどのいつとなきかな　　紫式部詠

煩わしき事の漸く済みたれば今矢のごとき我が帰心なり　　紫式部詠（著者作）

武生の空も澄みわたり、木々は青く都のそれと変わりない。だが峠を幾つも越えなければ帰りつくのは不可能である。折よく所用で下って来た弟の惟規の帰途の一行に同道して貰う。呼坂《よび》という険しい道を登って越える。狭い路でまるで懸け橋の連続のようである。輿もかくのが難しいらしく上下に揺れて恐ろしい。猿が数多く渡って来て木の葉の間より出る。

猿もなほ遠方人《をちかた》の声交《か》はせわれ越しわぶるたごの呼坂《よび》　紫式部詠

猿から見れば、こちらは非日常の世界で、さぞ珍しい見物《みもの》なのであろう。興味深そうに観察している。何時の日か、この光景が平和な、貴重な日常的思い出となるだろうか。この孤独な道行きすらも華やかな物語のごく些細な一駒として、取り込むことができるのだろうか。象徴的な意味を込めた味わい深い場面として。

下り道の途中に卒都婆《そとば》の年を経て古びたのが、倒れ転んでいる。擦り減っているので御顔などは、はっきりと見えない。往き来の人々に踏まれてしまうのを詠む。

心あてにあなかたじけな苔むせる仏の御顔そとは見えねど　紫式部詠

そんな風には見えないけれど、やはり卒都婆であって御仏の姿には違いないのだ。再び琵琶湖に出て舟路となる。頂上には雪がまだ白く積もったままで伊吹山の姿も次第に遠ざかっていく。

名に高き越の白山ゆき馴れて伊吹の岳をなにとこそ見ね　紫式部詠

毎日のように白山連峰の深い雪を眺めて暮らしたのだ。明るい陽ざしの下で伊吹山は、何ほどのことはなく見える。これから都に帰って、どれほど大雪に見舞われようとも、全く驚かないだろう。数日間、陽の差さない冬の日があっても耐えられるに違いない。それほど天然の美景にも出会ったし、苛酷な風雪の暴威と力をもかい間見たのであった。

短い早春の陽も、一日の締めくくりをするように音もなく陰り、衿元から寒さがしのび入ってくる。簡素な住まいの花山院の居室には、小さな火桶が運ばれて来たばかりであった。公任はすでに退出の挨拶を済ませながらも、まだ相談しあぐねていることがあって、すぐには立ち上がれないでいた。

この日、ほぼ選び終えた『拾遺抄』を花山院に献上するために持参して、公任は一刻ほどで失礼するつもりであったのだが、部立ての事で花山院が思いがけない発言をされたのである。

「少しばかり物足りぬように思う」

御簾越しではなく、表情の真剣な様子が分かる。驚きを隠せず、公任はたたみかけるように聞く。

公任「如何お考えになられましたか」

花山院「余は近頃、仏教に関わる歌も良いとする考えに変わってきた。これまでは、神楽歌などの神遊びの歌こそ選ばれてしかるべき、としてきたのだが。深みが欲しい。白楽天に匹敵するような鋭さを求めたいのだ。何とか部立てに仏教を入れられぬものか」

そのような下問があろうなどと、この瞬間まで予想だにしていなかった。公任は返答に詰まる。

公任「さようにお考え遊ばされたのでございますか。検討致さねばなりませぬ。これまでの『勅撰集』には仏教は入れられておりませぬ故」

と、はっきりと少し反対意見を述べる。困難であろう。帝の御威光と民の信望を集めるはずの勅撰という大事業であってみれば、微塵たりとも、暗さを齎《もたら》す空気があってはならないという思いを捨て切れない。時の権力者道長の目に触れて、眉を顰められるのも困る。

それでも時は過ぎゆく。徹夜の勤行に障りがあってはと、急いで辞した時には、山の端に細い月が吹き落とされそうに掛かっていた。

帰路、清浄華院の近くに、落飾した公任の姉、遵子皇后の閑居がある。公任は寄って風邪の見舞いだけでもしようと、一筋、通りを下ったのであったが、思いがけず為時留守宅の前に出てしまった。見れば下簾をかけたままの女車が一台止まっている。

「もう早くも帰京していたのか。きっとあの紫式部にとっては武生は住みつくことのできぬ所だったに違いない。それにしても、着いたばかりで舞い戻ってくるとは、やはり都鳥だな」

公任は笑いをこらえて馬をおりた。だが月の光の下でよく確かめてみると、止まっているのは、その先の隣家の門前であったのだ。このような夜は、為頼の邸にこそ寄るべきであった。花山院の御前で、酒を出して戴く場合も多いのだが、今日は、つい歌の方に心が向いて、ほんの一口頂戴したばかりである。酒の席でなら、部立てに仏教を入れたいということも、話せるに違いない、と公任は思った。

## 九　めぐりあい

父より一足早く、一人帰郷の道を紫式部は選んだ。

帰京したばかりの頃、右衛門権佐となっていた宣孝よりは「二心はありません」などと、真面目なのか疑わしい消息が届く。近江守の女にも懸想している様子と家の者は言っているのだ。

水うみに友呼ぶ千鳥ことならば八十の湊《みなと》に声絶えなせそ　　紫式部詠

広々とした琵琶湖の湊に鳴きかわしていた千鳥の声は、まだ耳に残っている。何人もの通い所を持っているような人が「二心はありません」と何度も言ってくるのをどうして信じることができるだろうか。考えは常に一本の線の上を往き来する。姉の残した文や歌が、その辿っていく心内の一方にある。相手の殿の名は遂にどこにも明かされていなかったが、いずれは正妻にと望まれてのことであったらしい。急な病はすべての可能性を喪失させ、約束も反故にさせたのである。待つ姿勢のみに徹した生き方の敗北だったのではないだろうか。高貴な家柄に引け目を感じていたのかも知れない。子もなさず、残したのは幾重ねかの衣や反故にすべき文ばかりであったとは、虚しい一生ではなかったか。

旬日後、長旅の疲れも漸く癒えたので、紫式部は清水参詣を思い立った。旅を安全無事に終えることができた御礼の意味である。渓谷のしたたるような緑の中、小さく滝の流れ落ちているのが眺められる。吹き渡る都の風が心地良い。帰路、坂を下って曲がったところに山吹の乱れ咲く池があった。暫く車を止めて休んでいると、届けられた文があった。宣孝からである。

「すぐ近くに馬をとめております。清水詣では如何でしたか。

山吹の木の下蔭に匂ふればわれかばかりに君をしぞ思ふ

宣孝詠（著者作）

（うちつけのような言葉ではございますが、真情なのですから）」

などと、くどくどと書かれている。すぐに打ち置いて横を向いてしまう筈の文であるのに、それができない。姉のようにではなく、切り開くことが可能ならばその可能性に賭けてみたい。

山吹の君が心のにほふればわれ香ばかりを袖に秘めなむ

紫式部詠（著者作）

（疑いの心が無いと申し上げては嘘になりましょう。けれど我が心の向かう先については責任をとりたいと思います。決して他の人のせいにはせずに、その為にはまず最悪の場合を思って、やはり沈黙を守る事にします）

進んで秘めるのであって、そう勧められたからするのではない。そこに誇りと自立があると感じていたのであった。

秘めごとの我にありとは思へねど咎むるごとき白き夕顔

紫式部詠（著者作）

為頼にとっても、姪である為時の女《むすめ》の結婚の問題は、親代わりとしても後見としても気疲れのする大役であった。一条の邸を整え、しかるべき準備に余念のない日々が過ぎる。山城守という要職についたばかりの宣孝を婿として迎えるのだ。受領とはいっても、宣孝にとってはかなり恵まれた国司の地位で、上国をまかされたことになる。官位としては従五位下に相当する。若さと活力に溢れた有能な官吏であった。

「仕事は立派にこなしているのだから、信頼するに足る人物だ」と姪に向かっては褒める。「だが、安心して頼るばかりでは良くない。判断は一人でする。参考までに夫の意見を聞くというのも必要だろう。しかし、初めから何の思慮もなしに納得できないことも納得してしまうのが最も悪い。他の人間の眼差しで測るのではなく常に自ら確かめることだ。でなければ、何時の間にか歴史をさえゆがんで解釈してしまうだろう」。

伯父としての為頼の訓話は常に耳が痛く「何も歴史まで引きあいにお出しにならなくとも」とつい紫式部は微笑む。

「それから御酒《ごしゅ》をあまり進めぬことだ」などと、きつい日常的な注意もあった。

固い契りとはいっても、何の隔て心もなくわだかまりも完全に消えて、という状態にはほど遠かったようである。

　気近くて誰も心は見えにけむ言葉へだてぬ契りともがな　　宣孝詠

（私の心は分かって下さったでしょう。これからは隔て心のない契りこそ願わしいものです）

　隔てじとならひしほどに夏衣薄き心をまづ知られぬる　　紫式部詠

（隔て心など抱いたこともございませんのに、夏衣のような薄情なお気持ちだけはよく分かります）

花心とでも言うべきであろうか。宣孝はどうやら、業平の系統の好き心を失うことのない人なのだ。女性を一人に決めるなどとは考えもしない。華やかで風流好みに見える。華美と社交性は誰の眼にも明らかであった。美しい服装のままで吉野の金峯山に詣でたことで有名になった。御嶽参りは質素な姿でと神がお決めになる筈もなく、それを喜ばれる筈もないという理由だった。賑わしいことは、神前の御飾りにもなるし良いではないか、と思う。磊落《らいらく》な愛すべき一面も備えた性格であったのだ。それを身近に知る人にとっては、好ましい点でもあったようで、長徳四年のこの春は、三月二十日、賀茂祭の舞人をつとめて好評であった。音楽に優れ、容姿も端麗、ただ、年齢は紫式部の父為時とあまり違わず、すでに息子隆光も元服している。御嶽精進の甲斐があったというべきか、その五ヶ月ほど後の八月には筑前守に栄転したのであった。

永観二年十一月の賀茂臨時祭では、蔵人の役としての駒引きを忘れて譴責《けんせき》され、同三年、丹生社の祈雨使として遣わされるも失態があったが、それを何とか切り抜けるだけの器量、才覚のある人物でもあった。慎重、沈着、冷静に処する実務官僚としての能力と、芸術家的伸びやかさと優しさは、相半ばしてほどほどに兼ね備えていたようである。通い所としては、下総守藤原顕猷女、讃岐守平季明女、中納言朝成女などがあり、それぞれに隆光、頼宣、儀明《のりあき》、隆佐等の息がある。

冗談と遊びの精神を拒否しようとした少女時代、紫式部の決して許せなかったであろうと思われる相手なのである。何故受け入れようとしているのか、果たして人間的に幅ができ、視野も広がり経験も豊かになったので、相手の良さが理解できるからなのであろうか。

めぐり逢ひて見しやそれともわかぬ間に雲隠れにし夜半の月影　　紫式部詠

筑紫の地より戻った童友達、布希が紫式部のもとへ挨拶に来たのは、十月も十日を過ぎる頃であった。「お忙しい御様子ではいらっしゃいますけれど、一目だけでも早くお会いしたいと思いますので、これからお伺い致します」という消息の届けられた日、伯父為頼室の病気見舞の約束を二日ほど先に延ばすことにして、ただひたすら待った。まだ疲れも癒えない筈の頃である。健やかなのかどうか、その心配で落ち着いてはいられなかったのである。

東の対の一室には、彼女が好きだった筈の侍従の香を焚いた。琴は和琴を整えて、調子をとる為にだけ笛を吹いてほしいと家司の一人にも頼んでおいた。久しぶりに聞かせて戴きたい。お忘れではないだろう、かの曲を……。だが、やはり涙の為に琴の話は出なかったのである。紫式部は袖を濡らしてしまった。布希はあまり元気ではなく、弱っている様子だったのだ。

紫式部「お疲れなのでしょう」

布希「遠いのです、筑紫の地は。扇というものが、とても実用的な物だと分かりましたのよ。涙を隠すためのものでも飾りでもなく、本当に夏の間中、朝から夜まで、手離せないのでした。風を生ぜしめるため……」

紫式部「お暑いのですね」

布希「でも冬は冷たい風が吹きますの、都では考えられない位」

紫式部「何も考えられないほどにでしょうか」

布希「いいえ、貴女のことはよく考えましてよ、お詠みになった歌も。

掌《て》に乗せて測りてみたる思い出は今花吹雪の中散りこぼれゆく（紫式部詠（著者作））

でしたかしら。懐かしいとお思いでしょう。散りこぼれてしまった思い出を、拾い集めなければなりませんわね」

紫式部「あの頃姉を亡くしたわたくしと、妹を失われた貴女と、ひどく悲嘆にくれていました」

布希「生老病死は定めなく、予想ができないのですもの。責任を感じる必要はなかったのですけれど、二人共自らを咎あるように思って」

紫式部「御帰京はお早かったのではありませんか。まだ二年ばかりで」

布希「貴女もそうでいらっしゃるのね」

紫式部「宣孝殿のこと、お聞き及びでいらっしゃるでしょう。書きましたから……」

布希「お便りにもいつかお書き下さいましたので」

紫式部「如何お思いになられて」

布希「ええ。実はわたくしも、夫と次の任地としてまた西に立つことになりましたの」

紫式部は、驚きのあまり声もなく相手の顔を見守ってしまった。「父君の任地から、帰京なさったばかりではないか。それなのに、どうして再び下って行こうとなさるのだろう。信じられない、何かの間違いなのではないか」と、紫式部は思う。布希は重大なことをさらりと何気ないように言い、暫くの間言葉はなく前栽の中に乱れ咲く、黄菊のあたりを眺めていた。

紫式部「貴女が越に届けて下さった御歌覚えています。

行きめぐり逢ふを松浦の鏡には誰をかけつつ祈るとか知る（紫式部の友人詠）

めぐり逢うことをどんなにか楽しみに夢見ていたことでしょう。またすぐにお別れしなければならないなんて」

布希「まるで物語のようでと申し上げましょうか」

紫式部「そう継母に捨てられた……」

布希「今度は夫と下りますのよ」

微笑みが戻ったのを嬉しく思いながら、紫式部はそれでも涙が滲み出てくるのを抑えられない。

紫式部「月がのぼって来ました。何時も都の月を懐かしんで過ごした二年でしたわね。今日もほぼ同じに円《まど》かなのに。円環はどこかで一廻りすれば閉じられますのに。どこまでめぐっても閉じられない円というものもあったのですね」

松の影はさやかな月光を明るく清浄なものとして照らし返している。籬《まがき》の下の白菊も光をあびて浮き出している。

布希「そろそろ失礼致さねばなりません。夜も更けますわ、一刻も早くお目にかかりたいと思いましたので。どうか御無理のないようになさって」

紫式部「まるで月に競《きそ》ってお帰りになるようですこと。長い旅のお疲れを御静養なさって後に、次の御準備にお入りになって下さいね」

別れの言葉は尽きないけれど、侍女にせかされて布希は行ってしまった。大きな月だけが、この世の宿命ばかりでなく、次の世さえも見届けるように、澄んで照り輝いていたのである。

その人遠きところに行くなりけり。秋果つる日来たる暁、虫の声あはれなり。

鳴きよはるまがきの虫もとめがたき秋の別れや悲しかるらむ　紫式部詠

死を予感させられるような別れの悲しさに涙もおさえ難い、それでも旬日の後、再び会って挨拶をかわし、一本の扇を贈ったのであった。

暑き地を再び次の任地とし今立つ君に扇を贈る　紫式部詠（著者作）

峯寒み岩間氷れる谷水のゆく末しもぞ深くなるらむ　宣孝詠

誓いのようでもあり、単に情の細やかさに深みをます関係を願っているようでもある。宣孝の歌には、どこか両義性が漂っていると思われた。新しい妻を迎えるのも喜ばしいのであろう。しかし以前からの通い所をなおざりに打ち捨てる風でもない。紫式部は半信半疑になってしまうのであった。

為頼室のお見舞いを済ませて、三日後に紫式部は宣孝を婿として通わすことになった。正妻格の前司の女は亡くなっていたので、その座に受け入れられることも可能ではあったのだが、残された子や孫に当たる人々との複雑な関係が生じるであろう。そう考えると、やはり通って来られる方が良い。北白川には宣孝に譲られている別業があり、そこに家司や下仕えが移り住んだのであった。秋も深まり、時折冷たい時雨めいた曇り空が続く頃である。
夏に猛威をふるった天然痘は大流行して、公卿では佐理、高階成忠、源扶義、源重光らが世を去った。晩秋にかけて、更に紫式部の伯父為頼夫妻が相継いで病に倒れ、前後して床についたのである。一仕事終え、安堵して見届けたという思いであったらしい。見舞いに訪れた公任は、かつて為頼と詠みかわした歌を思い出していた。

世の中にあらましかばと思ふ人なきが多くもなりにけるかな　為頼詠

常ならぬ世はうき身こそ悲しけれその数にだに入らじと思へば　公任詠

（この世に残る我が身とて、決して華々しい人生を生きぬくと決まったわけでもない。憂き身なのである）

そのように詠んで返した相手も、今先立とうとしている。信頼した仲間が一人ずつ減っていくのをどうすることも出来ないのである。

公任「具平親王も御心配の御様子でしたが」

為頼「宮に御来賀を賜り誠に恐縮致しました。お話も尽きませず、長くお引き止めしてしまい申し訳もない次第でございました」

公任「御縁戚関係に当たられるのだから宜しいのではないですか。実は宮からも、残される者達を頼むとの御言葉を戴き、それほど、御様態がお悪いとも承ってはいなかったので驚いたのです。拝見していると大きな病とは信じられません」

公任はつくづくと屋敷の中を見渡し、幾つかの宴席をここで共に楽しんだことに思いを到していた。
右衛門権佐宣孝の室となったのが、姪の為時の女《むすめ》であるという。考えられないことだと思う。宣孝に関しては、つい最近、公任はとんでもない場面に出会ってしまっていた。霧の深い朝のことであった。上西門を入って図書寮の方へ曲がったところに神泉があって、良き水が湧いている。右衛門陣の方に横切っていこうと歩いていると、馬が水を飲むらしい音がするではないか。霧の木立を透かしてみると、宣孝が馬に乗ったままで、神泉の水を飲ませている。思わず声を出してしまいそうになった。しかし何も言えない。それは、紫式部の夫であると自分に言い聞かせるからである。

結婚後も、宣孝は、相変わらず通い所には文を出し、訪問も続けているらしい。社交辞令なのだろうと紫式部は思う。宣孝はかつて越にまで「宋《（唐）》人見に参りましょう」などと冗談のように申して来た人である。公務繁き中に、わざわざ越までどうして来られる筈もあろう。いい加減な話と分かっていても、機嫌をとられているようで悪い気はしなかった。まして知性的でない女性ならば、一言で充分であろう。納得しているつもりでも、時に悔しい。

四方の海に塩焼く海人の心からやくとはかかるなげきをや積む　　紫式部詠

皮肉をこめて歌に託す。浮いた心のままに歩いている姿を思い描いたのである。「少しは落ち着いて人の話もお聞きになればよいのだ」と、紫式部は内心の憤りをどこにぶつけてよいか分からない。

長徳五年（長保元年）新しい年が明けて早々に、宣孝は通い所の女人の誰かに紫式部の文を見せたらしい。紫式部はそのことに気付いたので「これまで差し上げたお手紙を返して下さらなければ、返事は差し上げません」と、言葉だけで精一杯の怒りを表明しておいた。すぐに返事がきて、それには「文は皆お返ししますが、そんな薄情なことはなさらなくてもいいではありませんか。大事にしているのですから。他に散らしたりなど絶対にしません」と宣孝は怨じる。

閉ぢたりし上の薄氷《うすらひ》解けながらさは絶えねとや山の下水　紫式部詠

と、今度は歌を送った。少しきつい意味がこめられている。今までにも薄い氷は解けそうになったり、閉じられたりしたのだから、もう分かって下さってもいい筈なのに。山の下水は絶えてしまいそうなのに。それでも宣孝は、受け流してしまうつもりなのだ。

東風《こちかぜ》に解くるばかりを底見ゆる石間の水は絶えば絶えなむ　宣孝詠

「もうなにもお話しすることはありません」、と書き加えられた返歌が届く。随分怒っていらっしゃるようだと、紫式部はおかしくなる。「石間の水など絶えても構わない。どうせ東風《こちかぜ》に解けてしまうのだから」その歌の上手さにはやはり感心してしまう。お忙しい人なのによくお考えになること……もう物もおっしゃらないなどと……。

言ひ絶えばさこそは絶えめなにかそのみはらの池をつつみしもせむ　紫式部詠

三原の池ではない御腹の池である。腹は立つと言う。波が立つのなら堤を作って、池を包んでしまいましょうよ。これで笑い出さない人がいたらお目に掛かりたい。腹を立てている相手に対して、不思議に紫式部は腹が立たないのだ。その歌を届けさせたのは、もう暗くなってからのことであったが、夜中ばかりになって、寝《やす》もうとしているとまた歌が届いた。

たけからぬ人数なみはわきかへりみはらの池に立てどかひなし　宣孝詠

「人数無み」と「波」とを掛けて、どうせ、相手にして下さらぬ人間なのだからと卑下して、こちらを機嫌よくさせる。やはり女心を把握してあしらっている。宣孝らしさなのだろう。

宣孝が表面上の軽さよりも度量において優れていたことは間違いない。人を女性関係の面からばかり判断してはならないだろう。けれど、紫式部は喧嘩にならない性格の幅があるのも確かだと思う。永遠に母なるものを知らない紫式部は、何よりもそれに憧れているのだ。

紅の涙ぞいとどうとまるる移る心の色に見るれば

紫式部詠

そんな歌を返した日もある。今宵は所用があって伺えないのが残念だ、という文の終わりは、朱というものをつぶつぶと注いでかけてある。「涙の色です」と書いてある。紅涙は唐の時代に於ては、政治批判の要素の強い言葉であった。漢詩の中では、厳しい痛恨の涙を表す。白氏文集にも例がある。

けれども我が国の文章や詩の中では、意味はかなりずれてくる。時には、学問が捗らないことや、官位の昇進が思うにまかせぬといった軽い自責の念を強調する場合すら生じてくる。誇張とも言えるだろう。女性への言いわけに使うなんて、ずらしも程度が過ぎているだろう。「紅はうつろふものぞつるばみのなれにし衣になほしかめやも」という家持の歌を引いて、紫式部は返した。「移る心」は勿論、朱の色がにじんで、文の色ととけ合ってうつろうからである。通いどころには、きちんとした家の出の者もいたのだ。多くの「人の娘」を悲しませるなんて良くないことだ。そう思ってみても仕方のない宿世なのだろうか。

春の陽差しは日毎にのどやかで、明るい。武生の里では、まだ憂暗な重苦しい雪空が続いている筈である。無事帰還できてよかった、と紫式部は思い、命があることに感謝せずにはいられない。

## 十　突然の訃報

「これからも娘のことはよろしく頼む」のさり気ない一言と、開放的な笑い声を残して宣孝が去って行った時、この世での別れになるなどとは全く知らず、紫式部は娘と共に笑って挨拶の歌を贈るために南面に出たのであった。

逝去は四月二十五日、そぼ降る雨で物は皆輪郭を失い、濡れてくすんでいた。

雷雲の俄《にわか》に暗き枕辺に不安高まり吾子呼び覚ます

紫式部詠（著者作）

紫式部は、胸さわぎがして思わず娘（賢子）に声を掛けてしまったのだったが、娘の瞳には何の怖れも見えず、憂慮することはなかったのかと、ほっとする。ただならぬ事態との報告が届いたのは、その直後であった。

使いの者を送って出ると、先ほどまでの激しい雨は止んで、若葉の色が急に鮮やかに濃くなっていた。本格的な加持祈禱が始められたが、翌朝早く宣孝は亡くなり、東山の上に陽は変わることなくのぼったのである。雨後の山は輝き、どこまでも自然は美しかった。眼にしむ緑は微妙な照り翳りを見せて、一瞬たりとも刻を止めなかったのである。

愛娘のために、「何とか一命だけはとりとめて戴きたい」と、紫式部は懸命に神仏にお頼みしたのだったが、聞き届けられず。あまりにも多くの人々が同じ願いを出したのであろう。疫病での死は悲しみや嘆きを拒絶するように、単純で明快な事実なのだ。人は確かめようもなく、信じなければならない。側に居て触ってみることもできず、ただ遠くから見守るばかり、手のほどこしようもないのであった。

数日間は涙のうちに暮れる。途方もない不幸が身に振りかかってきたと紫式部は感じた。どのような慰めの言葉も耳に止まらない。外側を嵐の音のように吹き過ぎるばかり。父を始め、身内の者達が気を遣って入れかわり立ちかわり見舞ってくれる。また、貴重な香を調合して持参してくれる。勧学会の人々のみならず、御僧都のとぶらいも多かった。

雨雲の飛び去りて消ゆ失意の日わが立ち上る刻うながすごとく

紫式部詠（著者作）

紫式部は、このような巡りあわせになってしまったわが宿世を思う。前世から何か因縁があってのことなのだろうと、諦めようとする。責任は遠い前世にあるのだから、必要以上に嘆くべきではない。娘の為に誇りを失わずに生きなければ、家門の恥になるだけでなく、生命さえも縮めてしまうだろう。

乳母まかせにはできない賢子の世話に明け暮れするうちに、何とか紫式部の気持ちも平静さを取り戻して来る。西の宮の尼君の言葉が突然耳に蘇って改めて納得する。「物事を判断するのに嵐の中でしてはならないでしょう。混沌として荒れる嵐が去って後、そよ風の中で行うべきなのです」、誰に恨みをもっていくわけにもいかず、ひたすら時の過ぎてゆくのを待つ。朝に健やかな姿を見せていた人も、夕べには白骨となる無常な世の中なのだ。

消えぬ間の身をも知る知る朝顔の露を争ふ世を嘆くかな　紫式部詠

わが身もすぐに消えていってしまう、僅かな時の差なのである。あとを追ってしまえば楽だろう。朝顔の露と僔さを比較して嘆き暮らしている。世の中は騒がしく、多くの人々が亡くなった。遠い地に下っていった童友達の布希もまた、旅の地で生涯を終えた由、家人から知らせが届いた。

扇を贈った日のことが記憶に蘇る。紫式部には、あの時布希が弱っているように見えた。単に気のせいではなかったようである。

いづかたの雲路と聞かば尋ねまし列離れけん雁がゆくえを　紫式部詠

永別の思いは、辛く惨めなものだった。この友が長く生き続けてくれたなら、たとえ会えずとも、消息のやり取りだけでも満足していただろう。日記には、次々とその内容が記し残されただろう。受け取り手のない文を、これから山のように書かねばならないのだということが、今はっきりと紫式部には分かっているのだった。

東三条院詮子は、今年四十の賀を迎える。準備のための試楽は十月七日に催された。右少弁藤原輔尹《すけただ》、橘為義らと同じように、紫式部の父為時も屏風歌を持参、八日には行成によって書きとどめられた。光栄なことであった。

十月九日、御賀の日。帝は土御門に行幸し、中宮彰子も行啓する。調度も新たに設けられたが、屏風の詩歌は、公任がその選に当たって秀逸者が揃って出した由であった。舞楽は、頼通が〝陵王〟を、頼宗が〝納蘇利〟を舞った。禄を戴いて、頼通は拝せず退いたが、頼宗はその禄を懸けて、再び舞った後に退いた。女院は、それを褒めたそうである。道長は、庭に下りて〝天長地久〟と声に出して唱した後拝舞した。公任は、笛を贈られて喜んだということである。

## 十一　無化された過失

寛弘元年正月一日、節会常の如くであった。二日、右大臣顕光、内大臣公季が道長邸に参上した。道長は、中宮彰子と東宮居貞親王の許に参り、大饗があった。三日は冷泉院に参った後、諸卿の拝礼を受ける。四日は叙位の儀。七日、白馬節会、十日、道長の長男頼通が禁色を聴《ゆる》された。十七日、東三条邸の造作を道長は見る。また敦康親王参内の御供をし、倫子の許に帰る。二十七日、帝は脩子内親王に御対面された。

二月五日、春日の祭使として頼通が枇杷殿より出発する。六日、雪が七・八寸許《ばかり》降り積もった。左衛門督公任の許に道長は消息を届けさせる。

若菜つむ春日の原に雪ふれば心つかひを今日さへぞ遣る　　道長詠

「（雪も積もったことであるし、息、頼通が役目を無事はたしているかと心に案じております）昨日はお世話になって有り難く存じ上げる」という文面である。

身をつみておぼつかなきは雪やまぬ春日の原の若菜なりけり　　公任詠

「（おぼつかなく思っているのは、御使ではなく、春日の原の若菜でありましょう）実に立派な御使いでした」と公任の返し。

花山院からも、女方倫子を通して歌が届く。

我すらに思ひこそやれ春日野の雪の木の間をいかでわくらむ　花山院詠

（どうしているだろうか、若き春日の使いは）

三笠山雪やつむらむと思ふまに空に心のかよひけるかな　道長詠

（三笠山にほんの少しの雪が積んだと見る僅かな間に、このように心の籠もる仰せ事を頂戴致しまして恐縮でございます）

と、道長は返事を差し上げる。

七日、春日の祭使の還饗のことがあった。酉時より諸卿着座、数度盃が巡る。済政朝臣の笛などあり、上達部には禄、白い単衣など次々に常のように賜る。

尚侍綏子薨ずる。数月の病による。

三月二日、木幡堂を見て、ここに三昧堂を建立する予定につき、道長は検討を加える。三日、内裏において作文の事あり、公任と同車して参内した。四日、少内記惟規に位記、請文四枚を作らしめる。為時の長男である。宣孝の没後、何かと所用の折は召すことにする。九日、敦康親王の御祓に奉仕する。十二日、賀茂川に新しい堀が完成して、頼通を伴い所見に及ぶ。水を移す時に境界の堰を開く。水は滝の如く白い飛沫を浴びせて流れ落ちる。旧流は再びもとには戻らず、行く水はもとの水ではない。清水寺の修治の様を検分した。霊山寺から法興院に到って帰る。十三日、万燈会が法興院にて催される。子時許《ばかり》に事が了って、燈火は昼の如く明るい。実資、斉信、公任、俊賢、隆家、行成ら、多くが参上した。

十八日、陸奥守橘道貞が、赴任の挨拶のため道長邸を訪れる。盃酌の宴となった。餞として道長が用意したのは、装束、野釼、胡籙《やなぐい》、弓、馬、鞍などである。先般、内裏造営に当たって、多くの砂金を献上したことの礼を言う。その財でどれほど捗ったか分からない。都に残す妻娘については、中宮彰子のもとに出仕するように促す。二十四日、藤原伊祐邸に方違えに赴く。翌日、仁和寺に渡り、大般若経を供養する。女方倫子の依頼にもとづくものであった。二十七日、季御読経初め。右大臣や公任ら大勢が参入した。後に一献があった。二十八日、花山院より「花見に出掛けたいので用意するように」との仰せあり。御車にて白川殿を御覧になり、山辺を御馬にて散策、御前にて用意の破子(弁当)等を食べる。公任に和歌の題を提出して貰う。院に帰って歌を院に奉る。御製があった。院より今日の礼として、御馬を賜ったことを道長は嬉しく思ったのであった。

四月四日、東三条邸、枇杷殿の普請を見る。十七日、賀茂斎院の御禊を見物。廿日、葵祭。二十五日、道長は花山院の皇子のことにつき冷泉院に相談の為参上する。

五月二日、花山院の二皇子に親王宣下があって、冷泉院の五、六の宮として養育されることになった。もう一人の皇子は、道長の女方倫子の預かりとする。五日に土御門邸に渡る。十一日、賀茂川の上方に水を落とす。下流での氾濫を未然に防ぐ為である。水を治める者は国を治めるということになるのである。十三日、夜を通して微雨、少内記惟規に道長は位記を作らせる。

道長の長男頼通と、具平親王の女《むすめ》隆姫は、将来にわたり長く絆で結ばれることになる。

夕刻まで降り続いた雨がひととき上がって、まだ水気を含んだ風が爽やかに緑の中を吹き抜けていく。具平親王家の念誦堂のあたりは静まりかえって人の気配もない。ひそかに下り立って見れば、五月雨の季節も終わりに近づいているのが分かる。袖が翻るのをおさえながら、隆姫は池の方まで近づいて見た。隆姫の父具平親王は昨夜から方違えの為に道長邸に渡った。所用でどこかの院に行く予定なのである。

さざ波が立っていて、水際には丈の高い水引草のひと叢《むら》が揺れていた。花はそのような名ではないかも知れない。

ほのかに紅い蓼のような彩りを見せている。二枝折り取って隆姫は左右の髪に差してみた。髪上げの時の簪《かんざし》のようではないか。それとも斎王の……。童心を取り戻したような気分になる。水に写った影。流れる雲をも浮かべて、ゆっくりと翳りをしのばせている。傍らの石は乾いているように見えたので、何気なく腰をおろしてみた。

池の向こう側に、北面の方から二人の人影が現れたのはその時であった。時折、この念誦堂に父親王を訪問する道長の息、頼通と頼宗である。普段は、必ず二人は別々に出掛けている。揃って来るのは珍しい。どこかで偶然一緒になったのであろう。

「偏《ひとへ》に恨むらくは夕陽に戈《ほこ》を用いざりしことを、我が意《こころ》と君が情と今夜尽しぬ」と詠じているのは頼宗。

「どうしても大宰府に赴いてみたいと言われるのか」と尋ねているのが頼通、と隆姫にはすぐに分かった。

頼宗「道真殿は何を考えて過ごされたのだろうか。遣唐使を廃止されたことは間違いではなかったのであろうか。あれほどの文化の華が開いていた唐がそれと理由もなく崩壊することが信じられなかった。原因を知りたい」

頼通「それは困難だ」

頼通は、何とかして考えを翻すように、頼宗を説得しているらしい。

無理なことを言う弟に困っているのであろう。腰をかけている石が冷たい。足元から冷えて来た。これ以上我慢ができなくなった隆姫は、小さな咳をしてしまった。二人は驚いたようにこちらに向かって歩んで来る。どうすることもできず、その場に立ち上がった。水引草の花は左の肩先をかすめて、はらりと地に落ちた。

頼通「そのような所で何を見ておられる」

「何も」と隆姫は慌ててこたえながら、扇を広げてみたが遅かった。二人はすぐに念誦堂を廻って立ち去って行ったのだが、強い印象は長く隆姫の記憶に止まった。隆姫の父具平親王と、二人の父道長との間柄は、親しいというばかりで深くは分からない。推察するのも困難なのだ。頼通より、思いがけない申し出を受けるのは、それから数年も後のことなのであった。

その日、この邸には、まるで他の人々は存在しないかのように沈黙の重さが漲り、隆姫は見聞きしたすべてを忘れようと心に決めていた。


頼宗にとって、宋の地を訪れてみたいという願いは日毎に強くなっており、「何故遣唐使は廃されたのだろうか」という疑問は一瞬たりと胸を離れなくなっていた。折角の大陸からの文化流入である。かの地からのみ優れた人材を招聘《しょうへい》しておいて、こちらから出向かないのは礼を失する。危険を冒しても若い人物を渡航させる、その制度が続いていたら志願してでも船に乗っただろう。小野篁、道真、その頃は出掛けなかった人々が存在した。なるほど、唐は滅び、我が国粋文化の華ひらく時代にはすでに魅力を失ったのだろう。けれども、現在の宋はやはり栄えており、貿易も盛んである。舶載文書、美術工芸品は大宰府に集まっている。政治の動向によらず、何としてでもかの地に渡ってみることにしたい。大宰府まで出掛けて、準備を整え、姿を窶《やつ》し商人に見せかける。乗船してしまえば何とかなるに違いない。頼宗は日々にそのことを立案、計画してみるのだった。

具平親王邸よりの帰路、兄頼通と別れ、馬も返して散策してみようと思い立つ。糺の森の中は静まりかえって、湧き水の流れ落ちる音だけが間断なく聞こえている。何とか無事に事を遂行できるように、神仏に祈りたい。一羽の鳥が大きな羽を拡げて飛び立ち、森の彼方に去った。

一条大橋の上は、夕暮れ時の忙しそうな人や車で賑わっている。胸のあたりに撫子の花の束を抱えて、少女が一人歩いて来た。どこかの屋敷に届けるのであろう。淡い彩りが美しい。だが、少女の背後で人混みが左右に別れ始めた。

遠くからさざ波のように声が近づく。離れ駒だ。一たん制御の手を離れた馬は狂ったように疾走する。橋道の中ほどに小さな段差があったらしく、少女は躓いて前のめりに倒れ込んだ。花々が辺りに飛び散る。頼宗は一瞬のうちに駆け寄って、小脇に少女を抱え左に馬を避ける。辺りに白い埃を巻き上げて、馬は走り去った。声もたてずに泣き始めたのは、命を失わずに済んだ少女である。

こんな所でこんなことをしてみても、どうなるものでもない。我が命こそ海の上で果てるかも知れないのに、と頼宗は思う。

元服直前のこととて、頼宗の大宰府下向は実現した。国司の一行に伴われての旅で、視察の為という名分も立ったのである。すべての日程を終えて帰京の途につくはずの日の三日前、計画通りに、供の者一人を連れて入宋貿易の船にひそかに乗り込んだ。母の微笑を思い浮かべて瞬時躊躇いはしたものの、何事も無いように船は出港した。だが事は単純には運ばなかったのである。妙に温かい風は、突然強い東風に変わった。嵐は思いがけない速度で北上して来て船の進路を激しく阻《はば》み、沈没を免れえない状態となったのである。頼宗は、「飛び込め」という天の命令の一言を聞いたような気がした。

後甲板から暗い夜の海に投げ出された後、浮いている板に掴まって漂流すること数刻、夜が白む頃になって、遠い所に渚が見えた。意識を失ったままであったが、頼宗は板切れと共に浜に打ち寄せられて、命は助かったのである。

嵐の翌朝の浜辺を見廻ることを常としていたのは、松浦宮の神官の娘であった。紺青の海は差しのぼろうとする陽に紫を帯び、遥かな地平線を際立たせている。羽をいためた鳥の手当を終えて、砂浜から立ち去ろうとすると、流木の間に人影が見えた。意識は無いようだったが触ってみると温かく、脈はあって生きている。帯に堅く結《ゆ》い付けてあったのは短い竹筒で、中に、小さく巻いた金泥の観無量寿経が差し込まれていた。陽差しの熱射を防ぐために流木と板で蔭を作り、助けの人を呼ぶために娘は再び険しい崖の道を登って行った。

気が付いた頼宗は、神官の邸に運ばれると数日の間手厚い看護を受けた。無謀な軽挙であったのかも知れないと恥じ入る気持ちと同じ位強く、運が味方しなかったのだから仕方ないのだとも考えた。挫折感に苦しむよりも、古人も同じような経験をしたに違いないと思って諦める。道真にしても、他の官人達にしても、危険を承知していたのであろう。不決断、不実行の苦しみを漸く理解することが出来たのであった。

五月二十七日、花山院、道長邸に御幸され、競馬を御覧になる。

六月二日、雨やまず。賀茂川の新堤、所々破れる。被害が多い。五日、道長は世尊寺の僧を見舞う。九日、頭痛、頗る気分が悪い。主上よりお見舞いの仰せ事がある。十五日、感神院に詣ず。二十二日、道長は、女方倫子とともに解脱寺に詣でる。源信僧都の許に和気正世を遣わす。二十七日、法興院、法華八講。

七月三日、道長は病がちなのをおして法華三十講を行う。十日、祈雨。

道長は、近頃急に宗教的気分にとらわれている。何事にも穏やかに対応して、悪く謀ろうなどとせず、儒家の一人として孔子が国に対して、あるいは帝に対して仕えようと心がけたことに学びたい。出来る限りは高尚さを維持して、何も得るものがないような事態になっても、有益と判断すれば成し遂げたいと思う。敵に対しても寛大でありたい。

道長は、寺社にはことごとく詣でた。僧都の教示の言葉にも耳を傾ける。精神をどこにも偏向させず、秤の針のように静かで、均衡のとれたものとして保つように努力する。

すべては娘の中宮彰子の為かも知れない、とも道長は思う。信頼している娘であっても、未だに一人の子にも恵まれないことをどう考えればよいのか。平常心をもって受け入れるには、余りに問題は大きく執着心は果てしない。

これを「宿世であって天に委ねるのが正しい」と性急に判断してよいのだろうか。どのような可能性が残されているのか。万が一にも、子が産まれない場合には、まず何よりも中宮の立場が傷つかないようにせねばならない。母親代わりということで、中宮彰子が敦康親王を育てているので、それも一つの道であろう。弾正宮為尊親王と帥宮敦道親王の養育をと考えたこともあったが、一人は亡くなり、もう一人も王位につかれるかどうか疑わしい。

今出来るのは何なのか、熟考しつつ、かつ用心深く慎重であらねばならない。時間はかけても良いが、それほど余裕はないのだ。何時か風向きが変わって、住吉の神始め、多くの神々への祈りが通じるのだろうか。今動き出してはまずい。富を得ることを望まず、まず充分に寺社に寄進してみる。集中して祈るならば、実現可能ともいえるかも知れない。何かを選ぶということは、他の一つを捨てることを意味する、その選択に対しては信念を持ち誠実でありたい、と道長は自分の心に折り合いをつけるのだった。

頼宗が大宰府に於て行方知れずになったという知らせは、驚きと心配をもたらしたが、すぐにとるべき策は決まった。八方手を尽くして探す。その間、あらゆる情報を漏洩させないように遮断させる。

神隠しにでもあっていたかのように、長谷寺に於て家人に見出された後さほどの疲れも見せず、頼宗は帰京の挨拶をして言った。

「神仏の御加護のお蔭で無事に帰宅できました。以後父上の仕事に役立ちたく存じます」

その成長を喜ぶべきなのだろうと道長は思う。

打ち寄せる波のように、頼宗の記憶は戻っていったのだった。

岩を砕き、洞穴を洗い、たゆたい、飛沫を跳び散らせて幾匹かの魚を殺し、やがて凪いでさざ波となった。

荒磯なる白き鳥とて我が身には行く雲さえも行方告げけむ　神官の娘詠（著者作）

偽りの多き日々なり人住まぬ荒磯の海にまことをぞ見し　頼宗詠（著者作）

さやかなる月眺めつつ日々を経て愛《かな》しうせし子の帰り来れり　頼宗の母高松殿明子詠（著者作）

七月、寛弘と改元される。旱魃のため祈雨。八月十五日、石清水放生会に道長は神馬を奉る。十七日叡山に登る。二十八日、敦康親王、土御門邸に移り、御修法あり。中宮彰子時折、御不例、しかし病重くはならず快癒、大原野行啓は中止。二十三日には、東宮の女一宮當子内親王御着袴。頼宗の無事帰京の知らせを喜んで、母の高松殿明子はふと感慨をもらした。「観音に帰依し奉ったので、帰って来られたのでしょう」と。観音の御導きで、再会したものかとも道長は思う。九月三日、花山院に伺候する。四日、野遊あり。七日、辛崎に赴く。夕刻過ぎて還来。右大弁、行成、『楽府』上巻を新たに書き持参する。先にも、帝に『群書十帖』を奉った。九日には、清涼殿に於て作文の事あり、公任、有国等。詩題は「菊為九日花」であった。十二日には、道長の邸にて作文の会。その日は、水清く似て晴冷なること秋の中国の景色のようであった。殿上人、儒者、経文章生二十人ばかり参上。十四日には、殿上人の作文が行われた。十五日、雨。右大弁、行成『楽府』下巻を持ち来る。覚雲僧都、『四教義遺巻』を持参する。夜に入って参内、候宿する。帝は十九日、覚運を召されて、清涼殿にて四教義をお読ませになった。二十二日、敦康親王が参内し、御祓《はらえ》の事があり、女方《（妻）》倫子も同道。小雨降る。二十八日、川原にて祓え、賀茂に詣で、夜に入って清水に籠る。雨降る。

閏九月三日、道長邸にて作文の事があった。題は「四望遠情多し」公任、俊賢らが参加した。四日、花山院より歌を賜る。九日、庚申にて籠居、人々来って賦詩を読み和歌を詠ずる。十一日、出羽守平季信より馬十疋が献ぜられる。道長邸にて作文。「風高くして霜葉落つ」と題する。十六日、橘道貞の妻子、陸奥下向に際して、女騎装束、馬、鞍などを贈る。道長は途中までの見送りに安隆朝臣を遣わす。和歌を詠ずる。二十一日、天晴れる。道長は宇治に行き、舟に乗る。公任、行成ら同行、舟の中に於て連句あり。別業(荘)に着き、大江以言、その序を作る。二十二日、参内して詩などを披露する。二十五日具平親王、道長の詩に和して作る。二十九日、中宮季御読経の初め。道長も参内した。内裏にて作文。公任、行成らが同席した。題は「秋過如流水」。

十月一日、御読経結願。三日、源乗方、『集注文選』ならびに、『玄白集』を道長邸に持ち来る。道長は、早速目を通す。九日、具平親王に、和詩を奉る。十日、賭弓。十四日、松尾社に行幸。深雨も次第に止む。社頭にて宣命が奏せられ、音楽、舞の奉納。十八日、行成より、仮名本七巻、道風筆の二巻を借りて、写させる。物語もあり。その中に惟規の姉、紫式部の書いた物語があった。短いものであったが面白いと道長は思う。二十二日、敦道親王に牛一頭を奉る。道長が敦道親王のお世話を申し上げているのは、ひとえに、次の東宮にもお立ちになれる立場である為である。中宮彰子は養母格ということになろう。しかし、今最も道長の胸中を占めている事柄は、学問、芸術に秀で、それを好む一条帝の後宮をいかにして内実の充分に優れたものとするかなのである。十一月十一日、雪一寸ばかり降る。十三日雨。十四日、雪三寸ばかり積もる。参内。十五日、月蝕。十八日、豊明節会、二十日、巌と苔、即ち頼宗と顕信の元服の事を定める。行方知れずとなっていた頼宗も帰り、親として、道長にはこの上ない喜びであった。

この年の十一月、道長は、『御堂関白記』の中で次のように記している。

「渡殿の北面に捨て子のことがあった」と。この土御門邸は現在の地図で言えば、河原町通りに近く、御所の門を入ってすぐの所に位置している。厳かな閑静な場所ではあったが、人目につかずに入り込む一瞬の空白も見出せたのであろう。花売りか何かのように、籠を背負えば裏口へそのまま通されたのかも知れない。いずれにしても、眠っている僅かな時間の合間に、「小女」は置き去りにされた。

花盛りの菊にでも隠されていたのだろうか。それでもすぐに道長のもとに連絡は入る。入内した彰子には、まだ懐妊の兆しもない。本来ならば、関わりなしとして放置するか、目障りと思うところだろう。「召し使っている者に育てさせよ」と命じたと記す。現存の『御堂関白記』ではこの個所だけの出来事のようである。捨て子という事件は容易に起こり得る時勢であったから、ことさら記された点に意味があるだろう。泣き出すまでの一刻を争って入って来た女は、道長の人柄に何ほどかの信頼を寄せていたのではないだろうか。

次の年には、吉野の金峰山に参詣し、黄金に輝く経筒の写経を奉納。彰子の懐妊を祈る。その魁のような小さな出来事だった。

二十一日、臨時祭の試楽を帝が御覧になる。御馬をも。「晩景事了《おわ》りぬ」と道長は記す。二十三日、賀茂臨時祭。二十五日、道長邸にて作文の事。二十七日、内裏にて作文。題は「雪是遠山花」。

十二月一日、雨午時少時晴れ。日蝕。三日、土御門邸に於て大般若経供養を行う。上達部、殿上人、多く集う。十五日、仁王会。道長は観音経を書写する、金泥《こんでい》である。書写は、少しずつ暇な時を選んで行われた。自愛心、我欲、利己心を捨て去ることができればよいと願う。だが、それは不可能であろう。執着を断って、一番望ましい道を選ぶこと、それが御仏の教えであると分かっても、時に絶望に打ちひしがれてしまうことも道長にはあったのだ。

十二月十八日、夕暮れ近い時刻である。土御門邸に中宮彰子が里下りをして三日目、到着の翌日から降り始めた雪は、おやみなく降り続いて、邸も庭も白一色に被われていた。表門脇の一群れ呉竹は時折、重々しい音を響かせて雪を払い落としていたが、その音も静かになって、ほとんど竹の形を見せないほどに、丸く埋み隠されようとしていた。

北の方倫子がお預かりしている花山院の末の皇子は、雪を珍しがって、走り廻って喜んでいたが、そろそろ所在なさそうに渡殿のあたりまで出て来ていた。近くの局から放たれたらしい一匹の黒い猫が、何気なく皇子の足元に纏わりつく。暫くの間戯れて遊んで気をまぎらわせていた。北側の妻戸の少しの隙間から、雪の中に逃れ出た猫を追って、皇子は膝下まで雪に埋もれながら歩んでいく。

渡殿の傍らに古き井戸があり、今は水澄まずとして蓋を閉ざされ、周りを二尺ばかりの柵によって囲われていた。黒い猫は何心もなく、その蓋の上に飛び乗った。柵もすでに雪の中に埋み尽くされて高さの差はほとんどない。その上に追って登った皇子は猫を掴み、抱き上げたのだったが、古い蓋は腐食していた為か、雪の重みについに耐えられなくなったのか、鈍い音と共に崩れた。皇子は、猫もろ共に井の中に落ちてしまったのである。

物音に気付く者はいなかった。余りにも静かな雪の世界であり、人々は、にぶい音も雪折れか、はじき返す音と信じて疑わなかったのである。残されたのは、小さな皇子の足跡と、猫の丸い足跡の乱ればかりであった。発見した見廻りの者は、すぐに助けを呼び、井戸を攫《さら》えて皇子を救出したのだったが、すでに冷たくなっていた。

北面の部屋に抱え入れられ、着衣を改められて後に静かに衾がかけられる。御帳台の周りには幾重にも几帳や屏風がめぐらされた。

急なはやり病につき、として、一切の人々の出入りが固く禁止された。その中に入れるのは道長ただ一人である。都に滞在する高僧が呼び寄せられ、速やかに壇が築かれた。護摩の煙が黒く、白く立ち込める。他言してはならぬと口止めされた下仕えの者の他は、秘密を知る者は誰もいない。事故は完全に隠蔽されたのである。花山院の許に使者が遣わされた。人々の間に皇子危篤の情報が行き渡るのに、数刻は要しなかった。操作された情報であり、必要な場所に、必要な量が届かねばならない。

続々にお見舞いの言葉、消息、品々、そして使者が集まり始める。

「何も召し上がれず、お飲みにもなれず、高熱にうなされておいでです」

「お可愛いさかりとのこと、御不憫なこと」

道長は、客と応対をしては、皇子のもとに戻る。帝よりの使者と見舞の品が届いた時、夜は白々と明け渡ろうとしていた。雪をおして、山籠りの花山院が到着したのは、その後すぐである。

祈禱の声々とその熱気に満ちた部屋からは、どのような話し声も漏れてはこない。当然涙一筋流すことも許されない。皇子はもう半日以上も前に亡くなっているというのに。

すべての必要なことが行われた後に、漸く道長は御帳台に入って皇子の逝去を確認し、院に知らせた。院は涙を流したが、「道長殿のお蔭で、尽力して戴けた」との御言葉であった。もう涙してもよいのだ、と彰子は思う。声をあげて侍女達も泣いている。薬石効なく皇子は逝去したという知らせを持って、使者は再び各地に散っていったのだった。

永劫《ごう》のと思われた夜も去った。皇子の遊んでいたあたりには、まだ火桶の黒い漆の端に小さな手の形が残っていた。赤く燃える熾《おき》火を覗き込んでいたのは、僅かに一日前のことなのである。

三歳の皇子は悪戯《いたずら》ざかりで、あちらこちらで思いもかけないことをなさっていたのだ。猫の後を追って大きな御厨子に入り、中から戸を閉めて寝入ってしまった時も大騒ぎとなった。泣き声がどこからともなく聞こえて探し出されたのだった。飾られている南天の紅い実を千切り取って、口に入れたり鼻に挿し込んだりする。墨のすってあるのを見ると、筆をとって、髭を鼻の下に書こうとする。一刻も休まず次々と考え出す限りもない悪戯に、お付きの者達は右往左往するばかりなのであった。

「御成長遊ばされるのは楽しみではあるけれど、どのような若君となられるのだろうか」素戔嗚尊《すさのおのみこと》のような暴虐の支配者などなるわけもないのに、ふと心配が彰子の胸の中を過《よぎ》ったのである。退位された院の末の皇子であるとはいえ、道長が後見すれば、成長したあかつきには、できないことはないというほどの力を備えるのではないだろうか。呪術をもってしなくても、皇子には発展、進展は約束されていたのだ。

今、光も無い昏い夜は明けて、皇子は忽然として逝ってしまった。荒ぶる小さな神のように、熾《さかん》な火の強さを思い出の中に残して。もはや、雷《いかずち》のような恐ろしさを予想することもない、大人になって後に反逆や謀反を考えたり、祀り上げられたりすることもない。何という安心、安堵感だろう。

けれども、皇子から目を離して、死の淵に追いやってしまったのは、彰子自身や母の責任ではないのだろうか、と彰子は思った。どれほど涙を流し、声を放って泣いても許されるのだけれど、許しの実感は本当にはどこにも無い。三日前、里下りをすることになった土御門邸に、皇子がいらっしゃると聞いて、彰子は不吉な思いがふと兆したのである。責任の大きさを感じた為であった。侍女達に、より一層皇子を注意深く見守って差し上げるように、どうしてもう一度念をおさなかったのだろう。何もかも、自分の都合のままに、皇子には窮屈な思いをさせてしまったのに違いない、と彰子は振り返ってみた。

どのような問いかけにも、皇子はもう応えない。彰子が叱ることもない。怠りを悔い自らを責める。けれど、それにもまして、ほっとしているのだ。父道長の隠蔽策が成功したことに、そして皇子の烈しさから解放されたことに。それが自分の罪でなくて一体誰の罪であろう、と彰子は自身を咎めずにはいられないのであった。

皇子の葬儀は花山院自らが、内々で営んだ。僧達も、よく事を処理できる者を選び、出家後の院の皇子ということがあまり表に出ないよう運ばれたのであった。

道長は、この月の二十六日、頼宗・顕信の元服式を計画通りとり行ったのである。引出物には馬が用意された。二十七日には、尚侍妍子の叙位の賀が催された。中宮彰子よりも紫の織物、香壺、銀枝などの贈物があった。二十九日、為国らより馬を献上される。三十日、花山院よりも馬を賜う。花山院が感謝して下さったことを恐れ多いことと道長は思う。

## 十二　新しい一条院内裏へ

寛弘二年十月八日、中宮御読経。十四日、木幡寺の造作完成。天台座主、僧都ら出席。十五日、鐘の形開き。十九日、木幡浄妙寺供養。多くの高僧が招かれ、右大臣、内大臣以下、伊周、公任ら上達部が参集。盛大なことは類を見ない。この地に立って、浄妙寺を極楽寺として最初に築いた祖、基経を偲び、道長はその菩提をとむらう。その母時姫を思う。火を打ちながら道長は祈る。現世栄耀の為に非ず、寿命と福禄を願うのみにも非ず。心中清浄にして、心に灯を点ずるためである。火を何度もくり返して点ずる。灯明を挙げ掲げて、あたりは昼のように明るくなる。諸事が無事に終わって還来したのは、雪雨も漸くあがり、月が雲間から明るい光を投げかける子の刻過ぎであった。基経や時姫の亡き霊は鎮められたことであろう。どのような戦乱もなく、反逆や謀反もなく、藤原氏の一族の摂関家としての役目も平和の内に果たされ続けているのだ。そのことが、道長の心に燭光を投げかけたのである。時に病に悩まされ、立場を危うくするような事件も次々と起こる。方針を変えなければならなくなることも多い。如何にしてやり直すか、それが問題になる。物事に対して謙虚に冷静に処して克服せねばならない。方角が分からないような闇夜に、何とか舵をとって舟を進めるのだ。願わくば、波がなるべく荒く寄せて来ぬように祈る。道を選んで間違えなければ、何もかも無用でなかったと思える日が必ず来るであろう。その時に到っては、確実に優れた実を結ばせたいと、道長は思うのだった。

さて、突然の宣孝の死によって絶望の淵に沈み込んでいた紫式部の心の中は、どのようであっただろうか。

かず《数》ならぬ心に身をばまかさねど身にしたがふは心なりけり　紫式部詠

（こんな不幸と思える境遇になってしまうとそれに従うつもりはないのに、いつのまにか悲しみに沈んでいく心なのだ）

心だにいかなる身にかかなふらむ思ひしれども思ひしられず　紫式部詠

（どんな境遇に身がおかれれば適当だと思えるのだろうか、分かろうとしても分からず諦めがつかないのだった）

思い通りにはならないわが身の上、その不遇を嘆くことは、紫式部にとって、いつの間にか漸く世間並みの普通の程度になり、そしてそのために幽暗な気分も嵩じていく。「身の程《ほど》」の意識からは逃れようもなく、つねに我が身の置きどころの無さを嘆かずにはいられない。一体どこからが心でどこまでが身なのだろう。儒教的孔子の教えよりも、より精神の領域に踏み込んだ老荘思想の方が、身近に感じられてならないのだ。

境界があるようで無い、身と心の領域を、始め無く終わり無くさ迷っているのではないだろうか、と紫式部は思う。数ならぬ身、それはほとんど無に等しい。どこにも依拠する場はなく、座標軸はあっても点に等しい身をしかと固定させ、無から有へと逆転させることは難しい。荘子は、無の上に更に無無という世界の本体を考える。それでも足らず、無無の上に無無無というものをおく。始めも無ければ終わりも無い。

また、蝶になった夢のことも説く。夢の中で荘子が蝶になったのか、蝶が荘子になったのか、それは覚めてみなければ分からない。死後の世界では、故郷に帰ることは死後の世界に帰ることを意味しているのかも知れないという。

身と心は、あるいは先になり、あるいは後になって紫式部自身を引き上げようとするように感じられた。ここで止まることを許さず、一歩ずつでも前進することを目指す。このまま朽ちることはできないのだ。飾りたててもどうなるものでもない我が身を振り返って凝視《みつ》めながら、儚い世の中を、夢の中の蝶となって飛んでみるのも、一つの道かも知れない、と紫式部は思う。

ある時、南の国の天子を儵《しゅく》といい、北の国の天子を忽といい、中央の国の天子を混沌といった。南北の天子は、中央の混沌の所で歓待されたのでお礼に何かしてあげようと相談した。混沌には七つの穴がない。それを掘《（彫）》ってあげようとして、掘《（彫）》りあげたところ死んでしまった。あるべき姿を変えられた混沌は滅ばざるを得なかったのだ。

この話を読むと、何時も微笑せずにはいられない紫式部だった。まるで土偶か木偶でもあるかのような混沌に目や鼻をつけようと懸命に働いている二人の天子の姿も目に浮かぶ。無為自然がよいと荘子は言っているのだ。心にまかせられぬ身をもてあましつつも、自然にそって生きてみたいと思う。出来ることがあればそれを生きる支えとして。

この話のみでなく、中国の文字、思想は紫式部に大きな影響を与えた。自己を無化して物語の中で生き、草子地の語り手に語らせることによって物語は形成されていった。

紫式部の宮仕えの話は急に起こったものではない。宣孝の没後すぐに始まっていたのだったが、娘賢子の成長を少しずつ見守るうちに、何時しか数年がたってしまったのだった。

宮中に出仕するには、ある程度の仕度もせねばならない。衣の幾重ねかは新たに用意された。父のところからの物は、敦賀での交易などの品々を用立てたのであろう。申し訳ない思いと、義理筋に当たる妻娘等の女君のお蔭かもしれないと感謝の気持ちが起きる。紫式部は、姉の形見の品も身につけることにした。

かつて夢のように宮中の生活を語り合った。あの懐かしい日々の中では、英雄である皇子の活躍の舞台として想像された。あるいは歴史上の崇拝する人々の「袖触れ給ひにし高欄」に憧れた。源高明の、在原業平の、そして菅原道真の。現実にその場につい居て、それを我が袖で触れてみたい。その肌で感じる感覚の中から、今まで見る事の出来なかった世界を見透す視点が生まれてくるかも知れない。修復され、昔の通りに造営された内裏、そのほとんど完全な姿を見ることに、紫式部は軽い眩暈のような興奮を禁じ得なかったのである。

だが十一月十五日、月蝕の夜半、宮中より出火。殿閣皆焦土となる。焼け落ちて高欄は形も止めず消失してしまったのだった。

神鏡の櫃は焼けた。帝は職の御曹司に移り、諸司廃務。左少将、賢所の焼跡より、灰中の神鏡を求めて得る。円い形も損なわれておらず、いろいろな博士達の間で、鋳を改めるかどうか考えさせている由である。

帝と中宮彰子は、道長の東三条第へ行幸。永久に失われた内裏は、それゆえに輝く存在として、紫式部の心の中に残されたのかも知れない。想像力をはばたかせて、どのような光あふれる場面をも描くことが可能になったのだ。内裏は燃え尽きることによって、相対的有限の世界を出て絶対的無限の世界に人を誘うものとなる。そこに逍遙するのは、ただ一人だけであろうか。荘子はそのようなことが可能な人を至人とも真人とも言う。水が凍っても寒くないという無碍の境地であると。

言いようのない虚しさと淋しさの中に、少しずつ紫式部の書く物語の世界は拡がっていった。

十二月二十九日、紫式部の初出仕。御仏名、追儺の準備に忙しい日であり、翌寛弘三年正月一日は坎日《かんにち》であった。

万事が平年通りというわけにはいかず、慌ただしい雰囲気が漂ってはいたが、想像していた浮き立つような華々しさはなく、親王家とあまり変わらない落ち着きもあって好ましく思われたのである。渡殿近くの局には、すでに小さな御厨子と、文机、文箱、燭台、香合などがほど良く飾られている。同室の小少将の君の机の上には置文があった。

「今宵より里に下がり新年は四日に参ります。用意致したものは、何でも御自由にお使い下さいませ」とあった。

落ち着くとすぐにしたためたのは、父への消息、それに具平親王とその室への御礼の文であった。親王家からの口添えによって実現した、中宮彰子への宮仕えであったからである。その信頼に応えることができるであろうか、不安が少しだけ、紫式部の心の中をよぎる。

「この文が届けられます頃には、すでに新しい年が明けておりましょう。おめでとう存じます。旧臘《きゅうろう》は大層お世話様になり有り難く感謝申し上げます。慣れない宮仕えの事でございますので、御意向に添えますかしらと心配でございますが、お尽くし申し上げたいと思っております。どうか、御助言など賜りますようお願い申し上げます」

暇《いとま》なく、短い時間でしたためた走り書きのような消息となってしまった。伯父為頼のことも、ふと脳裏をよぎる。為頼は娘を持っていなかったので、いつも残念に思っていた。家運をかけて、女子があれば「后がね」として育てたい、との一言が口癖であった。「后がね」とは成長の暁には、後宮に差し上げても恥ずかしくない教育を、という夢を見ることに違いない。今、一人の姪は「后がね」の夢からはほど遠く、その後宮に仕えるものとして入ったのである。「お嘆きになったであろうか。それとも別の夢であると仰せになるであろうか」と、紫式部は為頼を思う。

一人の女房の出仕とは関わりないかのように夜は更け、鬼遣《おにやらい》の声々が高く聞こえ、外にはいつしか白い雪が音もなく舞い落ち始めていた。

正月一日の節会は、道長の東三条邸で行われた。小朝拝に多くの人々が訪れ礼拝をする。二日、昨日の晴れた空がいつしか曇り、雨となった。寒さはそれほど厳しくはないが、行事の間に出入りせねばならず、身の冷える思いで、いくらか風邪気味となる。三日の臨時客の間、中宮の近くに伺候して疲労を覚える。八日、里下りを願い出ている他の一人と共に、許しをもらい初めての里下りをする。

身のうさは心のうちにしたひきていま九重ぞ思ひ乱るる　紫式部詠

（身の憂きことを忘れたいと思っても、ずっとつきまとわれて、この九重の宮中に於てさえ、その心の中は思い乱れてしまうのだ）

きらびやかな大勢の女房達の立ち居振る舞いをすぐ傍らで見ることとの、何という衝撃。その華やかさ、屈託のなさに、紫式部はついていけない気持ちになる。孤独とやる瀬なさ……。

同室の小少将の君とは、まだ親しい言葉をかわす暇もなく、もの慣れて出入りする様子をちらりと目にするばかりであった。挨拶の意味もあって、夜も更けてから歌を届けさせる。

難しい付き合いだと思う。微妙な間隔のとり方も、悩みの種なのだ。一方で聞かされた話を一方に漏らしてはならない。少しの欠点にも気付かぬふりをして、決して陰口を聞いたなどと素振りにも表してはならない。幾つかの厳しい不文律が存在しているようなのであった。

さしこえて入ることかたみ三笠山霞ふきとく風をこそ待て　紫式部詠

（霞の立ち込めた山に入っていくことは難しいので、いつか風が吹き散らしてくれるのを待ってお近づきになりましょうね）

小少将の君が便りをくれたのを、優しさの表れとも紫式部は思う。公の場では何かよそよそしげに感じられた小少将の君の態度も、理由のないことではないのだろう。一人の人と親しくすれば、これまで親しいと思って付きあっていた人とは一歩隔てをおくことになるのだ。ほんのりと、遣水の近くの紅梅が蕾をふくらませている。

忙しい日々であった。踏歌の節会や、射弓などの終わった後に、その客の幾人かは必ずお立ち寄りになる。特別な役目がある訳ではないが、時に応対をせねばならなくなる。几帳や御簾を隔ててではあるが、緊張しているので、取り継ぎが遅れそうになる。じっと待っている殿方を見ると、「寒いのにお気の毒だ」と、紫式部は思う。それでも度重なれば、何とか間の取り方が覚えられるものであった。

二十日、珍しく雨から雪に変わった翌日であった。侍女は「具平親王家からのお使いの者が持参されました」と言って、紫式部に消息を差し出す。枝ぶりのよい紅梅に付けられてあったので、そのことは、すぐに隣の中将の君を通して広がってしまった。中に文はなく、筆跡で親王自身のものと分かる歌が一首したためられてあったのだ。

二月の二十日を過ぎて、再び里下りをする。今回は紫式部自身のことではなくて、娘の賢子の風邪の知らせに驚いて、帰ったのである。作文会が催された翌日の夕刻であった。幸い加持祈禱などに頼ることもなく薬で熱も下がって、休んでいる娘の表情をじっと眺める。紫式部は、何時も傍らに居ることのできないのを申し訳なく、悲しく思う。

六歳といえば、愛らしい少女であっても大人の気持ちもよく理解できるのである。周囲の様子もよく見ている。額に当てた掌をそっとはずすと、目を覚ました娘は微笑して言った。「お濡れになったでしょう。雨が激しく降っていましたら」と。帰宅する筈の母を待って、外を眺めたのであろう。紫式部は、冷ややかな幼な髪を思わずなでてしまった。

紫式部も、二、三日はつききりで遊びに日を暮らす。娘は切り絵にも飽きると、「昔語りの本を読んで」と言う。同じ話の一箇所でもとばして読むと、すぐに気付いてもう一度、と頼む。ほとんど一字一句を覚えてしまっているのである。

三月になってしまった。宮の弁のおもとより「いつ宮中にお戻りですの」と便りが届く。

うきことを思ひみだれて青柳のいとひさしくもなりにけるかな　　宮の弁のおもと詠

（何か憂きことを思っていらっしゃるのでしょう。お若いのですからお気になさらないで）

と歌が添えられている。どうお返事しようかと迷う。「娘のことにて」と、ただお礼の気持ちをこめて、明日は参内致しますと告げる。

つれづれとながめ降る日は青柳のいとどうき世にみだれてぞふる　　紫式部詠

（物思いのたえない身でございます）

と歌を添えた。

いつも身から離れない宿世の意識があって、他の人々から見ると、思い屈しているのも「いかにも品よく振る舞っていらっしゃるのね」ということになるらしい。「顰《ひそ》みにならう」の言葉のように、悩みをかかえたという態度が目障りに思われたのであろう。そんなふりでもしていると感じられたのなら、我が身にも少しの責任はあると、紫式部は思う。どれほどの長い宮仕えの時を持ったわけでもないのに、結ぼほれ、疲れてしまっていた。上流貴族の身分のように気どって澄ましているなどと、中傷、非難、陰口などが聞こえてくるような気がしてしまったのだった。

わりなしや人こそ人と言はざらめみずから身をや思ひ捨つべき　　紫式部詠

三月四日、東三条邸での花宴に出仕する。前夜の雨もあがって清々しい朝であった。中宮は暁に南殿に渡り、帝は辰時にお出でになった。右大臣、室倫子、家司ら多く参集。文人も召される。雨の後の緑も美しい、御題は「渡水落花舞」であった。御膳には銀器が用いられる。両三献の後、船楽が音楽を奏し始める。龍頭鷁《げき》首、曲を浪上に遊ぶ。二曲あり。文人は文を献ずる。終わって数々の引出物が出される。帝、中宮は一条院に行幸、行啓される。

五日には、中宮方にて盃酒の事があった。人々酩酊。一条院への移転は慌ただしく行われ、一度にではなく順次用意の出来たところからであった。里下りの多かったこともあって、準備はそれほど労することなく済んだ。新しく造営成った一条院は目を見張る豪華さである。それでも寝殿造りの基本的な構造は同じなので、それほど右往左往することもなく、環境には馴染んでいった。宮中の途方もない広さとは異なって、温かさの感じられる屋敷であり内裏であった。

花の宴では、中宮彰子の母倫子に挨拶する機会があった。もともと遠い縁続きということもあって、紫式部も知ってはいたが、このような場でお会いすることになって考えつくのは、何とか感謝の気持ちを表さなければならないという一点だけだった。多分、道長に強く働きかけてくれたのだろうと思う。

だが、あまりにも身分に隔たりがあった。

「中宮には、かつての伊勢のような方が必要です。よくお仕えしてあげて下さい」そう言いながら倫子は、一瞬目を止めて紫式部の方を見る。恐縮に思い、下がっては来たものの、「伊勢のように」の一言は意味が深いと思われた。歌は教えられそうもない。では歌人としてでなく、何をどうお役に立てばいいのか、迷いに迷って、やはりこれから少しずつ見極めていけばよいと考えることにする。

四月に入ると御修法など仏事があって、少しずつ落ち着いた雰囲気になる。賀茂祭は、敦康親王も殿の上である倫子と同道したらしい。二十三日には、帝の媄《び》子内親王との御対面の事があった。二十六日、道長邸の季の御読経結願。雨が続いていた。

五月にも、道長邸では臨時の御読経や法華三十講が行われ、六月になると中宮の御読経も二十三日に始まり二十九日に結願。七月には、道長の病の事などあって、加持などが行われた。作文会を停止。十二日、興福寺に不穏な動きがあった。その申し文など道長は裁する。十九日、大きな星の事で占わせたところ凶星なりと言う。二十九日、尚侍妍子参内。

八月に入って道長は、『文集抄』や『扶桑集』を帝に献上。学問、学術の香り高い帝の御前をと、中宮彰子の後宮にもその一端を荷うべく心を砕く。十五日、敦康親王少し悩みの事があって、作文会を中止。

## 十三　人を魅了する力

漆黒の闇の中を時雨は北から南へと都を駆け抜けて行った。その激しくなった雨足に追われるように、一条帝と道長の一行は、一条院内裏に還御しようとしていた。鞍馬の奥の紅葉狩りは風雅な催しで、夕刻近くその場に軽い宴席が開かれた。採れたばかりの茸を石の山で焼いた一皿を肴に酒盃が巡り、一刻ばかりの後そこを出発したのだったが、腹痛は、その時の茸のいずれかに当たったためかと思われる。吐気はおさまったものの、差し込むような痛みの為に、主上をお送りして見届けるのは困難かつ不可能と思われた。漸く東北の門を入り、最も近い対に近づく。灯のともっているらしい渡殿の方に、一行から離れて、供一人を連れて向かう。局には女が一人居て何か書を読んでいるところであった。
すぐに湯が用意され、苦い薬を服用する。どこからか着替えまで出て来て、衣をゆったりしたものに改めて、次の間で横になった。あたりは薄暗く音もなく静かである。睡魔におそわれる気がして、引き込まれるように眠ってしまった。前後不覚というのであろうか。再び目を覚ました時、傍らで燭台の火に油をついでいる女の姿が目に入った。妖怪かもののけか、はたまた狐かそれとも女房の一人か。暫く眺めてから聞く。
道長「雨はあがったようだな」
女「先ほどまで降っておりましたが漸くやみました」

この声に覚えがあった。中宮付きの女房で為時の娘。

道長「かの薬は苦いものであったな」

女「熊の胆でございます。ご存知の筈ですのに」

道長「それにしては大きい。よく知って持参されたな」

女「それは越の国におりましたので、薬については詳しゅうございます」

道長「なるほど」

黙っていると、また疲れがどっとおし寄せる。よほど、胃かどこかの神経が参っているものとみえる。

女は、軽くもなく重くもない杳然《ようぜん》とした雰囲気と見える。よく分からないが不思議な空気を身の廻りに漂わせている。道長が再び眠りにおちて夜半も過ぎる頃、供の者が迎えに現れた。心配をかけてもと思い、道長は女に礼を言って曹司の方へ移ったのであった。この女こそ、出仕後の紫式部であった。

十月二十五日、法性寺五大堂仏像開眼法会、二十八日、法興院万燈会、十一月は、春日祭使を遣わす。十五日、五節、月蝕。二十三日、道長邸に於て作文。十二月五日、教通、能信等元服。十七日に二人は慶びの申文を奏上。二十六日、法性寺五大堂の供養。多く参集した。大般若不断経を始める。二十七日、中宮御仏名、慌ただしく年も暮れてゆく。

この年の八月には、諸国から集められた力士達による相撲が延期された。雨のためである。旅の空で力士達は、どのような時を過ごしているのであろうか。いろいろ思い遣ってみて、

たづきなき旅の空なるすまひをば雨もよにとふ人もあらじな　紫式部詠

（力士と同じように、故里から離れて宮中で旅の思いをかみしめております、彼ら《力士》にはお便りを下さる方もないでしょう）

だが、紫式部には友と思う人より消息が届いたので、少しだけ心がなごむ。

いどむ人あまた聞こゆるももしきのすまひうしとは思ひ知るやは　　紫式部の友人詠

（競争にしのぎをけずる暗闘の世界と後宮のことを申していると聞いております。住みにくさをお感じのことと存じます）

「仕方のないことでございましょう」とでも友は言いたいのであろうと、紫式部は思った。

初雪の降る頃、

恋ひわびてありふるほどの初雪は消えぬるかとぞ疑はれける　　紫式部の友人詠

（お目にかかれないで恋しく思っているうちに貴女も雪も消えましょうと心配でございます）

とのお便りを戴く。紫式部はこう返すのだった。

ふればかくうさのみまさる世を知らで荒れたる庭に積る初雪　　紫式部詠

（憂きことの多い世の中でも、美しく雪は降りつもります）

四年年明け早々の五日には、道長に娘嬉子誕生。三夜、七夜とお祝いが続いた。中宮彰子からも産養の儀がいろいろとなされ、明るい気分が漲った、愛らしい幼子だった。いつの日にか帝の母后となる身とは、道長自身にも予想のできることではなかったのだ。踏歌、射弓の後、除目あり。二十九日、内侍除目にて、香子（女房）を掌侍とする。

二月には、宗像神社に神馬を奉る。教通達舞初め、兼時を師となす、二十八日、道長の春日詣で。

三月三日、土御門邸に於て曲水宴、激しかった風雨も、申時ばかりに晴れる。斉信、公任ら出席、翌日も、講詩、数曲の舞などあり。二十日にも作文会を催す、題「林花落灑舟」。二十一日、内裏にて作文、翌日も御庚申《こうしん》の事あって作文。二十四日、道綱邸に火事、絹等を道長は見舞として届けさせた。二十九日にも文章生や学生を召して作文。春先、喉を傷めて三日ほど里に下がっていると紅梅が見事に花開いた。すぐに中宮に一枝お届けしようと、紫式部は思う。

むもれ木の下にやつるる梅の花香をだに散らせ雲の上まで　　紫式部詠

（このようなささやかな屋敷の庭の梅の花でございますが、せめて香だけは宮中まで届きますように）

四月には、奈良から八重桜が献上されることになっていて、今年も桜の取り入れの役目を仰せつかったのだったが、新しい女房伊勢（大輔）に譲ることにする。そのような晴れがましい役は、度々では身に余るので、紫式部は辞退しようと思ったのである。その際に歌を詠むことになっていて、伊勢は、

いにしへの奈良の都の八重桜けふ九重に匂ひぬるかな　　伊勢大輔詠

と詠む。九重は宮中をさし、また華やかな八重の花びらを意味する。優しい歌となった。

慶びを申しに上達部の多くが中宮の御前に参上する。この度は、紫式部が代作をすることになり、光栄なことと思う。歌を詠む仕事の緊張感が嬉しい。

九重に匂ふを見れば桜がり重ねて来たる春の盛りか　　紫式部詠（中宮に代わって詠む）

（八重桜が届きましたのは、何度も重ねて春の盛りが訪ねて来たようでございます）

お客さまへの挨拶の意味も込めたのである。

賀茂祭の日まで桜は残っていた。使となった少将頼宗は若く凛々《りり》しい公達である。特別に桜を挿頭《かざし》にと中宮より賜る。葉に書きつける歌を詠む。おめでたいという喜びを表現した歌である。

神代にはありもやしけむ山桜今日のかざしに折れるためしは

紫式部詠

（賀茂祭の挿頭《かざし》は葵と桂なのに、今年は特別で、神代からあった例を聞きません。春も永くて）

次第に立ち居振る舞いも物慣れて来て、紫式部はどのような場面でも困ったと思わずに済むようになっていた。中宮の御前の空気も、なじんだ為か、ぎこちなさは無くなり、打ち解けてお話しする機も多くなったのである。里に下がった後は、必ず報告を様々に申し上げる。見聞した世相、風物、珍しい光景、それにお会いした人々に関してなどである。

賀茂の斎院、選子内親王は、父村上天皇とも中宮安子とも別れて以来、すでに十八年以上を一人で過ごしている。斎院には中宮彰子のお供をして紫式部は訪れてもいるのだが、その屋敷の雰囲気はまことに芸術的香気に満ちているように思われた。特に賀茂祭の前後には、祭の後に立ち寄る訪問客も多く忙しそうではあるものの、数日後には、急に静かになるようであった。

日脚がのびて、暮れるのが遅くなったと思われる頃、斎院の選子内親王より「つれづれでございます。何か素敵な物語はございませんか」と、中宮彰子の許《もと》に便りが届けられた。中宮は、多くの御草紙どもを取り出させて、「どちらを差し上げましょうか。どれに致しましょうか」と、女房たちと共に選び始める。

「『住吉物語』は、斎院の御為に円融帝がお作らせになったと伺いましてございます、やはり、新しいものをと御催促遊ばされているのでございましょう」

一人の女房が言い、皆御前の者は、同じ思いにとらわれてしまった。

「お書きになった物語を献上なさっては……」

と、小少将の君。

「まだそのようには……」

と、紫式部は申してはみたものの、中宮彰子の立場を考えると、「古い物語をどれほど美しく飾りたててお届けしても、物足りないお気持ちになられよう」と思う。

「あまり珍しくもないものでは。新しく作って差し上げてはいかがでしょう」

と、思わず口に出してしまう。中宮彰子は微笑《ほほえ》み、

「それでは、お作り申し上げなさい」

と言う。いい加減なことを申し上げてしまったのかしら、と紫式部は少し後悔したものの、もう遅い。

物語新作の責任を引き受けなければならない。『住吉物語』よりも大きな作品で、できれば『宇津保』に比べても遜色のないものを。すでに、光君という輝くばかりの英雄、主人公の活躍の筋立ては、延喜、天暦期のものとして書き始めてあった。始めの頃は、ごく身近な素材に色を付ければ済んだのである。周囲の人々の話、貴公子も限られた範囲の人々を描写させて戴く。「多くも男を知らないのに」本当に、宣孝ばかりではどうしようもなかった。

執筆には雨の季節とそれに続く一夏を当てる事にして、構想を練り直す。とりあえず完全に仕上がったと思われるだけの量を清書しなければならない。業平と伊勢斎宮の恋については『伊勢物語』を傍らに置き、選子内親王に差し上げて楽しんで戴くことを念頭に、夢のような作品に仕立てた。「狩りの使い」の段だけでは済まず、子が生まれて罪障意識に苦しみ始める主人公。こうなるとお伽話ではなく、深みや宗教心も加わる。罪と罰の問題。仏罰をおそれ、天のさとしとも思われるような政界でのかけひきに敗れて都より流離する光君。菅原道真の、周公旦の、在原行平の様々な史実に目を遣る。

筋書きばかりが目に立つ固い物語では楽しくない。斎院のあの優雅な雰囲気に融合させるためにも、とんでもないほどの色好みの王者に彩色しなければ。惟規の話など取り入れてみると、なるほど幅が出て角がとれてくる、と紫式部は納得した。

八月二日、道長は賀茂川を舟で下り、石清水に参詣、内記堂に宿す。三日は大安寺、四日、井外堂、五日、軽寺、六日、壺坂寺、七日、観覚寺、十日に金峰山に到着。沐浴。十一日、仏事。法華経百部、仁王経などの供養。帰路、泉河の岸より舟に乗る。十四日、淀より賀茂川に。土御門邸に帰宅。

九月、作文会を催す。題は「秋雁数行書」二十三日にも作文。題は「林亭即事」であった。

十月三日、敦道親王が薨じ、七日、葬送。二十七歳の若さであった。兄、為尊親王と共に冷泉院には寵愛されており、次の東宮にとも思われたのであった。今や、敦康親王がいるばかり、考えれば暗くなる。とにかく、出来ることはしたのだと道長は諦めることにした。成るようにしか成らない。金峰山詣でも、加持祈禱も、堂塔建立の事も、何もかも良しと思う日も来るであろう。我が身一代の間ではなくても構うまい。後に続く子孫の為に、と道長は考える。

十一月、春日社の使いに教通が任ぜられ立つ。

寛弘五年へ、穏やかな年越しであった。幾らかの期待と不安の入りまじった気持ちで、天地長久を祈る。中宮彰子懐妊の知らせが届くまで、道長には心の安らぐ時は無かったのだ。金峰山の夏の清涼無塵の空気は、半年たった今もなお、身辺に残っているような気がする。目に見えぬ力はどこかに確実に存在していて、強く引かれているのかも知れない。春は近い。

四方拝、臨時客、中宮大饗、参宮、叙位、白馬節会へと各行事は例年通り、滞りなく行われた。八日には教通に昇殿が許される。二十五日には大饗、二十六日除目。二十八日には、道長は父母の為の紺紙金泥法華経の書写を始める。

二月六日、花山院の病を見舞う。九日、花山院崩御。終日雨雪降る。四十一歳であった。「生死の境を超えて新たな世界に入られたのである。閉塞状態のこの世から明るい極楽浄土へと再生、再出発されたのならむしろ喜ぶべきかも知れない。喪失はいつの間にか、内面の否定を通して充実と完成に到るだろう。そのことは院に教えて戴いた。生前信頼して下さり、親しく交わりを深めて下さった。末の第六皇子を倫子預かりとされたのも、皇子への厚い愛情と当方への思い遣りからであっただろう。『往生要集』の臨終行儀を深く学ばれて実行なさった由で、その瞬間の正念は潔く、聖なるものであったに違いない。預かりの皇子は不運な夭折をしたのだが、一度も愚痴やお叱りの言葉を伺ったことがない。花山院は、悟りに限りなく近い日々の中での厭離穢土、欣求浄土の思いが広がっていくのを感じていたのだ。源信僧都のお蔭ともいえようか」と、道長は心の中で思う。

院の御法事の一連の仕事が終わって漸く落ち着いた頃、倫子方より知らせが届く。

中宮彰子懐妊。待ちに待った喜びの一瞬であったが、これを糠喜びにしたくない。道長は冷静沈着に事を運び、土御門邸への里下りを計画。各神社には内々の使いを立てて、安産の為の祈願に入る。

夜来の雨もあがり、温かな陽ざしに新しい若葉の色が映えている。四月十三日、中宮は土御門邸に遷せられ、多くの上達部、女房達が従った。法華三十講は賀茂祭の後に始まった。

五月一日には作文。「夏夜池臺《（台）》即事」の題。不断御読経も始まり、中宮御修善は、内裏に於ても行われた。六月十四日、内裏に還啓。七月十六日には、いよいよお産の為に土御門邸に退出の事があった。

## 十四　「日記」の深層にあるもの

「秋のけはひ入りたつままに、土御門殿のありさまいはむ方なくをかし」
（秋の風情が漂いはじめて土御門殿邸内の御様子は何とも言えず趣き深い）
と、『紫式部日記』は始まる。ここでは、『紫式部日記』に沿って、紫式部の日常を見ていくことにする。

季節の移ろいが感じられるのは、京の都の北東という位置によるのかも知れない。静かに乾いた秋の風情は澄んだ空にも池水にも漂っている。

宮は出産が近く、気分の優れないのをさり気なく隠して、女房に物語を読ませるなどしている。立場上、辛さを他におしつけることを避けようと紛らわせているのだ。明るい色のお召物にするなど、女房達も心を尽くす、このように調和の良くとれた後宮が、この世にも存在するのだ。

生涯を捧げる思いで出仕した御前は、過度に華やかではなくて、至純な美しさに満ちていた。あれほど宮仕えをしないで済めばと考えていたのに、こうして充足した瞬間をもっていることに、深い感慨を抱くと同時に本当にこの雰囲気の中に、とけ込んでしまえるわが身なのだろうかと、愕然としてしまう紫式部なのであった。

池の向こうの声明や読経は、空の景色、水の音に融け込んで優艶な情趣を醸し出している。

夜が明けきれぬ頃、月が雲に隠れて暗い。「御格子をお上げしましょう」「蔵人に上げてと言いましょう」などと言いあっていると、後夜の鉦が響いて、五壇の御修法が始まる。観音院の僧正はじめ多くの僧の出入りが、木の間より見える。

渡殿の戸口の局から、紫式部が外を眺めていると、霧り渡って露しげき中を道長が歩いていて、御随身に遣水を払わせている。滞る水というのは、お産の前にふさわしくないからなのだろうと、紫式部は思う。

道長は、橋の南の女郎花が美しく盛りと咲いているのを一枝折って、几帳の上から紫式部に差し入れてくれた。立派な道長を相手に、寝て起きたばかりのような顔が恥ずかしかった。「お礼が遅れても興ざめ」と思い、紫式部は硯に向かう。

女郎花さかりの色を見るからに露のわきける身こそ知らるれ　紫式部詠

（女郎花とはくらべられない、露のおくわが身がかえり見られます）

「早いな」と、道長は微笑み、硯を召して書く。

白露はわきてもおかじ女郎花心からにや色の染むらむ　道長詠

（白露は分けへだてなどしない、努力するから色に染まるのだ）

ひっそりとした夕暮れのことだった。宰相の君と物語などしているところに頼通がきて、簾の端を引き上げて座った。「女の人で性質の良いということは難しい」などと話す。くだけすぎない程度に、「女郎花おほかる野辺に」と誦じながら立ち上がった。物語の場面の貴公子のように優れている、と紫式部は思う。

播磨の守が碁の負けわざとして饗応した日、里下り中で、後に御盤の様を見せて戴いたのだが、洲浜のほとりに書かれていたのは、葦手《あしで》書きの賀歌であった。

紀の国のしららの浜に給ふてふこの石こそは巌ともなれ　（「公の賀の歌」）

八月二十余日の頃からは、多くの上達部、殿上人も、この殿で遊びなどをして夜を明かしている。里下りをしていた女房達も御挨拶方々参り、ざわざわしていて、しめやかなことはどこを探してもない。

　女房たちは、御薫物あわせをする。

　宮の御前より下がる途中、紫式部は弁の宰相の君の局の戸口より覗き見をする。お昼寝中のようである。萩、紫苑などの美しい襲の衣の中に顔を入れて硯箱を枕にしている。絵の中の姫君のようなので、口おおいを引きのけて思わず、

「まるで物語に登場する姫君のようですこと」

と言うと、見上げて、

「まあ、気でもお狂いになったの。折角寝ていましたのに起こされるなんて」

と少し起きあがった顔が紅くなって美しかった。道綱の娘豊子である。

　九月九日、重陽の節句、紫式部のもとに殿の上倫子より菊の着せ綿が届けられる。「充分に老いをお拭いとりなさい」との仰せの由。

　　菊の露わかゆばかりに袖ふれて花のあるじに千代は譲らむ　　紫式部詠
　　（少しだけ拭いましてやはり千代の若さをどうぞ）

と書いて紫式部がお返ししようとしていると、供の者が、

「倫子様はもう、あちらにお戻りになりました」

と言う。用がなくなったので、そのままにしてしまった。後でお会いした時にお礼を申し上げることにする。「対抗するような意味に受け取られかねない歌、差し上げなくてよかった」と、紫式部は思う。

　その夜宮の御前で、先日の薫物《たきもの》を取り出して、中宮彰子は香りをためしていた。月も美しく女房達の裳の裾もほころび出ている。紅葉の色のことなど話すが、中宮彰子の気分は悪そうである。人に呼ばれて局に下がり、しばし休

んで、と思っているうち、紫式部はつい眠ったらしい。夜中ばかりより、御加持など騒がしい。

十日、白一色に調度も変えられ、物の怪退散のための験者、陰陽師も集められる。八百万の神も、これでは聞きとどけざるを得ないと、紫式部は思う。その夜も明けた。女房達は四十人ほど狭いところに居て、気のあがっている人も、泣いている人もいるというあり様だった。

十一日には、中宮彰子は暁に北廂に移る。行きちがう女房達も、目ははれているけれど恥も忘れる。散米《うちまき》を雪のように降らせる。

御髪の上の方を少しだけそいで御受戒。どうなることかしらと紫式部が悲しく思っていると、いよいよお産が始まる。僧達は夜一夜祈禱などする。午の時に皇子誕生、朝日のさし出た心地がする。秋霧の中で涙にぬれていた女房達も、御前から離れ去って休息、静かになった。道長も北の方もいつもの住まいの方に渡り、布施や禄を賜わせなどする。女房達は唐衣、裳を華やかにまとい、大きな袋や包を持ってあちこちする。道長は斉信と遣水などの手入れをして庭を歩き、道兼、隆家は、対の簀子に座って心地良げに過ごしている。

帝よりの御佩刀《はかし》を持参したのは、頭中将頼定である。伊勢奉幣使が出発。

御乳母も決まり、お湯殿の儀式が始まる。白に整えられた御衣ではあるが、白銀など用いて輝くばかり。生まれたばかりの宮は道長が抱き取り御佩刀を先に立てて、彰子のもとに戻った。

護身の僧が参り、博士が史記の一巻を読む、弦打二十人。次々の行事が滞りなく行われた。

晴れの席はそぐわない気がして、昼でない時刻に東の対の局より、参りのぼる人々の様子、衣などを見る。興味あり、心魅了される。

三日の夜は、中宮職の御産養の大饗。宮司、大夫よりはじめ多くの上達部など参上。

五日は、道長主催の御産養。おりから十五夜の月曇りなく輝き、池の汀近く篝火をあちらこちらに灯す。屯食《とんじき》の用意がされ、みすぼらしい下仕えの者達も賑やかに行きかう。上達部の随身なども、また殿の家人達の、ものの数ともいえないような五位の者までも、会釈をしながら、時を得たという顔で行き来している。

御膳を進上する女房八人、白一色の衣で続いて参上する。注視の中を進むので涙までこぼす人もいる。女房は三十余人、あまりに美しい光景なので、夜居の僧のいる屏風をおしあけて、紫式部が「この世にこれほどめでたい御様子、他に御覧にならないでしょう」と申したところ、僧は「ああ恐れ多い、ああ恐れ多い」と本尊をさしおいて、こちらに向かって手を合わせて数珠をすり始める。少し調子に乗ってしまったこと、と反省もする紫式部であった。

上達部、座を立って、御橋の上で興ぜられる詠歌のことがあって、女房にも盃を受けて歌を詠むようにとの仰せがあるかと心準備する。

めづらしき光さしそふ盃《(月)》はもち《(望)》ながらこそ千代もめぐらめ　紫式部詠

（このおめでたい盃は千度もめぐり、望月も千代を経ることでしょう）

「公任殿がいらっしゃるので、歌のでき不できより声の出し方に気をつかわなければ」

と皆口々に言っていたが、他にすることも多くてその場面にはならなかった。禄などいろいろで、女の装束には、御襁褓《むつき》も添えられたとか。

次の夜は舟遊び。兼隆、女房達を乗せた麗しい舟の棹をさす。

七日は、朝廷からの公の御産養、御勅使は物《(品)》の数々の書かれた文を柳筥《ばこ》に入れて参る。勧学院の衆も歩み入る。宮はこれほどもてさわがれ、国母として格式の備わった様子というよりは、ほっそりとあえかに若く美しげである。燈爐を御帳の内にかけてあるので、隈なく明るい。限りなくきれいで、御髪を結いまとめているので、より一層美しい、と紫式部は思う。恐れ多くて、とても日記には書き尽くせなかった。

八日、白一色から様々な色の衣にとり変える。九日の夜は頼通が御産養をとり行った。頼通が準備した調度類の素晴らしさは、筆舌に尽くし難い。人々が酔い、こまのおもとという女房が盃をすすめられ、小さな失敗をして恥ずかしい思いをすることになってしまった。

十月十余日までは、中宮彰子は御帳より出てこられない。その西近い御座所に夜も昼も控えていると、道長は夜中、暁を問わず参上し、乳母より皇子を抱き取る。泣くこともあるが、時には、わりないことで御衣が濡れると嬉しそうに、衣をあぶらせるなどし、「濡れるのも嬉しいことだよ」と言う。

中務宮具平親王のあたりのことに御心を入れていて、隆姫と頼通の縁談をまとめたいとの意向、いろいろと、親王の親しい筋の者と思って相談を承る。紫式部の内心は、大層複雑であって、思いを廻《めぐら》すことも多いのだった。

行幸が近づいたので、土御門の道長邸の殿の内は一段と手入れされ磨き上げられて美しい。道長は大層珍しい見事な菊を掘り、下仕えに移植などさせる。移ろう色を見せているのや、黄色で趣あるものなど、朝霧の絶え間に見渡されて、紫式部は老いも退却しそうに思う。それにしても、物思いがもう少し普通のものであったなら、好き好きしく振る舞い、若やかに身をこなして、この無常な世をも過ごすだろう。日頃から心に抱く思いがぐっと強く引き止めて、物憂く辛く嘆かわしい気がして大層苦しいのだ。どうかして、忘れてしまおう、どれほど考えてみても甲斐のないこと、執着するのは罪深いと、夜が明ければ外を眺めて水鳥が思うことなげに遊んでいるのを見る。

水鳥を水の上とやよそに見むわれも浮きたる世を過ぐしつつ　　紫式部詠

（楽しそうに泳いでいる水鳥はよそのことのようだけれど、私も同じように水の上に浮いている存在なのだ）

鳥は満足そうに遊んでいるようだが、その実《じつ》、懸命の努力をしているのだと我が身を思い比べる。

ほんの少し里邸に戻っていると、小少将の君より紫式部に文が届く。時雨がさっと降り、空は暗くなった。

雲間なくながむる空もかきくらしいかにしのぶる時雨なるらむ　小少将君詠

（御不在を淋しがっている私の涙の雨のようです）

ことはりの時雨の空は雲間あれどながむる袖ぞかわくまもなき　紫式部詠

（空は少し明るくなりましたけれど、涙の袖はかわく暇もございません）

と返した。

十六日、龍頭鷁首《げきしゅ》の舟が新しく造られて、さし寄せられる。端正で立派である。

暁に参内した同じ局の小少将の君と共に髪を整える。油断してゆっくりしていると、急に鼓の音が聞こえ、あわてて参上する。御輿迎《こし》えには船楽、輿《こし》を渡殿にお寄せする駕輿丁の息も苦しそうなのを見る。高い身分の方の所での仕事も同じことで、決して楽ではないのだ。

中宮の御帳の西面《おもて》に帝の御座、南の廂の東に御椅子《いし》を立てる、一間《ひとま》へだてて、御簾をかけへだてて女房達。天下《くだ》れる天女の姿のよう。

その日の女房達の衣装については、筆を尽くせばきりがない。表着は蘇芳の織物。葡萄《えび》染。くちなしの襲、紫苑色、裏青き菊、三重など、最高の趣味、綺羅を尽くした装い。内裏の女房も数名まじる。

道長は若宮を抱いて、中宮彰子の御前に進む。泣き声、可愛らしい。宰相の君が御佩刀をとって傍らに。後に

「とてもあからさまなので、身の置き所ない思いがしましたわ」

と、宰相の君（女房）は、少し顔を赤くして言う。

暮れゆくままに、楽の音が面白く聞こえる。上達部、御前に伺候して、万歳楽、太平楽、賀殿《かてん》などの舞、山の下の方に舞が遠ざかり、笛、鼓の音、松風に木深く吹きあわせて優美。

夕方の空気の寒さを案ずる女房もいる。昔の行幸を思い出す者もいる。御前の楽も始まる。「万歳千秋」と朗誦するのは、公任より始めた。道長も酔い泣きをして、「これまで何度も行幸を名誉と思ったことだった。これほどの面目あることも予想せずに」と。

終わって叙位、加階などの事があった。宮司、家の家司など一族の人々が多く、皆喜びの拝舞をする。夜ふけて還御になった。

翌朝、帝より中宮への後朝の文の使が、朝霧も晴れぬうちに参上。いろいろな新しい人事があり、職が定まる。紫式部も、身内の者の選ばれることを期待していたのに、もれていたことが残念であった。

取りはずしてあった調度もまた以前のように収まって、すべて計画通り実行され、ほっと安堵の気分が溢れる。殿の北の方倫子もお越しになり華やかである。

暮れて月が大層艶なる風情に輝いている。実成が立ち寄ったのに返事もせず、次に斉信にほんの一言だが応答をしたので、「差別なさるな」と、紫式部は非難されてしまった。

「あな尊《とうと》、今日の尊さ」と、斉信は歌う。夜更けて、上達部などが、「格子の下をあけて」などと言うが、若くもないのに戯れ事は、と思って紫式部は全くとりあわず、格子を上げないで過ごしてしまう。

十一月一日は五十日の御膳を献上、小さな御台・御皿・御箸・洲浜など雛遊びの道具のように愛らしい。女房達の衣も、格別の日なので絵のように絢爛たるきらびやかさである。

御祝いの夜の宴席、宮の御前に上達部が参り、女房達は御簾の内に二重三重に居並んでいる。次の間の東の柱のもとに実資がやってきて、側の御簾からこぼれ出た人々の衣の褄《つま》、袖口の重ねを数えている。酔っているらしいので、相手を誰とも分からないだろうと思い、紫式部はとりとめない話をしたが、ひどく華やかな若公達より、落ち着いて立派だった。

中宮彰子を中心とする後宮において、紫式部の書く物語は書写され、流布していたが、公任もまた、ごく初期の段階から、それを手にし、読むことができたのだった。この時、御簾に近づいて、公任は、

「このあたりに若紫がおいでだろうか」

と様子をさぐって声をかけてくる。とんでもないこと、若紫の君は『源氏物語』の中の姫である。そう仰せならば、こちらからも伺いたい、と紫式部は思う。「そう仰せの君は、光君でいらっしゃいますかしら」と。光君がいないのに、どうして若紫がこの場にいる筈があろう。勿論、限りなく光君に近くても、その人そのものではなく、若紫に近くてもその人ではないのだ。声は出さなくても、紫式部が聞いていることを公任は承知であろう。公任は中宮への御挨拶のつもりで、声が届くように言ったのであった。実成に、「盃をとれ」と道長がすすめると、父の内大臣公季が出てきて酔い泣きをする。「皆様お酔いだから」と、宰相の君と言いあわせて紫式部が隠れていると、道長が見つけて、二人共に並べて座らせられてしまった。「和歌を一人ずつ詠めば許そう」との仰せ。逃げ出しにくく恐ろしくもあるので、

いかにいかがかぞへやるべき八千歳のあまり久しき君が御代をば　　紫式部詠

（五十日のお祝いをいかに八千年も久しくと願っておりますことでしょう）

と詠む。

「うまくされたな」

と道長は言い、二度ほど誦じて、すぐに詠み始めた。

あしたづのよはひしあらば君が代の千歳の数もかぞへとりてむ　　道長詠
（鶴《たづ》と同じ年を経たならば、若宮の千年の御齢も数えてお見届け致そう）

酔っていても、道長の心内はそのことばかりであるのだ。御後見こそは千代の行く末を支えるものであろう。

「中宮もお聞きでしょう、お詠みしましたよ」

と自慢して、

「中宮の父なのですからこの道長も立派でしょう。娘の中宮も立派ですね。母倫子も幸いありと思ってお笑いになる。良き夫をもったとお思いでしょう」

と冗談を言うのも、酔いの為である。倫子は、聞きにくいことと思っているようで立ち去る様子。

「お送りしなければお恨みでしょう」

と、中宮の御帳の中を道長は通る。

御還啓の日も近づき、物語の本作りが進められる。

「何という御子持ちが、冷たいのに苦労して本などお作りか」

と道長は言うが、良き薄様の紙、筆墨などから硯まで、紫式部のために用意してくれる。「大事なものを」と惜しがってはいるけれど。

紫式部は局に、物語の本の出来たばかりの部分を隠しておいたのだが、道長がそっとそれを探し出して、内侍の督《かん》の殿妍子に差し上げてしまった。もう一度書き直しても、良い方は失っているので評判は心もとないものとなるだろう。

御前の池に水鳥が多くなっていくのを見ながら、雪が降ればいいのに、どれほど風情豊かだろうと思っていたのだが、紫式部がほんの二日ほど里に下がっている間に降ったのだった。里邸では、見ばえのしない木立を見ても思い乱れる。「花の色、鳥の声、春秋の空の様子、月影、霜、雪、時につけてどうして生きていけばいいのだろうかと心細さを感じ、やるせなく思う。はかない物語につけて話をかわす人の中でも、同じ気持ちの人とは心をこめて消息をやりとりし、少し遠いという人には縁故など頼って、文を読んで戴いたり応答したりしたのだったが、気のおもむくままに所在なさも慰めつつ、その場において、世に数えられるほどの身でもないことと、表立った恥や辛さだけは逃れていたのに、宮仕えに出て残りなく知ってしまった身の憂さであること」と紫式部はしみじみと思う。

こころみに物語を手に取って見るけれど、以前のように感興も湧かない。打ちとけて親しく話し合った人々も、宮仕えをしたことについてこれまでの生き方を変えて、軽さ浅さが添うように思いおとしめているだろうと推察して便りを出せない。奥床しく生きたいと思う人々は、宮仕えの場で消息など人に見られてしまうと疑っているだろう。どうすれば深く心を分かってもらえることかと悲しくなって、中絶えというのではないが自然にとぎれてしまう。住む所も宮中か里か定まらないと思われて、訪ねてもらうことも難しく、はかないことにつけて別世界の心地がしてもの悲しい、と紫式部は思う。

今となっては、宮仕えの間に少しでも心をとめて、お互いを思いやり言葉をかわし、日常を共にして親しむ人の方を懐かしいと思う。心の変わりようは、はかないものだ。大納言の君が毎夜中宮彰子の近くで、物語などしている様子が懐かしいと思うのも、今の境遇になじんでしまった心からだろうか。

浮き寝せし水の上のみ恋しくて鴨の上毛《うわげ》にさえぞおとらぬ　　紫式部詠

（御一緒の浮き寝を恋しく思っています。鴨の上毛のように寒さにふるえながら）

大納言の君からの御返しには、

うち払う友なきころのねざめにはつがひし鴛鴦《をし》ぞよはに恋しき　　大納言の君、従三位廉子詠

（いつも御一緒の貴女がいらっしゃらなくて寂しく思っております）

書きざまに趣も深いものが感じられる。他の人々のお便りにも

「雪を見たいと申されていた貴女が里下り中に雪が降ってと宮が遺憾にお思いです」

とある。殿の上からも、

「私が引き止めたので、わざとお帰りを遅らせておられるのね」

とある。冗談のようにでも、紫式部がそう言ったことを気にしてもらえたようで、有り難くて参上した。

十一月十七日、彰子、一条院へ還啓する。

月の明るい中、車から降りて歩くのが、紫式部には恥ずかしく思われた。馬の中将を先に立てて、後を行くおぼつかない足取りを見られただろう。

細殿の三の口に入って横になっていると、小少将の君もいたので、こういう生活の憂きことを語りつつ、冷たくすくんだ衣を綿入れに変えて、火をかきたて暖かくする。実成など、ここに居ると知って訪ねて来てくれたのだが、今宵はいないと、紫式部は思われたかった。「では明朝」などと言い、実成は東北の陣より帰って行く。どれほど素晴らしい家人が待ち受けているのだろうか。誰もがそうではないだろうと想像する。小少将の君は、源扶義の女《むすめ》で夫と早く別れ今は彰子に仕えている。

夜が明けて、紫式部は御還啓の折の道長よりの贈り物を拝見する。『古今』、『後撰集』、『拾遺抄』や、行成筆など。また能宣、元輔の私家集も入る。その他、どれも最高の品ばかりであった。

十一月二十日、五節。明るい灯かげに、あらわに見える舞姫の様子。昼の光よりも映えて歩み入る。

寛弘六年正月一日、紫式部は昨日の盗難のことを日記に書かずにはいられなかった。言忌《こといみ》すべき日ではあるけれど。坎日《かんにち》なので若宮の御戴餅のことは停まる。三日に新しくお生まれになった皇子が、清涼殿にお上《のぼ》りになった。皇子は道長に抱かれている。御佩刀は宰相の君がとって続く。十二単《ひとえ》の美しい装い、髪も整い、匂い立つような華やかさである。

宣旨の君は、小柄でほっそりしているが髪が美しい。品よく歩む姿、またちらりと何か言う折も優美で品がある。ついでに女房達のことを語ると口の悪いことになるだろうけれど、と思いつつも、紫式部は日記に記す。

宰相の君は、北野三位遠度の娘、華やかで才気が感じられ、親しくなると人柄の良さが分かる、立派さも身に添う人物。小少将は、品良く、二月ばかりのしだれ柳のような優美さ、意地の悪い人達には策を弄せられて、苦しみ、身を失ってしまいそうに、あえかなところがあって心配である。宮の内侍は、清楚できれいで現代的な感じがする。色白ではなやかに愛敬溢れ、性格も落ち着いていていて人の模範になる人物である。風流がったり、気どったりしない。式部のおもとはその妹である。ふくよかで色白。愛らしさもあって美しい。などと、紫式部は評価する。

若い人々の中には美しい人も多い、性格の良いことが難しい点。それぞれに個性豊かで、何もかもを完全に備えるというのは困難。どこに重きをおいて評価すればよいか迷う。

こんなことを言っては申し訳ないのだけれど、と思いつつ、紫式部は書く。斎院付きの女房に中将の君という人がいるのだが、紫式部はふとしたことで文を見せてもらった。大変気取って、自身だけが情趣を解して心深く、他の人は何の感性ももたないように思っている印象を受けた。公の怒りとでもいえるだろうか、憎いことをと思ってしまう。「手紙や歌など優れて興あるのは皆斎院のところのもの。今の世に趣ある人は、ここからしか出ない」などとあった。

言われてみればそうかもしれないが、それほどならば、優秀な歌があちらから出ているかといえばそうでもない、風雅な御趣味というばかり、比較してみてもこちらのお仕え人とあまり変わらないと、紫式部は思う。

日常を知る人はあまりない。趣ある夕月夜、風情ある有明、花、ほととぎすと、時につけて訪問すれば、それは世離れて神々しい。

雑事にとり紛れることもない。中宮の参内や道長が参上するといったこと、御宿直などのざわめきもなければ、それは心の赴くままに艶な風情もかもし出していくだろう。そんな中では軽率な言いそこないなどできよう筈もない。

埋もれ木を折り入れたような性格の紫式部があちらに出仕していたならば、見知らぬ殿方に応対に出ても、軽薄な、などと言われなくて済み、心を穏やかにして色めきもしたかもしれない。まして宮のお前の女房でも、若く美しければ引け目もなく、存分に色めいて歌など詠み、気を入れて振る舞うなら、決してあちらに劣ることなどないだろうというのが、紫式部の実感なのである。

立ち居ふるまいの目立つ人、そのような人に目を止めてみればどこかに欠点は見つかる、言うことと行いが矛盾している人、他人の粗《あら》ばかり言う人には気をつけたい。偏屈な人でないならば不注意な言葉も投げかけないようにと心して、少しでも優しくしたい、と紫式部は思う。

意地悪くされても相手を許すべきだとは思うけれど、それは出来ない。慈悲深くていらっしゃる仏さえ、三宝を悪く言う者の罪は重いと説かれる。まして人間なのだから、きつい人にはきつく当たって当然というもの。ただ向き合って睨み合わずに表面は穏やかに、やり過ごすか否かで思慮分別もあらわれるだろう。

左衛門の内侍という人がいる。理由もなく陰口を言うことが多い。彼女は帝が源氏の物語を女房に読ませてお聞きになり、「作者は『日本紀』を読んだな。学問的知識が非常にある」と仰せになったのを、当て推量して、「学問を鼻にかけている」など殿上人に言いちらし、紫式部に「日本紀の局」などと名を付けた。笑止なこと、実家の召使にさえはばかっているのに、どうしてひけらかそう、と紫式部は思うのだ。

兄の惟規が童の頃、傍らで聞きとっては早く学び取っていたので、父君に、「男でなく残念だ」とよく嘆かれていた。それなのに「男でも学問を衒《てら》う者は、あまり栄達しない」などと人の言うのを聞いてのちは、漢字の一の字も書けないふりをして不自由をしのんできた。御屏風の字も読まない顔をしたのだけれど、宮の御前で『白氏文集』を御進講、二年前から不確かだが『楽府』を教えている。内密にと思い宮もそうしているが、道長も承知の上で、書の美しいのなどを中宮彰子に差し上げる。このことをあの口うるさい内侍は知らないだろう。知ったらどれほど悪く言うだろう。実に世の中は煩瑣で憂鬱《ゆううつ》なもの。

もう口を慎むことはよそう。人に何と言われようと阿弥陀仏に向かってたゆみなく経をとなえたい。世の厭わしいことには心をとらわれないので、出家して修行者のような生活もできるかもしれない。けれど、一途な思いで出家しても、来迎を待つ間に気持ちがぐらつくかも知れない。紫式部は、それでためらっているのだ。

年も相応になっている。これ以上老いると目も悪くなってお経も読めなくなり、気持ちも迷うだろうから、信心深い人の真似をするようだけれど心が傾いているのだ。罪深いから願いはかなわないだろう。前世からの因縁と思うと、紫式部は悲しい気持ちになるのだった。

文に書けないこともいろいろ伝えたいが、人目に触れると大変、人の耳も多いのだ。

この頃、書き損じたもの、古い消息も皆焼くなどして、雛の御殿造りに用いてしまった。春よりはもう人にも手紙を書かず、紙にも殊には書かないようにしようと、紫式部は思う。「御読みになったらお返し下さいますように。文字も欠けていましょう」。世の人々の上を思い、人生のしめくくりと思うと、与えられた命を大切にしたいという心はあまりにも深い。一体どうしようというのか。

何ばかり心づくしに眺めねど見しに暮れぬる秋の月影　紫式部詠

（物思いにくれているのではないけれど、秋の月はいつしかのぼって）

『紫式部日記』には、この後の寛弘六年、某月十一日のことが続いているが、ここで『紫式部日記』についての記述は終わりにする。

一瞬の空の輝き、雨あがりの中空のほのあかり、越の海の荒々しさと、降り積む雪雪雪……。それらのすべてを語っても、人に理解してもらえるかどうか分からない。やはり歌がそうであるように、他の物に託すのだ。物に託して心情を述べる。『万葉集』から伝わる方法であった。

誰も理解してくれなくともただひたすら書く、紫式部はそう心に決めていたのであった。

ただ、『拾遺集』にも『拾遺抄』にも自分の歌は一首も採り入れてもらえなかったらしいことが、紫式部には残念であった。口に出して確かめると涙ぐみそうになるので、明るく振る舞う。物詣の帰り道、山からの一本の道はゆるやかな起伏の中を下っていった。ある程度下ってから、また少し登り、さらに低く下るのである。まるで波打ち際の波に乗るように、道は曲線をなだらかに描いている。道の果てに一つの塔が見え隠れして、夕靄の中に浮かび上がっている。

道はその先にはもう行かない、意識の流れはいつしかと帰っていったのだ。多くの追憶のうちに、生と死を超えて、魂の故郷に帰っていく。過ぎ去るということは、はたして忘却を意味するのであろうか。それとも生と死の境界を突破し、あるいは潜り抜けて、新しい甦りの時を迎えることなのであろうか。

紫式部の父為時は、再び越後守として赴任。惟規は蔵人の職を退き散位となって父に同行したのだが、二年後旅先で病を悪化させた。

都にもわびしき人のあまたあればなほこのたびはいかむとぞ思ふ　惟規詠

（もう少し生きていたい）

の歌は残された最後のものとなった。

寛弘六年十月五日、一条院内裏焼亡。一条帝は難を避け、十九日には道長の枇杷邸に遷幸。

十一月二十五日、土御門邸にて中宮彰子に第二皇子誕生。第一皇子敦成親王の時と同じように、盛大に御産養の儀が行われる。敦良親王の御五十日は、明けて寛弘七年、枇杷殿の内裏にお遷《かえ》りの後、正月十五日に行われた。

四月には、一条院の造作も始まる。敦成親王は二十五日には頼通邸に移る。その年の十一月二十八日には、天皇、中宮枇杷殿より新造の一条院に遷幸啓された。静かで平穏な一年が過ぎ、寛弘八年五月半ば、帝の病は頗る重く、数日を経ても不例は続いた。六月二日、東宮居貞親王に一条帝は御対面。譲位の事を仰せ出す。陰陽師が召されて、譲位の日時及び、新帝内裏遷幸の日が勘申される。

十三日、御譲位、新帝に御受禅の事が行われ、彰子の第一皇子敦成親王は東宮となる。

十九日、一条上皇御出家。二十二日崩御。三十二歳であった。命の尽きようとする時、中宮彰子に和歌の御製を賜う。

露の身の草の宿りに君を置きて塵を出ぬることをこそ思へ　一条院御製

（このはかない世に君を置いていくことをつらいと思う）

「源氏」の物語を読んでいたために、その中の歌をふと脳裏に思い出したのだろう。葬送は格別立派で、岩蔭に移る。夜明けに、一条院に遺骨が帰ってくる。

いづこにか君をば置きて帰りけんそこはかとだに思ほえぬかな　頼宗詠

（わが君をどこにお置き申して帰って来てしまったのだろうか）

かへりても同じ山路を尋ねつつ似たる煙や立つとこそ見め　公信詠

（同じような煙がたっているかと……）

御法事も終わって、中宮は枇杷殿に渡る。

ありし世は夢に見なして涙さへとまらぬ宿ぞ悲しかりける　紫式部詠

（御殿を去るにつけても、御在世の楽しかった日々のことが夢のように思われて悲しゅうございます）

二十三日、内覧の宣旨が道長に下り、政務をとりしきることになったのである。十月に入って妍子内侍として入内。十月十六日、三条天皇の即位の儀式は滞りなく行われた。御禊《けい》、大嘗会など公私にわたる行事が終わらない内に、十月二十四日には、冷泉院崩御。父帝の突然の逝去のために、まず葬送が先に行われることになったのである。物の怪のこともとり沙汰されて、新帝はただおびえたように感じておられるようである。

諒闇の中で新しい年が明けた。正月の司召の頃となる。

雲の上を雲のよそにて思ひやる月はかはらず天の下にて　紫式部詠

（宮中を出て宮中を思い出しています。月は消えずに輝いていますのに）

二月、女御妍子の立后の事があり中宮となり、中宮彰子は皇太后宮となったのだった。宣耀殿女御を皇后宮ということに決まる。道長の息顕信の出家という衝撃的事件もあったが、四月五日、比叡山にて親子面会が果たされたのだった。

左衛門督教通は、かねてより話のあった公任の鍾《しょう》愛の娘と婚義が整い、四月正室とする。四条の宮に婿として迎えられ、大切にかしずかれ始めた。十月、道長女《むすめ》、威子の裳着の儀が行われた。その間にも後宮の華やかさは、宮彰子のもとから妹妍子のもとへと移っていったのである。

翌長和二年正月、中宮妍子、懐妊の為東三条院に下がり饗応の事がある。四月には、皇太后彰子と土御門邸において御対面があった。

賀茂祭の人々の過差（贅沢）や、お供の数の多さについては、実資も嘆く人の一人であった。五月二十五日、息資平が宮彰子のもとを訪問。東宮御病の由にて、実資はお見舞いを申し上げさせたのである。この宮での取り次ぎは、為時女紫式部と決めている。最も信頼がおけると思う。口の軽い女房では困る。批判的な言葉は、時を経ずすぐ道長の耳に達してしまうからであった。

見舞いの言葉に対して、「東宮の御病みは重いものではない。尋常の内ではあるけれども、まだ御熱は下がらないようです」と紫式部は申した由である。

七月五日、実資自ら皇太后宮彰子の許を訪問、取り次ぎの紫式部と逢う。逢うと言っても御簾越しなのではあるが、内裏でのこと、更に出仕以前の為時の邸でのことなど思い出すと不思議な縁であると感じられる。世の行く末が案じられてならない時でも、この宮に参上すると少し心が落ち着くのであった。皇太后宮彰子は穏やかに、何事もなかったような日々を過ごしている様子に、実資の気持ちが和む。帝の崩御の時もあまり取り乱した雰囲気ではなかった。

いろいろ考えているのだろうと思う。

実資は久しい間、障りがあって参上できなかったことを申して啓上の事を紫式部に頼む。暫くしてから、皇太后宮彰子から「よく参上して下さり嬉しく存じます」との仰せ事があった。近頃は、この宮にわざわざ用事もなく立ち寄るという人々は少なくなっているのであろうか、と実資は思う。

長和二年七月七日、三条帝の御皇女禎子内親王誕生。「天のこれを為すところであって人の為すところにあらず」と実資は『小右記』に記す。道長はあまり皇女の誕生を悦んでいないように見受けられたのである。天の計らいは、人の思い通りではない。

そのことはそのこととして、道長も皇太后も、皇子、東宮の成長にすべてを託す。道は遠いのである。

実は実資は、養子の資平の任官のことについて、皇太后宮へ紫式部を通して仲介をお願いしたこともある。他家のことでは済まない。小野宮家もまた、次の世代へ引き継がれなければならない時期にさしかかっていた。この年の正月十九日のことであった。資平を直接に宮の許に使いに出すこともあった。二月二十五日には、一種物の催しが枇杷殿で行われる予定であったのを、にわかに中止となりその事情を彰子のもとに問い合わせたのだった。

「帝の崩御から日が浅く、とかく思いが沈みます。道長殿が御出席なされば座もはずみましょうが、後の世の人々は何と申しましょうか。宴会のことも何かと物要りでございましょうし、中止するのが大変良いと存じます。との事」

とは、取り次ぎの紫式部の言葉であった。

「賢后と申すのも可としよう。感心だ」と実資は思う。資平はまた、三月にも宮を訪問。十二月、実資の病の折であったので、消息だけ戴く。その消息も女房紫式部の代筆であった。また二十一日、紫式部を介して、「病は如何ですか」との見舞いの言葉を戴いて帰って来た。実資は恐縮してしまったのである。「よく病の事をお忘れにならなかったことだ、やはり女房紫式部が覚えていたに違いない」と実資は思う。四月十四日、中宮妍子の土御門邸還御の際、物忌だからと言ってわざわざお供が出来ないことを申し出た。そのことを道長は不満に思って、すぐ使いを出せと言ってきかない。宮は道長に対して、
「出来ないとお断りになっているのだから」
ときっぱりと言ったとのこと。そのことを感謝し、実資は宮の見識ある態度に心から感じ入った。取り次ぎ女房は、この時も、紫式部であったのだ。

七月十二日、皇太后宮の許に源頼定の女《むすめ》が出仕したとのこと、驚きも大きい。近頃では大臣や大納言の息女で父の薨後宮仕えに出るのは珍しくない。昨年亡くなった伊周の女もそうではある。憐れむべき不憫な事態であると実資は思った。しかし、まだ父が亡くなる以前というのは、やはり未聞のことだ。祖先の恥を思うであろう。気の毒である。八月二十日、道長が法性寺に出掛けた由を紫式部が取り次ぐ。

翌長和三年二月には、また内裏焼亡の事があった。三条帝、中宮は八省院に避難され、枇杷殿に遷御の事が決まる。新内裏造営の為に、多くの材木をいかに調達するか討議あり。公任は造営の殿舎を減少して、負担を軽減すべしと言う。三月二十日、実資の邸の中に新たに湧き出た泉を見に、公任が訪れる。久しく清談に夜が更けた。四月、賀茂祭に道長も詣でて斎院に歌を贈る。五月、厳子女王病の由、実資は公任のところに問い合わせる。見舞いの事などがあった。六月、実資は為時が越後守を辞して帰京した由を聞く。

十一月二十八日、教通女《むすめ》生子の百日の祝い。籠物百、道長の威光のために、大層派手だと実資は思う。敦康親王

は脩子内親王邸に出御。一条天皇の旧臣十名ほどが車で伴をする。数日前には、やはり親王は道長の宇治行きに同行される。遊女に衣を脱いで被けられた。眼病をおわずらいの三条天皇には、御譲位を迫りたいという道長の気持ちは表面に出なくとも、何よりも明白である。その時点で敦成親王を擁立申し上げなければならない。早すぎず遅すぎぬように道長は計画しているのであろうと、実資は推察する。

取り次ぎ女房の紫式部も、父為時の病の見舞いなどで里に下っている事もあって、皇太后宮への足も遠ざかっている。

長和四年九月には、大宰権帥《そち》として下っていた隆家が帰京。絹、香、唐錦、螺鈿等を献ずる。この頃、三条天皇（帝）より、禔子内親王を頼通に降嫁させたいとの仰せがあった。頼通は、隆姫一人を正室として守りたい由を申して、難色を示す。また、帝は清慎公実頼の除目日記を書写させたいと仰せになった。

十月十六日、ついに三条天皇の眼は悪くなり全暗の由。心細くなられているとのこと、実資はすぐに皇太后宮に参上する。紫式部を東の戸口下に召し出して、近くまで参入して事を啓上。このような微妙な事柄の取り次ぎは、この女房紫式部でなければ頼めない。宮からは、しかるべきお見舞いを帝に出すであろう。彰子もまた、お見舞いの時を逸してはならないのである。帝はもはや一刻の猶予もなく、責任から離れて解放されたいと思し召されるだろう。道長もまた、強く暗暗裡に譲位を逼《せま》るに違いない。重大な決意をするのは近々のこととなろう。その緊迫した情勢を一刻も早く皇太后宮は把握するべきだからである。何もかも知った上で、鄭重なお見舞いは届けられるであろう、と実資は拝察するのだった。

二十五日、皇太后宮の土御門邸に於て、道長五十賀の法会が盛大に催された。

相生《（老）》の松をいとども祈るかな千歳のかげにかくるべければ　公任詠

（千年も長生きしていただきたいものです）

との公任の歌に応じて、道長は詠じた。

老ひぬるも知る人なくはいたづらにたれを松とぞ年をつままし　道長詠

（松のように年を経ても、知ってくれる人がいなければ何のかいがあろうか、そちらこそ）

人々は褒誉の気分で吟詠した。道長の性格の中で良い点をあげるとすれば、この他者への心配りであろう。

十一月十七日、内裏またもや焼亡する。北風強し。

翌、長和五年正月二十九日、三条天皇御譲位、敦成親王は九歳で帝位につかれ、道長は同じ日、左大臣で摂政となる。皇太子には敦明親王が立った。

長和五年四月二十九日には、紫式部の父為時が三井寺に於て出家した。病がちになった日々、少しでも命が延びますようにと、紫式部は祈った。その祈りが聞き届けられるのならば、寂しさは気にしないことにしよう。だが、出家後も容態はあまりはかばかしくない（父の出家は、それに先立って紫式部が世を去ったためとする説もある）。ほぼ一月の後、六月三日に皇太后宮で饗宴があって摂政道長他、多くの大臣や大納言、中納言が列席した。久しぶりに出仕して、しばらくして里邸に下る。その頃には漸く父の病も癒えて、祈りが通じたことを、紫式部は嬉しく思った。

翌寛仁元年は、正月早々に内裏に盗人が入って、滝口の内舎人に射て捕らえられるという事件が起きた。昔、寛弘五年冬、晦日のことを、昨日のことのように紫式部は思い出す。慌ただしい時刻は忍び込み易いのだろうか。

四月、改元の事があって、三条院御不例、落飾する。道長は一条の仮屋にて貧民三千余人に穀を施す。五月九日三条院崩御。廃朝五日。六月には、太皇太后宮遵子が逝去。公任がそのことを預かり、般若寺に葬送。姫宮禎子内親王は五歳であった。

七月に入ってすぐ、賀茂川の洪水の為に多くの被害が出た。京極大路や富小路は巨海のようであったし、往還不通の所も少なくなかった。群盗は斎院に入ったという。水害は諸国に及んだ。疾疫病のための千人の僧の読経が大極殿にて行われた。盗人は道長邸の倉にも入り、沙《(砂)》金千三百余両、銀等を持ち去るが、これは月を経て捕らえられる。漸く政務が行われ始めたのは七月九日からであった。

紫式部は、公任の許に消息を届ける。姉太皇太后宮遵子の逝去は、美しい芙蓉の花が衰微して枯れ果てた様子を想像させた。残念にも思われる。けれど、着実に次の世代は育っている。まるで身代わりのように、公任の息女と教通との間の姫君生子が成長している様子。大層可愛いらしい若君なのだから。公任も婿として迎えられた教通の為に、様々な有職故実を教えてもらおうと、度々実資を訪問の由であった。

この頃より、敦明親王は能信を介して、道長に東宮の位を譲りたいと遜位の意を語った。道長は早速、彰子に相談した。皆からの信頼が厚かったのだ。彰子はすぐに返事をした。「以前から申しておりますように、ただ今の皇太子の時にも、敦康親王にと存じたのでございます。敦成親王もお年がおゆきになっていらっしゃらなかったのですし、御皇太弟の敦良親王も幼くていられます。どうぞ先に一条帝の第一皇子であられる敦康親王をお立てになって下さい。先は長いのですから」と。しかし、道長の心の中はすでに決まっていたのだ。表面上は親王自らの強い意向によるものとして遜位が決まり、敦良親王の立太子の事が決まった。

十九日、立太子の儀礼は盛大に行われ、一条院の北の対東舎が皇太后彰子の御座所、新東宮の御座所となったのである。

道長の尊貴、帝王に劣らずと実資が公任に語ったとか。なるほど本当にと、紫式部はひそやかにうなずく。桂や宇治での数々の宴、寺社への御礼の参詣。十一月二十七日、道長、太政大臣に任ぜられる。大饗の時、下位にあった頼通の座を上の方に移したとのこと。彰子でなくとも「それほどまでに身内を立ててはなりません。少しおひかえ下さって」と申し上げたい所だ、と紫式部は思う。

明けて寛仁二年、正月二十一日には政《まつりごと》始め。続いて道長、太政大臣加冠による後一条天皇御元服の儀があった。十一歳になり、大層賢い様子が拝せられる。

頼通は、大饗のために新しく四尺倭絵屏風十二帖を作らせた。美しい絵に添えられる詩や和歌が献上されたのだが、その中に紫式部の父為時の詩も入っている。為時が法師となってのこの慶賀、紫式部には大変光栄にも嬉しくも感じられたのだった。

この年の夏は旱魃が続き、大極殿にて御読経があった。結願の日に雷鳴とともに雨が降る。上東門邸（土御門邸）の修造には、家司源頼光の調達がなされ、その華美は多くの人々の驚嘆する所となる。秋にかけて、大きな石の運搬に必要とされた仕事は荷役の人々を苦しめた。田の用水を邸内に導いたために、水の不足は著しいものとなった。道長はそのようなことに気付かない人ではない筈なのであったが、病がちのこともあって、適切な判断がなされなかったものであろう、と紫式部は推察した。

十月十六日、入内した女御威子の立后の事が行われた。それにともなって妍子が皇太后宮に、彰子が太皇太后宮にということになった。一家に三后などという未曾有の事態となる。祝宴の席で盃は巡り流れて、皆和歌を読もうとした。「誇りたる歌」道長の歌はその中で詠ぜられた。

この世をば我が世とぞ思ふ望月の欠けたる事も無しと思へば　　道長詠

（満月のように三后揃って我が家からお立ちになった。もはや欠けたるところなく願いはかなったのだ）

それは確かにこの世の頂点を知ってしまった人の思いであろう。けれど人間であるかぎり、有限性からは逃れられないのだ。衰微と老いはこの瞬間から近づき始めているのではないだろうか。

寛仁三年春、穏やかな平和な雰囲気は、内裏に漲っていた。紫式部は暫く里下りを続けていたのだったが、新年には娘賢子と共に参内する。五日、久しぶりに太皇太后宮彰子の弘徽殿に訪れた実資の取り次ぎ役を、紫式部はつとめる。里に下っている女房の代わりであった。何にも増して、実資の健やかな姿を拝す事ができて嬉しかった。

彰子は先頃、自分の一年の特別手当である年爵を実資に「差し上げます」と申し出た。そのことを勿体ない話と恐縮し、実資は挨拶に参上したのだ。彰子に取り次ぎをすると「かつて一条帝崩御の後、枇杷殿に御座所を戴いておりました。あの頃訪れて下さる方も少なく、寂しく過ごしておりましたのに、しばしば御訪問になり親切な言葉を掛けて戴きました。感謝しておりますので、この度の年爵は当然の、ささやかな気持ちです。どうぞ御遠慮なく」との仰せ。取りつぎに出た紫式部は、実資に伝える。「お年を召した方が次々と世を去って行かれる中で、実資殿にだけは長生きをして、良識ある御態度を示して戴きたい、まだ多くのお教えを戴きたい」と、紫式部は思うのだった。

## 十五　山桜の述懐

不思議なことに『源氏物語』は大層大事にされているらしいのであった。例えば千古の御裳着に先立って美しく書写されたとか。禎子内親王にも献上された由、それに何よりも嬉子の入内の贈り物としても書写が行われたことを、紫式部は光栄に思う。娘賢子は里下りをしているけれど、東宮妃嬉子付きの女房なのである。かつての馬内侍のように、毒舌をふるう人はいないのだろうか。

ところでこれも前世からの因縁なのであろう。東宮妃嬉子懐妊の知らせ、賢子よりも一月ばかり後のことである。準備は、土御門邸にて着々と進められているのだった。

万寿二年八月三日、賢子のように安産というわけでなく、嬉子に皇子誕生。光栄なことに賢子がその御乳母として選ばれたのであった。近頃病がちの紫式部であったが、このことを心より嬉しく有り難いことと思う。

乳母という地位には誰でも簡単につけるものではないのだ。良い乳であることが条件である。学問の家柄であれば、それはそれで良い。ただし命短い族では不適格である。できれば両親健在であることが願わしい。それが無理でも、賢子の祖父にあたる為時は充分長生きしたし、母親である紫式部自身も、病の身とは言え健在なのであった。何よりもそのことが誇らしい。生きながらえていて無駄ではなかったと思うのだ。『源氏物語』を読んだ姫君、女君、女房からいろいろな消息も届けられていた。書き尽くせないと思われた御返しの文も、何とか認め終えることができて、紫式部はほっとする。

この後、紫式部は息を引き取る（紫式部の没年については多くの説があるが、著者は万寿二年説をとった）。この世に於ては受領、中流貴族の女としての一生であった。どこかに吹き寄せられて消えてしまいそうな位置しか占めることはなかった。凍えて払い落とされそうに瞬いている、冬の月のように。梢の先に危うくひっかかりながら、それでも冴えた光を放っているではないか。真冬の夜の道を照らしながら。どれほど耐え忍ばなければならない時にあっても、予想外のことが起きても、生き抜かなければならない。大切なことは、命を煌めかせること、そのことが生き抜いた紫式部の残した、最後の消息文であったのではないだろうか。

紫式部の死を、道長、公任、実資、行成はそれぞれの思いで受け止めながらも、日記に記しておこうとは全く考えなかった。それは、女御嬉子の逝去の数日後のことだったからである。続けて書くには恐れ多い、一人の中宮女房の名前であったのだ。けれども、誰もその死を忘れることは決して出来ないであろう。嬉子の年忌は紫式部の年忌であり、生まれた皇子の年を数えれば紫式部の死後何年を経たかが思い出されるからである。

同じ年に小式部も亡くなり、和泉式部も悲痛の心を歌に託した。

とどめおきて誰をあはれと思ふらん子はまさりけり子はまさるらん　和泉式部詠

（娘との死別の悲しみにまさる悲しみはないものです）

公任は、誰にも相談することなく直ちに出家の用意を整えた。娘の死よりも、女房紫式部の死の衝撃は大きかったのだ。そのことを知る人は無かった。人々に別れを告げ、家人を慰めた後に、来年の二月には、などという言葉通りにではなく、十二月十九日、突然長谷寺に入ったのである。年明け早々に戒を受ける。

続いて太皇太后彰子も落彩、上東門院と号される。更に翌年、道長は六十二歳で世を去る。

風吹くと昔の人のことのはを君がためにぞかき集めける　道長詠

（貴方のために昔の人の歌を書き集めたのでした）

は、女院彰子に贈られた最後の歌の一首であった。お返しは、

慰めも乱れもしつつ紛ふかなことのはにのみかかる身なれば　彰子詠

（父君の御言葉のみが生きる頼りですのに）

ことのはもたへぬべきかな世の中に頼む方なきもみぢ葉の身は　道長詠

（言葉も絶えてしまうのであろうか、はかないもみぢ葉のように。言葉にかけた命と思うのだ）

文学を愛し、言葉の力を信じ、文運こそは至高の王朝の基盤であると考え続けた道長であった。言葉には魂が宿る、

短い言葉、限りない饒舌、そして深い思索と実践の中から生じた言葉。それを拾い集めることは、道長の胸底にひそめられた熱い願いであったに違いない。

残された人々、公任、実資、太皇太后宮（女院）彰子はその後も長く生きて、摂関政治から院政へと移り変わる平安王朝を様々な形で支えたのであった。

世の中をなに嘆かまし山桜花見るほどの心なりせば　　紫式部詠

ひととき世の常なさを忘れることができよう、美しく輝いて咲く山桜の花を、ひたすら眺めていられるのであったならば。深い沈思の中から言葉が生まれ、失われた時間と自然への愛惜の情は嘆息に変わるだろう。花の命に寄り添って生きるならば、何もかも忘却できるかもしれない。

しかし、ある時決然と花のもとを立ち去って歩き始める日が来る。その時桜は、少し首をかしげながら惜別の花びらを降り注ぎ、人々を見守り続けるだろう。人生の道に歩み疲れ、愛と葛藤の果て、魂の醇化の過程で、人々は再び花のもとに戻って来る。その瞬間を待ちながら。

## 十六　隆姫　引き継がれ行くもの

秋月は、皓々と山峡のつづら折の道を遠くまで照らし出していた。

宇治に滞在して五日、夕暮れ近くなって隆姫の許に到着した遣いの者は、

「今朝より、選子内親王様のご容態がお悪うございます。やはり今宵の内にお戻り下さいますように」

と言う。日が暮れる前に何とか出発したいと思ったが、準備に時が過ぎてしまった。法要を終えて帰る内大臣の一行

に同行を頼み、山道の夜の恐ろしさも少し消えて、安堵する。
叔母に当たる前斎院、選子内親王は、七十を超え出家の身である。弱ってしまってからは京の暮らしで、最近お見舞いに伺ったばかりであった。その折には、書き留めている歌集の一部を見せてもらった。『発心和歌集』と仮の題がついていた。

思うにも言うにも余る深さにて事も心も及ばれぬかな　　　選子内親王詠

（深く広い心をもって、すべての事に当たりたい）

選子内親王の信仰心は、兄の具平親王譲りで、斎院を退下した後に培われたのだろう。歌には、誠実に道を進もうとする努力の跡が滲んでいるのだ。

暗きより暗きに長く入りぬとも尋ねて誰に問はんとすらん　　　選子内親王詠

（救いのない冥さの中にあっても、人は仏の名を求める）

長い人生で、やはり苦悩することもあったに違いない。

つくりおける罪をばいかで露霜の朝日にあたるごとく消してん　　　選子内親王詠

仏道に背いた罪と、その他の小さな日常の罪を後悔することの大事さを教えてもらったように、隆姫は思う。これらの印象的な歌の数々は、お経の言葉と共に、隆姫の頭の隅に残されてしまっているのだった。

左の方は深い谷になっているらしい。その向かい側の山の端に、今しも月が昇ったのである。轍の音が、あたりに吸い込まれるように広がって行く。もしも、このような夜に、全く一台だけで下りなければならないとしたら、ぞっとするような怖さである。崖の上から突然、岩でも落ちて来るかもしれない。それを避けようとして反対に、車ごと谷に投げ出されることもあろう。人の死の、儚くて虚しいことも思われる。このような考えから、出家への願望も生まれるのであろう。京では、月見の宴に多くの客達が招かれている時刻であった。隆姫と親しかった友も、この場にはいない。身分や富は、死を前にすれば小さなものとなるだろう。どれほど地位や名誉に恵まれていたとしても、一瞬の内の死を排除することはできないのだ。人々はその内に、忘れ去るだろう。虚無におののいた、一人の存在とその生涯を、記憶の中から消し去るだろう。それでも、命に代えて何かを残したい。

隆姫が『発心和歌集』を思い出しているうちに、道は下りに差しかかっていた。御簾越しに、月の光が見え隠れする。ふと、手にしている浅い袋に目を遣る。畳紙や筆、小さな御経などを入れて持ち歩いているものだった。薄い箱の中に、一枚の飾り櫛があった。

何時、誰より戴いたものか分からない。少女時代から、隆姫が大事に持ち歩いているのだった。朝夕手に取り、慣れ親しんでいる間に、どのようないきさつがあったのか、それに伴った思い出も忘れ果てている。隅の方は、塗りも所々剥げ落ちて、地の木肌が見えている。嵌め込まれた螺鈿《らでん》も、傷つき擦り減って、何の模様であったのか偲ぶよすがもない。どれほどの歳月が流れたのだろうか。

頼通の正室として、穏やかに燃える炎のように生きてきたと、隆姫は思う。山陰の一滴の清水を掬って飲む喜びも、味わうことが出米た。意志的で持続する愛を抱き続けたことを、誇りにも思っているのだった。

けれども、この古い飾り櫛は、きりきりと麻糸を噛みきるに似た感情の起伏の激しさも、やる瀬なさも、じっと凝視してきたのだ。過ぎ去った日々の中で、この櫛に流れ、溢れてこぼれた黒髪も、何時しか削ぎけずられて、豊かさは消えた。それを思うと、寂しさを感じて、固く握りしめてしまった。

左手で袖口と御簾の端を押さえると、思い切り遠くへと投げ上げた。櫛はゆるやかな弧を描いて、月の光を浴び、やがて斜めに下って闇の中に消えた。

懐旧の闇深くして山麓の観世音寺に灯のともる見ゆ　　隆姫詠（著者作）

夜が更けてから隆姫が六条の邸に入ると、人々は驚いて、「困難な道でございましたでしょうに、よくお戻りになられました」と言う。

隆姫「選子様のお具合の方が気になりました。山陰は恐ろしく、怪しい者も出そうでしたけれど、内大臣のご一行に加わりましたので安心でございました」

女房「選子様は、今朝は甘葛《あまづら》など少し召されましたのに、夕刻より急変遊ばされたのでございます」

選子内親王は安らかに眠っているように見えたが、やはり時折苦しげな様子であった。長い人生を夢の中で振り返っているのだろうか。

いかにせん惜しめど秋は過ぎぬべし残りの虫は声弱りゆく　　選子内親王詠

自身の死を見つめているような歌が残されていた。

その暁方に選子内親王は亡くなり、最後の見舞いに伺えたことに、隆姫は安堵したのだった。

失ってしまった古い櫛は、過去の情景を呼び起こして、鮮やかに蘇らせる。初めて頼通と偶然に逢ってしまった日のこと、父具平親王は留守で、しんと静寂が庭を包み込んでいた。ふと池の辺りに佇んでいると、初秋の風が水面も揺らす。ひと叢の水引草の紅色に心引かれて、一枝ずつを摘み取ると髪に差してみた。豊かな髪にほどよく調和して、水に映った姿に思わず微笑する。母にならば「楊貴妃のように」などと冗談を言えたのに、と考えたことまで、隆姫は思い出す。

その直後に、釣殿を廻って頼通達が現れ、隠れようもなくて立ち上がってしまった。水引草は肩先をかすめて、はらりと地に落ちたのだった。失われた時間は、苦しみや悲しみを浄化して、懐旧の思いに救いを感じる。

この世には無駄なことは無いと、隆姫は今ならば言えそうな気がする。

『大斎院前御集』には、次のような選子内親王の歌が残された。

かくばかり澄み難き世の水の面に宿れる月の影ぞはかなき　選子内親王詠

（このように憂き世との思いになれたつもりでも、水面に澄む月を見ればこの世に生きるはかなさが思われる）

また、次のような歌もある。

深き夜の月を眺むるほどもなく飽かぬに明くる空をいかにせん　選子内親王詠

（庚申の夜更け、月を眺めるともなく眺めて思いに耽ってしまった）

『大斎院前御集』に残された御歌には、文学を愛した選子内親王の人柄が偲ばれるのだ。

先にあげた歌のみならず、御集や前御集には、『源氏物語』との相関を思わせるものが多く見られる。

氷閉じ石間の水はゆき悩み空澄む月の影ぞ流るる　（朝顔巻　紫の上の歌）

深き夜のあはれを知るも入る月のおぼろげならぬ契りとぞ思ふ　（花宴巻　源氏の歌）

『源氏物語』が書かれている頃、紫式部は斎院の文化圏に大きな刺激を受けていたのである。伝統的に和歌の情趣を重んじ、春夏秋冬の四季それぞれに、風雅な催しを楽しむ環境にあったし、またそれが可能なほど、経済状態も恵まれていたといえよう。

斎院には、文化の発信元としての自負心もあった。届けられたばかりの新作本である『源氏物語』は、高度の享受者を得てこの地で輝きを増した。洗練され、磨き抜かれた美は、どちらかと言えば定子後宮よりも、彰子後宮に近いものであっただろう。『発心和歌集』に至る心の浄化の過程が、闇を切り開く一筋の道のように続いているからである。日本古来の神道と、新しい仏教の文化の架け橋となっていたのである。その主題はまさに、『源氏物語』のそれでもあった。

「ものを嫉んだり」あるいは「ものを憎んだり」するという感情は、本質的には隆姫のものではなかった。あくまでも相手の立場に立って、何が苦しみであるかを知ろうと努め、温和な心で接したからである。可愛がって育てた姪など一族の女性達によって愛情を奪われたことなどは、許し難い侮辱のように思われる瞬間もあったであろう。許すという行為の困難さを、誰よりも厳しく味わってしまったのである。

だが、世間の人々は単純に、外側から見て噂の対象にしてしまう。犠牲的な行い、一歩引いて譲ってしまう態度に、人々は同情し、また幾らかのやる瀬なさを感じたのである。

隆姫が選子内親王を見送った長元八年から、さらに二十年ほどの後、或る女性が心身をひたすら打ち込んで、『源氏物語』の書写を行い、證本として伝えた。

後に関白師実と結婚して、従一位麗子《れいし》と呼ばれた人で、隆姫にとっては姪に当たる。具平親王の長子で隆姫の弟である師房は、頼通夫妻の養子となっていた。その子俊房もまた、妹麗子と同じように、『源氏物語』の書写による一本を伝えた。二人の母は道長女の尊子である。なお、師房の弟頼成は、紫式部の従弟である伊祐の養子になった人である。

頼通の二男師実の元服は、天喜元年のことであった。そのころ、六条斎院の禖子《ばいし》内親王を中心に文化圏が形成されていた。往年の選子内親王のそれを思わせるものであった。天喜三年の物語合には、「逢坂越えぬ権中納言」など、多くの新しい物語が並べられ、その盛事の様は、後々にまでも語り伝えられるものとなった。麗子の書写した本については、古い注釈書『河海抄』に何度か取り上げられている。例えば桐壺巻において、「おみなへしの風になびきたるよりも」という箇所については、「従一位麗子本には尾花の風になびきたるとあり」と書かれている。その他、少しの文字の脱落や、書き違いなどが指摘されているのだった。

麗子自筆のものであったことは、『新勅撰集巻十七』雑二の次の歌によって明らかになった。

源氏の物語をかきて奥に書きつけ侍りける　従一位麗子

はかもなき鳥のあととは思ふともわが末々はあはれとは見よ

（鳥の足跡のように、はかない文字の書き様ではあるけれども、末裔としてこの本に接する人には、懸命な努力の跡をあはれと思って見て欲しいと願っている）

華やかな物語合から四年目に、麗子は師実と結婚、三年目の康平五年には師通を出産している。この年には、東国において、源頼義が、安倍貞任や宗任を破り、ほぼ十年に亘る前九年の役を平定した。平安の世は、まだ大きな争乱には見舞われていなかったのである。

『源氏物語』の一字一句を誤りなく写そうとした人々の、麗子と同じような切実な願いは、現代の二十一世紀にまで伝わって来ている。その中には、行成流の書家達の姿がある。藤原定家の功績も大きかった。その青表紙本は、最も信頼のおけるものとされている。

麗子の本は、桐壺よりの二帖の他、どのようなものであったのだろうか。興味は尽きることが無い。

平安の佳人の姿偲びたり今も変わらぬ自照の道に

著者作

# 終章　『源氏物語』花の原点

二十世紀も終わりに近づこうとする頃、京都の北東、八瀬に近い小さな山に、著者を含め数人で登った。御蔭山《みかげ》とも、御生山《みあれ》とも呼ばれている。お暗い木々の下には、落ち葉が降り積もっていた。

分かれ路の所に、白い犬を連れた散歩の人がいて、右に行けばよいと教えられた。更に暫く登って行くと、漸く頂上らしい場所に辿り着く。昔はよく整備されていたのであろう。前庭があり、時の風化に曝され、古びて朽ちかけたと言ってもよいような御社が残されていた。朱色は褪せてしまっているが、それでも端麗な姿の、御阿礼《みあれ》神社である。

この神社は下鴨神社の境外摂社で、神代の昔、玉依《たまより》姫が上賀茂神社の祭神、別雷《わけいかづちのかみ》神を産んだ所とされている。玉依姫とその父、建角身命《たけつのみのみこと》の神霊がこもると言い伝えられている。下鴨神社の御蔭祭は、この神々を蘇らせ、本殿に迎える行事なのである。

毎年五月十二日、御阿礼神事により、別雷神が招きおろされて、賀茂祭が始まる。十五日の葵祭では、宮中の儀、路頭の儀、社頭の儀のうちの路頭の儀が、華やかに平安時代さながらに、とり行われる。御所を出た車は下鴨神社の社頭の儀の後、賀茂川堤から上賀茂神社に至るが、行列は都の人々ばかりでなく、地方からの見物人で賑わう。

賀茂神社に奉仕するのは、かつては内親王であった。斎王代の御手洗川での御禊ぎも、盛大に行われ、それを見物しようとして、六条御息所と葵の上の供人が、激しい車争いをすることになってしまったのであった。

この小さな山は、ある意味で、『源氏物語』の発祥の地と言ってもよい場所であるが、今では忘れられたかのように、たけ高く夏の名残りの草が生い茂っていた。空は淡く澄み、初秋の風は蕭々と吹き渡って静かであった。

平安の世に誘われて、思いは何時しか時を超えて帰って行く。このような空気を吸って、空を見上げ、風の音に耳を傾けたであろう王朝の人々の姿がふと浮かんでくる。同じように、暑さ寒さを感じて、急いだり慌てたり、足を止めて躊躇《ためら》ったりしたであろう。その人々の囁きの中には、多くの変化があったけれども、変わらないものも在るとの主張が込められているのだ。現代に到るまで、不易流行の精神は続いている。

言葉という不思議な存在がそのことを表明している。思想や意見を言葉として残そうとしたり、言葉を書きつづるという作業の中に、身を転じて生き蘇ろうとした女性達などの存在があって、それぞれに大きな足跡を遺したのであった。それらの言葉や歌は時の流れの中の「花」であった。花に一瞬光があたる時、輝く。

意識の流れは、平安の世界と現代の世を行き帰り、限りない往還を繰り返す。どのような小さな人声にも注意を払い、存在の理由があったことを認めたい。たとえ、当時においては反逆者と見なされたり、厄介な人とされたりした人でも、どこかに美点があったに違いない。秘すれば「花」とも言われる。隠された花を見付け、その原点に戻りたい。

光源氏の壮大な物語を彩るのは、時々の花であった。華麗な恋愛遍歴の日々、失意と逆境、栄達への道、晩年に至る寂寥と残された世界、そこに咲いた詩歌の花の原点にあるのは、何だったのだろうか。『源氏物語』という存在は、その中に、『竹取物語』から『伊勢物語』、『大和物語』、『宇津保物語』、それに『古今集』や日記などを取り込んで、次々に発展させていった、一つの王朝文学史だったのではないだろうか。そのような思いが、この日、山を下って行く時に、ふと著者の脳裏を横切っていったのであった。

――了

# 初出一覧　出典目録

（本書では、各冊から二割程度を抜粋して結合し、一つの節にしたため、原本の一つの節をいくつかに分けて掲載しているところがある。なお、出典の記載は、章・節番号のみとし、タイトルは省略する。）

第一章　『源氏物語』への曙光―光源氏の面影

一　八瀬の桜　書き下ろし

二　宣風坊の池波　書き下ろし

三　小倉山の紅葉　書き下ろし

四　山科勧修寺の月（『源氏物語花蔭　勧修寺家の人々』第一章一～六）

五　明晰さと人格（『源氏物語花蔭　勧修寺家の人々』第一章七～九『源氏物語花摘』Ｉ・二）

六　春日の里（『源氏物語花摘』Ｉ・一、『源氏物語「みやびの世界」序章』第二部一）

七　伊都内親王の願文（『源氏物語「みやびの世界」序章』第二部二）

八　紫草の世界（『源氏物語「みやびの世界」序章』第二部二十四）

第二章　文芸復興への光―和歌世界の拡充

一　醍醐王朝の文学（『源氏物語花摘』Ｉ・三、五、七、十、『源氏物語花蔭　勧修寺家の人々』第一章九、十）

二　雲林院の行幸（『源氏物語花摘』Ｉ・十四、『源氏物語花蔭　勧修寺家の人々』第二章二、三、四）

三　寛平の御遺誡（『源氏物語花蔭　勧修寺家の人々』第二章四、『源氏物語花摘』Ｉ・十五～十九）

四　失脚と左遷（『源氏物語花摘』Ｉ・二十）

五　魂の故郷へ（『源氏物語花摘』Ⅰ・二十、二十一）
六　勧修寺流の人々（『源氏物語花蔭　勧修寺家の人々』第二章五〜十一）
七　定方の娘たち（『源氏物語花蔭　勧修寺家の人々』第三章一、二、七、八）
八　兼輔の子女（『源氏物語花蔭　勧修寺家の人々』第四章一、七、八、九、十、第五章四、五、七、第六章三、四、六、七、十一）

第三章『源氏物語』への逆光―政変の渦潮
一　若き日の公任（『源氏物語新花摘』Ⅰ・十一〜十三）
二　兼家の権勢（『源氏物語新花摘』Ⅰ・十四、十五）
三　道心と世俗（『源氏物語新花摘』Ⅰ・十六〜十八）
四　花山院の落飾後（『源氏物語新花摘』Ⅰ・十八〜二十）
五　少女、紫式部（『源氏物語新花摘』Ⅰ・二十一〜二十四）
六　浮舟の身（『源氏物語新花摘』Ⅰ・二十五〜二十七）
七　宿世と岐路（『源氏物語花摘　完』Ⅰ・一、二）
八　越の海山（『源氏物語花摘　完』Ⅰ・三、四）
九　めぐりあい（『源氏物語花摘　完』Ⅰ・五、六）
十　突然の訃報（『源氏物語花摘　完』Ⅰ・十一）
十一　無化された過失（『源氏物語花摘　完』Ⅰ・十四、十五）

十二　新しい一条院内裏へ（『源氏物語花摘　完』Ⅰ・十六、十七）
十三　人を魅了する力（『源氏物語花摘　完』Ⅰ・十八、十九）
十四「日記」の深層にあるもの（『源氏物語花摘　完』Ⅰ・二十、二十一、二十三〜二十五）
十五　山桜の述懐（『源氏物語花摘　完』Ⅰ・二十六）
十六　隆姫　引き継がれ行くもの（『源氏幻想　王朝の影絵』第一部第十四話）

終章　『源氏物語』花の原点（『源氏幻想　王朝の影絵』終章）

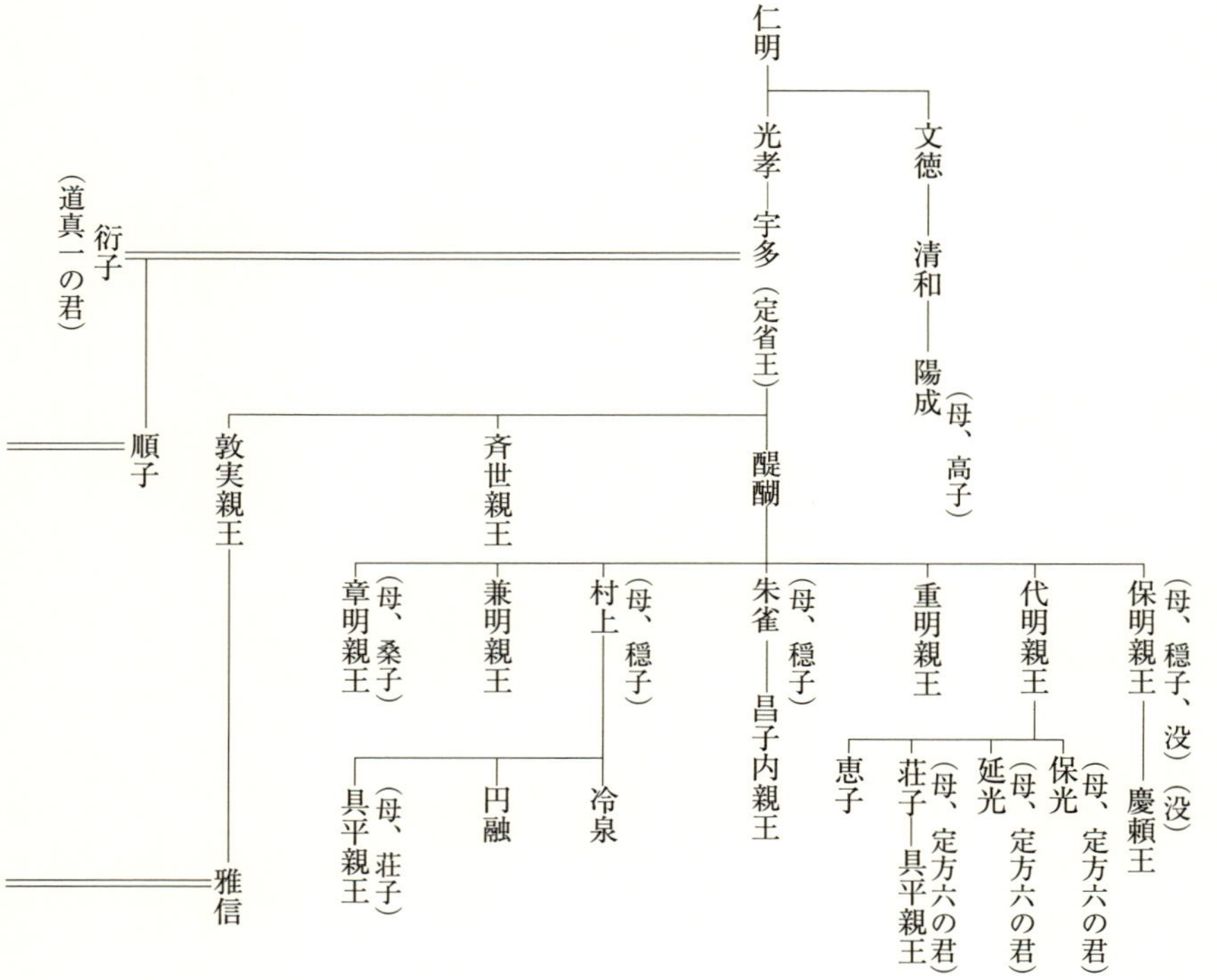
仁明
文徳
清和
陽成（母、高子）
光孝
宇多（定省王）
衍子（道真一の君）
順子
醍醐
斉世親王
敦実親王
雅信
保明親王（母、穏子、没）
慶頼王（没）
代明親王
重明親王
朱雀（母、穏子）
昌子内親王
村上（母、穏子）
兼明親王
章明親王（母、桑子）
保光（母、定方六の君）
延光（母、定方六の君）
荘子（母、定方六の君）
具平親王
恵子
冷泉
円融
具平親王（母、荘子）

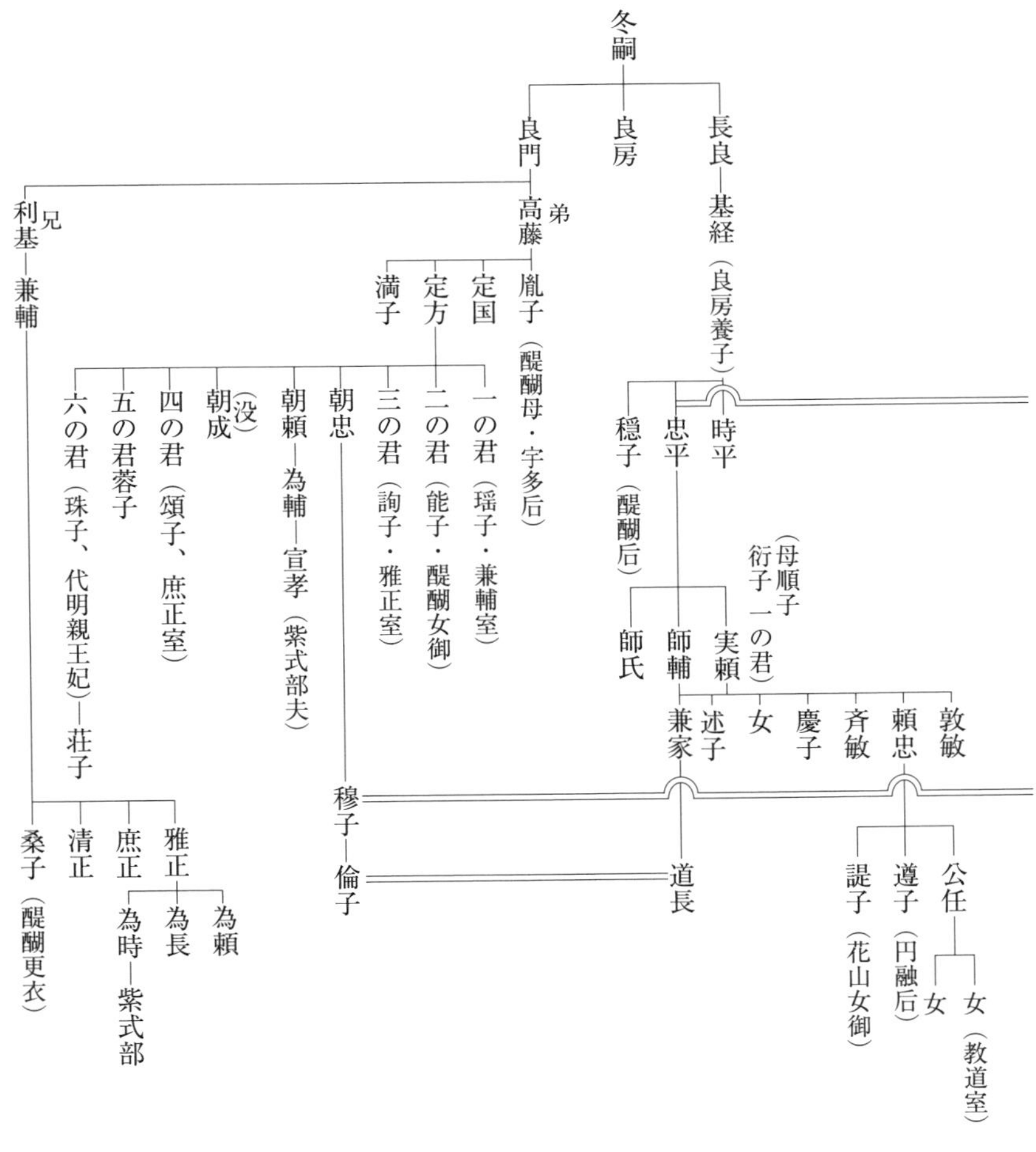
冬嗣
長良
良房
良門
基経（良房養子）
弟 高藤
兄 利基
胤子（醍醐母・宇多后）
定国
定方
満子
兼輔
時平
忠平
穏子（醍醐后）
一の君（瑶子・兼輔室）
二の君（能子・醍醐女御）
三の君（詢子・雅正室）
朝忠
朝頼
（没）朝成
四の君（頌子、庶正室）
五の君蓉子
六の君（珠子、代明親王妃）
荘子
為輔
宣孝（紫式部夫）
実頼（母順子 衍子一の君）
師輔
師氏
敦敏
頼忠
斉敏
慶子
女
述子
兼家
穆子
倫子
道長
公任
遵子（円融后）
諟子（花山女御）
女（教道室）
女
雅正
庶正
清正
桑子（醍醐更衣）
為頼
為長
為時
紫式部

# あとがき

著者は、一九八六年に帰国するまでのほぼ二年間を、旧ユーゴスラビアの首都ベオグラードで過ごした。連邦を纏めていたチトー大統領が亡くなって間もない頃である。駅を中心にする市街地からバスで十五分ほどの、森に包まれた丘は、経済的に裕福な人々や各国の大使公邸などが立ち並ぶ美しい住宅地で、後の戦争ではＮＡＴＯの空爆を辛うじて免れたことをテレビの映像で知った。

白いバルコンと前庭、紅い屋根の邸の二階から、桜の実を付けた木々と、遠くにドナウ川の支流が見え隠れしている。週に一度くらい日本人同士でお茶を飲んだり、セルビア語のレッスン、一日置きに街に出て用事を済ませ、お掃除のエバさんや家主のフランス老女性と挨拶のひととき。持参していた講談社学術文庫の『湖月抄』と、古い一冊本の『栄花物語』を隅々まで読み尽くすという日々を過ごした。

フランクフルトで乗り換え、アルプスを越えて、ザグレブで給油して十八時間かかり、ロンドンやデュッセルドルフに比較すれば、地球の反対側の遥かに遠隔の地という印象であった。この地で親しんだ書の中から思いがけず多くのものを学び、発見することが出来たのだった。『栄花物語』や『大鏡』に記された史実の中のエピソードには、人物の特徴や事件の思い掛けない顚末の詳細が表されている。

「欺かれんとて」人々は読みながら、何時しか引き込まれて本当にあった事のように信じるに到るのではないだろうか。史実と虚構のはざ間で立ち止まることになる。『源氏物語』は虚構の中の虚構、だがどこよりも確かな真実が含まれている。現代において、虚構は成立が困難になっている。読者は千年前よりも「欺かれ」にくい。情報はあまりにも多く、何が真実か突き止める機会も増している。

けれども人にはそれぞれの経験があって、異なる座標軸や視点を持っている。その違った物の見方や尺度をもって史実の間のエピソードを解釈することは可能なのではないだろうか。

論文以外のものを一つに纏めてはどうか、と仰って下さる方のお言葉を思い出して、一冊にするには今しかないと思うようになった。大学三年の時、近代文学の夏目漱石研究家であられた田中保隆先生の新しい特講が始まった。思いがけず良い成績だったので、いくつかの平安時代を素材にした短編を提出、幼い時に夢中になって読んだ物語のことを考えるようになった。それからしばらくたった頃、日本語演劇部で『アンネの日記』一幕目の主役に抜擢されるなど、意義深い学生生活を過ごすことができた。ブリット学長のことも懐かしい。母校での日々は、家族に支えられた。胸が痛む思いである。

『源氏物語』研究に到る道程については、前著『源氏物語「女はらから」論』の「あとがき」においても触れたのだったが、卒業論文が契機となった。阿部秋生先生、秋山虔先生、また『御堂関白記』講読のコピーをお送り下さった朧谷壽先生、クラスメートだった夫人にも感謝申し上げたい。

また、温かいお手紙を下さった中野幸一先生、ご助言を賜った河北騰先生、森一郎先生にも心からのお礼を申し上げます。

この度も武蔵野書院の前田智彦院主様、福澤香南美様ほか皆様方のお世話になり、厚くお礼申し上げます。

この書でも、二〇一四年に御傘壽であられた皇后様のご健康とご多祥をお祈りさせて戴きたく存じます。

また、拙い一書ではありますが、昨年十一月にご逝去された秋山虔先生の御冥福を祈って謹んで御霊前に捧げたいと思います。

二〇一六年四月

細木郁代

# 参考文献

『平安朝女流作家の研究』（岡崎知子著、法蔵館、一九六七年）
『王朝の歌人5　伊勢』（秋山虔著、集英社、一九八五年）
『王朝女流文学の形成』（秋山虔著、塙書房、一九六七年）
『王朝歌人伊勢』（山下道代著、筑摩書房、一九九〇年）
『伊勢　恋に生き歌に生き』（日本の作家7）（片桐洋一著、新典社、一九八五年）
『源氏物語の物語論　作り話と史実』（阿部秋生著、岩波書店、一九八五年）
『源氏物語の研究』（阿部秋生編、東京大学出版会、一九七四年）
「『みやび』の構造」（秋山虔筆）（『講座日本思想5（美）』相良亨他編、東京大学出版会、一九八四年）
『日本の文芸』（岡崎義恵著、講談社学術文庫、一九七八年）
『王朝の文学空間』（秋山虔著、東京大学出版会、一九八四年）
『官職要解』（和田英松著、講談社学術文庫、一九八三年）
『平安朝の年中行事』（山中裕著、塙書房、一九七二年）
『女流日記文学講座　第一巻（女流日記文学とは何か）』（石原昭平他篇、勉誠出版、一九九一年）
『王朝女流文学の世界』（秋山虔著、東京大学出版会、一九七二年）
『光源氏論』（阿部秋生著、東京大学出版会、一九八九年）
『物語の変貌』（三角洋一著、若草書房、一九九六年）
『源氏物語と天台浄土教』（三角洋一著、若草書房、一九九六年）
『王朝歴史物語の世界』（山中裕編、吉川弘文館、一九九一年）
『源氏物語とその研究世界』（伊井春樹著、風間書房、二〇〇二年）
『菅原道真と平安朝漢文学』（藤原克己著、東京大学出版会、二〇〇一年）
『散逸した物語世界と物語史』（神野藤昭夫著、若草書房、一九九八年）
『源氏物語歌と呪性』（久富木原玲著、若草書房、一九九七年）
「藤原忠平政権に対する一考察」（黒板伸夫著）（『延喜天暦時代の研究』古代学協会編、吉川弘文館、一九六九年）
『伊勢物語拾穂抄』（片桐洋一・青木賜鶴子編、勉誠出版、一九八六年）
『伊勢物語の成立と表現』（神尾暢子著、新典社、二〇〇三年）
『王朝文学史』（秋山虔編、東京大学出版会、一九八四年）
『王朝語辞典』（秋山虔編、東京大学出版会、二〇〇〇年）

『王朝の映像　平安時代史の研究』（角田文衛著、東京堂、一九九二年）
『王朝史の軌跡』（角田文衛著、学燈社、一九八三年）
『源氏物語　重層する歴史の諸相』（日向一雅編、竹林舎、二〇〇六年）
『王朝の歌人3　在原業平』（今井源衛著、集英社、一九八五年）
『王朝文学の研究』（今井源衛著、角川書店、一九七〇年）
『平安文化史論』（目崎徳衛著、桜楓社、一九六八年）
『王朝のみやび』（目崎徳衛著、吉川弘文館、一九七八年）
「みやびの精神」（『日本の文芸』岡崎義恵著、宝文館、一九六四年）
『伊勢物語生成論』（福井貞助著、有精堂出版、一九六五年）
『源氏物語の世界　その方法と達成』（秋山虔著、東京大学出版会、一九六四年）
『藤原氏千年』（朧谷壽著、講談社現代新書、一九九六年）
「みやび」（青木生子筆）（『日本文学における美の構造』栗山理一編、雄山閣、一九七六年）
「みやびの構造についての試論」（仁平道明筆）（『萬葉集の世界とその展開』佐藤武義編、白帝社、一九九八年）
「平城天皇というトポス　歴史の記憶と源氏物語の創造」（久富木原玲筆）（『源氏物語重層する歴史の諸相』日向一雅編、竹林舎、二〇〇六年）
『論考　平安王朝の文学　一条朝の前と後』（稲賀敬二編著、新典社、一九九八年）
『源氏物語の準拠と話型』（日向一雅著、至文堂、一九九九年）
『王朝の美的語彙　えんとその周辺　続』（梅野きみ子著、新典社、一九九五年）
『源氏物語の形成』（深沢三千男著、桜楓社、一九七二年）
『紫式部　その生活と心理』（神田秀夫他著、角川新書、一九五六年）
『源氏物語の論理』（篠原昭二著、東京大学出版会、一九九二年）
『源氏物語の史的研究』（山中裕著、思文閣、一九九七年）
『源氏物語の想像力　史実と虚構』（藤本勝義著、笠間書院、一九九四年）
『性と文化の源氏物語　書く女の誕生』（河添房江著、筑摩書房、一九九八年）
『批評集成源氏物語』一～五（紫家七論等）（ゆまに書房、一九九九年）
『講座　源氏物語の世界』一～九（木村正中他編、有斐閣、一九八〇～一九八四年）
『紫式部日記の作品世界と表現』（村井幹子著、武蔵野書院、二〇

一四年）
『物語文学、その解体』（神田龍身著、有精堂、一九九二年）
『みやび異説　源氏物語という文化』（吉井美弥子編、森話社、二〇〇二年）
『源氏物語の文化史的研究』（宮川葉子著、風間書房、一九九七年）
『光源氏の人間関係』（島内景二著、新潮選書、一九九五年）
『源氏物語の時空　王朝文学新考』（鈴木日出男編、笠間書院、一九九七年）
『王朝物語史の研究』（室伏信助著、角川書店、一九九五年）
『本朝麗藻簡注』（川口久雄他編、勉誠出版、一九九三年）
『紫式部日記全註釈』上下（萩谷朴著、角川書店、一九七一・一九七三年）
『紫式部　源氏の作者』（稲賀敬二著、新典社、一九八二年）
『紫式部』（今井源衛著、吉川弘文館、一九八二年）
『紀貫之　あるかなきかの世にこそありけれ』（神田龍身著、ミネルヴァ書房、二〇〇九年）
『藤原道長　男は妻がらなり』（朧谷壽著、ミネルヴァ書房、二〇〇二年）
『平安日記文学の研究』（石原昭平著、勉誠出版、一九九七年）
『王朝日記物語論叢』（室伏信助著、笠間書院、二〇一四年）
『王朝文学の歌ことば表現』（小町谷照彦著、若草書房、一九九七年）
『源氏物語の史的空間』（後藤祥子著、東京大学出版会、一九八六年）
『光源氏のモデル　五つの宮廷史から』（河北騰著、国研出版、二〇〇〇年）
『源氏物語の対位法』（高橋亨著、東京大学出版会、一九八二年）
『歴史の想像力』（源氏研究３）（瀬戸内寂聴他述、翰林書房、一九九八年）
「平安女流文学のもうひとつの温床」（神野藤昭夫筆）（「国士館大学国文学論輯17号」国士館大学国文学会、一九九六年）
「平安王朝社会の成女式」（服藤早苗筆）（『古代文学論叢15』紫式部学会編、二〇〇一年、武蔵野書院）
「年中行事」（「日本の美学33」燈影社、二〇〇一年）
『書物と語り』（新物語研究５）（物語研究会編、若草書房、一九九八年）
「源氏物語の貴族生活の美学・理念」（日向一雅筆）（『源氏物語研究集成第12巻』増田繁夫他編、風間書房、二〇〇〇年）
『源氏物語表現史　喩と王権の位相』（河添房江著、翰林書房、一九九八年）
『源氏物語と漢文学』（和漢比較文学会編、汲古書院、一九九三年）
『源氏物語研究序説』（阿部秋生著、東京大学出版会、一九五九年）

『源氏物語の喩と王権』（河添房江著、有精堂出版、一九九二年）
『王朝の歌人7　藤原公任　余情美をうたう』（小町谷照彦著、集英社、一九八五年）
『源氏物語　感覚の論理』（三田村雅子著、有精堂出版、一九九六年）
『源氏物語　両義の糸』（原岡文子著、有精堂出版、一九九一年）
『源氏物語の風景』（横井孝著、武蔵野書院、二〇一四年）
『端役で光る源氏物語』（久保田朝孝、外山敦子編、世界思想社、二〇〇九年）
『花山院の生涯』（今井源衛著、桜楓社、一九六八年）
『王朝女流日記必携』（別冊国文学）（秋山虔編、学燈社、一九八九年）
『源氏物語の主題　「家」の遺志と宿世の物語の構造』（日向一雅著、桜楓社、一九八三年）
『源氏物語講座　第一巻（源氏物語とは何か）』（今井卓爾ほか編、勉誠社、一九九一年）
「栄花物語と源氏物語の関連」（河北騰筆）（『むらさき29』武蔵野書院、一九九二年）
「霊場の空間」（『日本の美学25』櫻井敏雄著、ぺりかん社、一九九七年）
「公任年譜考」（伊井春樹著、『国文学研究資料館紀要（10）』）
『訓読小右記』（古日記輪読会編、古日記輪読会、一九九六年）
「藤原忠平の栄達—「菅原の君」」（『紫式部とその時代』角田文衛著、角川書店、一九六六年）
『光源氏物語学藝史　右書左琴の思想』（上原作和著、翰林書房、二〇〇六年）
『知られざる王朝物語の発見　物語山脈を眺望する』（神野藤昭夫著、笠間書院、二〇〇八年）
『紫式部日記の新研究（表現の世界を考える）』（秋山虔・福家俊幸編、新典社、二〇〇八年）
『源氏物語と紫式部』（紫式部顕彰会編、角川学芸出版、二〇〇八年）
『平安文学史論考』（秋山虔編、武蔵野書院、二〇〇九年）
「藤原忠平政権に対する一考察」（黒板伸夫筆）（『延喜天暦時代の研究』（古代学協会編、吉川弘文館、一九六九年）
『物語論考』（仁平道明著、武蔵野書院、二〇〇九年）
『源氏物語国際フォーラム集成　源氏物語千年紀記念』（源氏物語千年紀委員会編、角川学芸出版、二〇〇九年）
『源氏物語と皇権の風景』（小山利彦著、大修館書店、二〇一〇年）
『源氏物語の方法と構造』（森一郎著、和泉書院、二〇一〇年）
『源氏物語考証稿』（高田信敬著、武蔵野書院、二〇一〇年）
『源氏物語における「漢学」　紫式部の学問的基盤』（佐伯雅子著、

新典社、二〇一〇年）
『王朝文学と服飾・容飾（平安文学と隣接諸学9）』（河添房江編、
竹林舎、二〇一〇年）
『平安文学の風貌』（中野幸一編、武蔵野書院、二〇〇三年）
『源氏物語虚構論』（鈴木日出男著、東京大学出版会、二〇〇三年）
『源氏物語の文学史』（高田裕彦著、東京大学出版会、二〇〇三年）
『光源氏物語傳來史　幻の伝本の謎―その真実に迫る』（上原作和
著、武蔵野書院、二〇一一年）
『物語文学組成論Ⅰ（源氏物語）』（阿部好臣著、笠間書院、二〇一
一年）
『源氏物語批評』（小嶋菜温子著、有精堂出版、一九九五年）
『評伝紫式部　世俗執着と出家願望』（増田繁夫著、和泉書院、二〇
一四年）
『王朝女流日記を考える　追憶の風景』（考えるシリーズ1）（福家
俊幸・久下裕利編、武蔵野書院、二〇一一年）
『物語絵・歌仙絵を考える　変容の軌跡』（考えるシリーズ2）（久
下裕利編、武蔵野書院、二〇一一年）
『源氏物語を考える　越境の時空』（考えるシリーズ3）（秋澤亙・
袴田光康編、武蔵野書院、二〇一一年）
『宇治十帖と仏教』（中古文学研究叢書8）（三角洋一著、若草書房、
二〇一一年）
『平安文学の論』（秋山虔著、笠間書院、二〇一一年）
『源氏物語の論』（秋山虔著、笠間書院、二〇一一年）
『「紫式部集」歌の場と表現』（廣田収著、笠間書院、二〇一二年）
『源氏学の巨匠たち　列伝体研究史』（紫式部学会編、武蔵野書院、
二〇一二年）
『王朝和歌の想像力　古今集と源氏物語』（鈴木宏子著、笠間書院、
二〇一二年）
『源氏物語の准拠と諸相』（秋澤亙著、おうふう、二〇〇七年）
『源氏物語の構造研究』（山田利博著、新典社、二〇〇四年）
『平安朝の乳母達　『源氏物語』への階梯』（吉海直人著、世界思想
社、一九九五年）
「特集　菅原道真と紀貫之」国文学　平成四年十月　学燈社
『源氏物語の鑑賞と基礎知識』一―五六（至文堂）
『菅家文草　菅家後集』（日本古典文学大系72）（岩波書店）
『本朝文粋』（日本古典文学大系69）（岩波書店）
『日本書紀』『三代実録』国史大系他（吉川弘文館）
『本朝通鑑』『続本朝通鑑』（古版本）（国史大系）（吉川弘文館）
『大日本史料』『大日本古記録』（岩波書店）
『今昔物語』『大鏡』（岩波文庫本）

『古今和歌集』（日本古典文学全集7）（小学館）
『源氏物語』（日本古典文学全集12〜17）（小学館）
『湖月抄』（北村季吟、講談社学術文庫）
『栄花物語』（日本古典文学全集31〜33）（小学館）
『大和物語』（日本古典文学全集8）（小学館）
『伊勢物語』「伊勢物語闕疑抄」（新日本文学大系）（岩波書店）
『文徳実録』『三代実録』『尊卑分脈』（増補国史大系）（吉川弘文館）
群書類従本『本朝皇胤紹運録』（叢書）（群書類従完成会）

---

『御堂関白記上・中』（大日本古記録上・中）（岩波書店）
『小右記』（大日本古記録10）（岩波書店）
『枕草子』『紫式部日記』（新編日本古典文学全集）（小学館）
『和泉式部日記』『大鏡』（日本古典文学大系）（岩波書店）
『源氏物語』（日本文学研究資料叢書一〜四）（有精堂出版）
『紫式部集』（山本利達、集英社）
『紫式部集』（南波浩、岩波文庫）
『紫式部日記』（日本古典文学大系）（岩波書店）

**細木郁代**（ほそき・いくよ）

1964年　聖心女子大学文学部国文学科卒業。
著書に、『源氏物語花摘』『源氏物語新花摘』『源氏物語花摘　完』『源氏幻想　王朝の影絵』『源氏物語「みやびの世界」序章』『源氏物語花藤　勧修寺家の人々』『源氏物語「女はらから」論』などがある。

## 源氏物語 花の光彩

2016年4月15日 初版第1刷発行

著　　者：細木郁代
発 行 者：前田智彦
装　　幀：武蔵野書院装幀室

発 行 所：武蔵野書院
〒101-0054
東京都千代田区神田錦町3-11 電話 03-3291-4859　FAX 03-3291-4839

印刷：三美印刷㈱
製本：㈲佐久間紙工製本所



ISBN 978-4-8386-0465-4 Printed in Japan